A ÚLTIMA LISTA DE MABEL BEAUMONT

A ÚLTIMA LISTA DE MABEL BEAUMONT

LAURA PEARSON

São Paulo
2025
Grupo Editorial
UNIVERSO DOS LIVROS

Diretor-geral
Alessandro Gerardi

Gerente editorial
Marcia Batista

Produção editorial
Letícia Nakamura
Raquel F. Abranches
Victoria Viana

Tradução
Cássio Yamamura

Preparação
Aline Graça

Revisão
Alessandra Miranda de Sá
Alline Salles

Arte
Barbara Garoli
Renato Klisman

Design de capa
Lizzie Gardiner

Diagramação
Nadine Christine

Dados Internacionais de Catalogação na Publicação (CIP)
Angélica Ilacqua CRB-8/7057

P375u

Pearson, Laura
A última lista de Mabel Beaumont / Laura Pearson ; tradução de Cássio Yamamura. -- São Paulo : Universo dos Livros, 2025.
288 p.

ISBN 978-65-5609-761-9
Título original: *The last list of Mabel Beaumont*

1. Ficção inglesa I. Título II. Yamamura, Cássio

25-2670 CDD 823

Universo dos Livros Editora Ltda.
Avenida Ordem e Progresso, 157 — 8º andar — Conj. 803
CEP 01141-030 — Barra Funda — São Paulo/SP
Telefone: (11) 3392-3336
www.universodoslivros.com.br
e-mail: editor@universodoslivros.com.br

Para minha mãe e meu pai.
Obrigada por tudo.

1

Fico diante da chaleira, preparando chá para Arthur e para mim, há sessenta e dois anos. Duas casas diferentes, sabe-se lá quantas chaleiras, mas sempre eu, sempre ele, sempre uma caneca de chá pela manhã. Arthur está à mesa da cozinha, com caneta em mãos, encarando as palavras cruzadas. Ele tinha aberto uma das janelas, e consigo ouvir pássaros chilreando no jardim. Um melro, acho, e um pisco. Toda uma conversa em andamento sem significado algum para mim. Quando me sentar, Arthur fechará o jornal, baixará a caneta e dirá "Bem", e discutiremos como será nosso dia. Uma caminhada, um serviço ou nada de mais. Quando trabalhávamos, era só aos fins de semana que tínhamos que decidir essas coisas, mas agora era todo dia, alongando-se indefinidamente, hora após hora.

Coloco os saquinhos de chá nas canecas, com o leite já na minha, mas adicionado à dele só ao final do processo. Meia colher de açúcar para ele. Antigamente eram duas, depois uma. Ele dizia: "Por que se negar a essa idade?". Mas reduzia a quantidade mesmo assim. Olly fareja em volta de meus pés, em busca de qualquer migalha que eu possa ter derrubado. Baixo o corpo para acariciar sua cabeça, mas ele se desvia e volta para Arthur, como sempre. Olly está com o cheiro do rio, e faço um lembrete mental de lhe dar um banho em algum momento. Há pão na torradeira e manteiga e geleia na bancada, à espera. E há algo que quero dizer, algo que venho esperando há décadas para dizer, a respeito dessa vida que construímos, mas as palavras entalam na garganta. Sempre entalam.

Levo as canecas à mesa, notando como o vapor sobe e depois se deixa arrastar na mesma direção que eu.

— Bem — diz Arthur, fechando o jornal —, algum plano para hoje?

Balanço a cabeça, e a torrada pula com um tinido baixo.

— Vou àquele funeral — ele diz. — Tommy Waites.

Sempre há um funeral quando se está na nossa idade. Arthur cortava o cabelo de Tommy, quando tinha a barbearia, e os dois às vezes bebiam juntos no clube do Partido Conservador. Ele já foi a funerais por relações bem menos significativas. Nunca sei se Arthur vai para prestar homenagem ou só porque é uma forma de sair de casa. Minissanduíches e batatas chips velhas, umas doses de uísque para completar.

— Pode ir sozinho — digo. — Eu mal o conhecia.

— Acho que a Moira ficaria contente em vê-la.

— Veja só, eu nem sabia o nome da esposa. Então tenho quase certeza de que minha presença não faria diferença para ela.

Seus ombros sobem só um pouquinho, e sei que ele está aborrecido. Sou especialista em sua linguagem corporal, e tenho certeza de que o inverso também seja verdade. Não se vive lado a lado, só os dois, por mais de seis décadas sem aprender algumas coisas.

— E o que você fará enquanto eu estiver fora?

Eu poderia ler, tricotar ou olhar álbuns de fotografias antigas. Poderia apenas ficar sentada e pensar, retornar às minhas memórias, passar um pente fino pela minha vida. Pelas nossas vidas. Mas Arthur não é a favor desse tipo de coisa, acha melodramático. "Olhe sempre pra frente" é seu lema. Ou um deles. Já eu sou mais do tipo que olha para trás, especialmente agora, quando há tanta coisa para trás e tão pouco adiante. Que mal há em passar seus últimos anos contemplando em silêncio? É tarde demais para mudar o mundo, não? Este é o problema entre nós: estou desacelerando, e ele ainda tenta seguir a toda velocidade.

— Preciso resolver aquela gaveta da cozinha que anda emperrando — falo.

— Ah, sim, ela tem me dado nos nervos.

Não digo que ela não teria emperrado, para começo de conversa, se ele não insistisse em colocar coisas ali dentro sendo que a gaveta está visivelmente cheia. Cardápios de delivery que nunca usaremos, botões, rolos de fita adesiva e sabe-se lá o que mais. Jogarei oitenta por cento das coisas fora, Arthur ficará satisfeito e não perceberá que as tralhas que juntou desapareceram, o que só prova que ele não precisava de nada daquilo.

Ao descer com seu terno para funerais, ele estende os braços para a frente para que eu abotoe os punhos.

— São as abotoaduras antigas do Bill — ele explica, como sempre.

Aquiesço, sem dizer que, depois de sessenta e poucos anos, elas parecem mais dele do que de Bill, apesar das iniciais: WM. William Mansfield.

Arthur tem esse terno há mais de trinta anos, e as calças estão um pouco justas. Ele cheira a sabonete e água. Todo limpo. Todo ele.

— Tem certeza de que não tenho como convencê-la? — ele indaga.

Eu o encaro, olhos nos olhos, e me pergunto a última vez que fiz isso. Você passa tanto tempo conversando de diferentes cômodos, ou com um no sofá e o outro no vão da porta. Quando se fica assim, a uma distância de centímetros, com toda a atenção um no outro? Ele nunca ficou careca, embora os cabelos estejam ficando ralos, e ainda tem um tom de areia em meio à branquidão. Seus olhos continuam tão azuis como estavam no dia do nosso casamento, quando os fitei no altar, ainda buscando por um motivo para voltar atrás. Ele ganhou peso, é claro. Não é aquele homem robusto e musculoso de antes. Tem as bochechas caídas e uma barriga. Combina bem com ele, a idade. Pois ele tem um sorriso mágico — sempre teve — e, quando sorri, você não vê mais nada.

— Não é do meu agrado — respondo.

Ele aquiesce com a cabeça. E sei que está pensando que não são muitas as coisas que são do meu agrado hoje em dia. Que praticamente desisti da vida. E é verdade. É engraçado. Quando você escolhe com quem vai passar o resto da vida, não pensa como vocês dois vão se sentir aos oitenta. Se um estará pronto para esperar sentado o fim ao passo que o outro desejará viver ao máximo. Mas, mesmo quando éramos mais novos, essa diferença era gritante. Ele sempre achando que poderia fazer a diferença, eu ciente de que sou uma só em um mundo enorme e que não importa muito o que eu faça.

— Bem, até mais tarde, então.

— Farei uma caçarola de linguiça — digo, e nós dois sabemos que é uma oferta de paz.

— Combinado.

Acompanho-o até a porta e espero Arthur falar, sabendo que ele não vai embora antes de termos feito as pazes.

— Não vai demorar muito — ele afirma, pondo os braços à minha volta. Sinto a barba curta raspando em minha bochecha e espero que ele se afaste.

Em seguida, ele não está mais lá. Pego as linguiças — em pares e bem seladas com plástico filme — no congelador e as deixo descongelando. Depois, parto para a gaveta, sem piedade. Se não sei do que se trata ou não foi usado em meses, vai para o lixo. Isso só leva meia hora e estou prestes a pegar meu livro, mas Olly fica caminhando até a parede com um jeito triste, e sei que ele pegaria a coleira e a colocaria por conta própria se pudesse.

— Vamos, garoto — falo, e preparo nós dois para uma caminhada.

É um dia ensolarado e frio típico de outubro. Pelo menos o tempo está seco, mas sei que minhas mãos estarão duras e frias como pedra quando voltar para casa. Vamos até o fim da via e depois para o centro da cidade. Morei nesta cidadezinha em Surrey a vida toda; andei tanto por esse caminho que às vezes me surpreende o fato de não haver pegadas minhas no asfalto. Olly não se incomoda com isso, contanto que haja coisas para farejar, outros cães para os quais rosnar, e algum lugar para fazer suas necessidades. Que é o caso no momento. Espero ele terminar, me agacho com um saquinho e por um momento terrível acho que não conseguirei me levantar, mas então algo estala e fico em pé. Olho para Olly, ávido em continuar o passeio. Quanto tempo até não podermos mais cuidar dele? Quando Arthur me convenceu a adotá-lo três anos atrás (após escrever uma lista bem ponderada de prós e contras), falei que talvez ele vivesse mais do que nós dois, fazendo Arthur balançar a cabeça como se não conseguisse entender o porquê de eu mencionar isso.

"Às vezes você fala como se já estivéssemos mortos", ele tinha dito.

Lembro-me disso até hoje.

Seguimos, Olly e eu. Passamos pela confeitaria com aroma de glacê e gengibre e pelo salão de cabeleireiro onde antes ficava a barbearia de Arthur. Passamos pelo pequeno supermercado com portas deslizantes que abrem mesmo quando você está de passagem, como se fosse parte de um plano para atrair transeuntes, e pelo Carpenters, que provavelmente é o local do velório. Bitucas de cigarro infestam a calçada. Fecho um pouco mais meu casaco de algodão e me apresso, na esperança de que Arthur não me veja pela janela e venha até mim.

Ficou um pouco diferente, Broughton, ao longo dos anos. Mas sempre tive tudo de que precisava, com idas ocasionais a Overbury para comprar roupas ou móveis. Londres fica a menos de uma hora, mas eu só ia para lá cerca de uma vez por ano. Broughton geralmente bastava. As lojas começam a ficar mais esparsas e atravesso a via, caminhando até a igreja. Sigo por entre as lápides até encontrá-la: minha família.

Há Bill, que partiu primeiro, embora não devesse ter sido assim. Cheio de vida em um dia e falecido no outro, um desses problemas cardíacos sobre os quais você ouve dizer e nunca imagina que uma das vítimas será seu irmão. Em seguida, minha mãe, dez anos depois. Ela nunca superou a morte de Bill, e, embora tenha falecido por causa do câncer, ficou muito evidente para mim que ela havia desistido da vida e começado a definhar aos poucos no dia em que soube da morte de seu filhinho. E depois meu pai, quase um ano após ela. Derrame. Levou menos de um minuto. Você ainda é considerada órfã quando se está na casa dos trinta? A mãe de Arthur me tratava como membro da família, mas eu sempre soube que, se o perdesse, estaria sozinha no mundo.

Acho que Arthur nunca entendeu isso. Ele era de uma família de nove filhos, e sempre teve irmãos e primos em toda a parte. A vida inteira, sempre que falávamos de viajar, ele tinha um parente no lugar, com o qual nos encontrávamos para um drinque ou um jantar, e eles sempre tinham a mesma aparência dos Beaumont: cabelo cor de areia e sardas. Meus pais eram filhos únicos, então éramos um núcleo de quatro pessoas. Agora reduzido a uma.

Há folhas sobre as lápides, em tons vermelhos e alaranjados. Não dá para ver as datas da minha mãe ou o nome completo do meu pai.

Mas é tão bonita essa visão de outono, que não importa. De qualquer modo, já conheço essas informações, não é mesmo? E nunca vi sentido em varrer folhas. A natureza não se deixa superar.

Olho por sobre o ombro para confirmar que não há ninguém por perto antes de falar.

— É a Mabel, passeando com o Olly. Vi uma coisa no jornal ontem a respeito de coleções pessoais e pensei em você, Bill, e nos seus selos. Mostrei para o Arthur, que riu, contando que às vezes ele pegava alguns selos da sua pasta e escondia, de brincadeira, e você ficava todo nervoso e mal-humorado por vários dias. Pergunto-me o que você colecionaria hoje em dia. Se ainda estivesse aqui e continuasse com os selos, teria milhares deles a esta altura. Eu os guardei no sótão para você. Sabe-se lá por quê. Acho que serão jogados fora quando eu e Arthur partirmos, junto com todo o restante.

Lágrimas brotam em meus olhos e me pegam de surpresa. Sempre converso discretamente com eles quando venho para cá, e em geral não me emociono. Talvez esteja com alguma virose ou precise de uma boa noite de sono. Nos últimos tempos, tenho me revirado como um frango no rolete por horas antes de conseguir dormir.

Volto para casa e espero Arthur voltar. É engraçado, não me importo de que ele saia, não me incomoda minha própria companhia, mas também gosto de seu retorno. Gosto de ouvir suas histórias. A casa fica diferente quando ele não está, como se todos os móveis e pertences ficassem à espera, prendendo a respiração. São quase quatro da tarde quando ouço sua chave entrar na fechadura. Ele desabotoou o colarinho e afrouxou a gravata, além de ter bebido um pouco, aparentemente.

— Deu tudo certo? — pergunto.

— Deu. Ele teve uma vida boa, o Tommy. Muita gente foi se despedir. Você acha que haverá muita gente para nós dois, quando for a nossa vez?

Ele se senta no sofá e Olly vem correndo para receber atenção.

— Oi, Doguinho — diz Arthur.

Olly sempre gostou mais dele. Vejo Arthur abaixar-se para coçar a nuca dele, de forma que ambos os rostos relaxam. Penso no que Arthur perguntou. Para ele, com certeza alguns dos parentes compareceriam, vindo de diversos cantos do país. E há todos os clientes antigos, e os homens com quem ele bebe, os que ainda restam. Quanto a mim, não sei bem.

— O que fez você pensar nisso? — pergunto, mas é uma pergunta idiota, pois a resposta é óbvia.

— O Tommy e a Moira tinham quatro filhos, e todos estavam lá com os cônjuges e filhos. Me fez pensar, só isso.

Não há nada que eu possa dizer. É tarde demais para voltar atrás e mudar algo.

— Chá? — ele pergunta, levantando-se e desaparecendo do cômodo.

— Sim, por favor.

E, pelo resto do dia, sei que nós dois estamos pensando nos filhos que não tivemos.

2

— Tem uma feira hoje em Overbury — diz Arthur, batendo a colher de chá na beirada da caneca antes de trazer as bebidas à mesa da cozinha.

— Que tipo de feira?

— Acho que é de comida. Gostaria de ir?

Eu poderia responder que não. É o que gostaria de dizer. Mas ele está tentando me envolver e não é justo rejeitá-lo continuamente. Os últimos dez anos do nosso casamento têm sido assim, de certa forma. Ele fazendo uma oferta, eu recusando. Não foi sempre assim, e eis aí o problema. Ambos nos lembramos de quando éramos cúmplices.

— É uma boa ideia — respondo.

Ele tenta fingir que não está surpreso. Concentra-se no seu cereal de flocos de aveia.

O primeiro problema é encontrar onde estacionar. Por anos, nenhum de nós sabia dirigir, por isso Arthur aprendeu aos cinquenta e tantos, porque gosta de desafios. Foi aprovado de primeira, depois de seis meses perseverantes de aula, mas nunca teve muita confiança. Ele dirige com um semblante preocupado afixado no rosto.

— E ali? — sugiro, conforme damos uma segunda volta pelo estacionamento. O sol baixo do inverno dificulta a visão. — Acho que tem uma…

— Tem um Mini Cooper lá — afirma ele, com o maxilar tenso.

— Podemos voltar, se preferir.

É uma linha tênue na qual estou navegando. Quero que ele saiba que não precisa passar por esse estresse por minha causa, mas não quero que pense que estou atrás de desculpas para cancelar o passeio. Ele não diz nada. Um casal jovem está voltando para o carro de mãos dadas, e Arthur espera, a seta piscando. Quando saímos do carro, penso em dar a mão para ele. Há quanto tempo não caminhamos pelas ruas assim, declarando nossa união? Sem dúvida fizemos isso nos primeiros anos, mas não lembro quando paramos. Será que houve um dia em que ele tentou pegar minha mão e eu a recolhi? Ou ele soltou a mão para ajustar a bolsa no meu ombro e nunca mais a pegou? Embora estejamos andando lado a lado, ombro a ombro, parece uma distância grande demais para se cruzar. Um gesto significativo demais.

Há barracas de feira por toda a rua principal, com aromas disputando espaço. Algodão-doce, carne apimentada e pão fresquinho. Um burburinho e o grito ocasional de um vendedor.

— Temos doces recém-saídos do forno!

— Qualquer tigela de frutas e verduras por uma libra e meia. Temos abacaxis, mangas, cerejas...

— Peixe fresquinho, de hoje de manhã!

Cutuco Arthur.

— Você se lembra do peixeiro e dos camarões em Morecambe Bay?

Era um convite para visitar o passado comigo, e espero que ele aceite. Espero que se lembre de dias melhores.

Seu rosto se abre em um sorriso.

— O sujeito estava desperdiçando seus talentos por lá com uma voz daquelas.

Ficamos em silêncio por um momento, com memórias se desenrolando entre nós. São tantas, e talvez possamos viver dessas lembranças.

— O que acha de comprarmos uma torta para o jantar? E não há muitas frutas na tigela.

Arthur tira um papel amassado do bolso da jaqueta. É claro que ele fez uma lista.

Pegamos maçãs e laranjas; em seguida, ele aponta para o que me parece ser uma manga, erguendo as sobrancelhas.

— Vá em frente — digo.

De onde vem isso, essa vontade de experimentar coisas novas? Admirava isso em Arthur quando o conheci, quando ele era apenas o amigo de Bill que tinha interesse por tudo.

Na barraca de tortas, decidíamos entre carne com cebola ou frango com presunto quando ouço uma voz chamá-lo pelo nome.

— Arthur Beaumont, é você?

Viramo-nos e vemos que é uma mulher mais ou menos da nossa idade. Ela parece ter sido bonita um dia, mas é difícil saber com as rugas acumuladas em seu semblante. Ao sorrir, seus dentes parecem demasiado brancos. Ela leva um braço a Arthur e fica na ponta dos pés para beijá-lo na bochecha, depois faz a mesma coisa comigo; cheira a rosas e sabonete.

— Joan Jenkins — ele diz. — Mas ora essa!

Ela balança a cabeça e ri.

— Não ouço esse nome há um tempo, sou Joan Garnett desde 1959.

Não consigo identificá-la, mas o nome soa familiar.

— Então vocês dois se casaram? — Ela acena com a cabeça na minha direção e depois na de Arthur.

— Casamos, sim — ele responde virando para mim, com um sorriso orgulhoso. — Sessenta e dois anos.

Ela balança a cabeça.

— Bem, mordi a língua. Achei que vocês não combinavam.

Arthur ri, e os dois continuam a conversar, mas entro em transe e só ouço aquele comentário de que não combinávamos de novo e de novo. Quando me dou conta, ela está acenando e indo embora, e Arthur voltou a olhar as tortas.

— Quem era ela? — pergunto. — Quero dizer, deveria me lembrar dela?

— Ela sempre dava as caras, na época. Nos bailes. A Dot a conhecia um pouco, acho.

Faz muito tempo desde a última vez que o ouvi dizer o nome de Dot. Chega a me assustar. Mas esse momento passa em um piscar de olhos. Ainda assim, por alguns segundos, eu estava no passado, sentada na lateral do saguão ao lado de Dot, sussurrando a respeito do que as outras meninas vestiam e nos braços de quem cada uma passaria a noite. Dava para ouvir a banda, sentir o suor escorrendo das minhas axilas. E, toda vez que eu via um casal se beijando em um canto escuro, queria que fosse comigo. Queria saber como era a sensação, como era se perder em outra pessoa daquela forma — ou ao menos tentar fazer isso.

— Acho que ela tinha uma queda por mim — Arthur afirma enquanto nos afastamos da tenda com a torta escolhida em uma sacola de papel.

Paro de andar.

— A Dot?

Arthur solta um risinho.

— Não! A Joan. Mas parece que no fim ela se casou com o John Garnett. Você a ouviu contar que o perdeu no ano passado?

Faço que não com a cabeça. Não ouvi nada depois que ela afirmou não achar que fôssemos compatíveis.

— Veja só, ela tem morado em Overbury esse tempo todo e nunca a tínhamos visto até hoje.

Talvez eu a tenha visto antes. Posso ter ficado ao seu lado no ponto de ônibus, na fila do açougue ou no banco, e não a teria reconhecido. Mas entendo o que ele quis dizer. Às vezes o mundo parece inimaginavelmente grande, e às vezes parece que cabe na sua mão.

Em casa, bebemos chá, Olly se aconchega com Arthur no sofá, e vejo que Arthur vai cair no sono. É o ar fresco. Observo os dois de minha poltrona à janela conforme a boca dele abre de leve. Sinto uma onda de afeto por esse homem com quem decidi partilhar a vida. Poderia ter escolhido alguém tão pior. Ele é terno, confiável e há seu amor pela vida, que provavelmente nos manteve em pé em alguns momentos. Sempre haverá anos difíceis em um casamento longo assim. É inevitável. O melhor que se pode esperar é que você tenha alguém disposto a suportá-los ao seu lado.

Mas não consigo deixar de pensar. E se Arthur tivesse se casado com Joan Jenkins? Ele mesmo reconheceu que ela tinha uma queda por ele, e parecia provável, pelo jeito como o ficou olhando hoje cedo, depois de tantos anos. Joan, que achou que não combinávamos, e que tinha razão em muitos sentidos. Joan, que talvez o tivesse amado da forma que nunca fui capaz. Talvez tivesse lhe dado os filhos que tanto queria. Talvez fosse uma fonte de conforto e companheira de aventuras nos anos posteriores, em vez de alguém que o limitasse. Talvez tivesse sido, pura e simplesmente, uma escolha melhor.

Quando Arthur pediu que eu me tornasse sua esposa, parado na esquina enquanto voltávamos do primeiro baile ao qual fui após a morte de Bill, com a luz enfraquecendo e seus olhos arregalados de medo, não pensei no que aconteceria com ele se eu dissesse não. Mas talvez eu devesse ter pensado. Porque o que eu enxergava como partir seu coração poderia ter sido, talvez, uma forma de libertá-lo, de deixá-lo no caminho da moça certa para ele. Fosse ela Joan Jenkins, fosse alguém que ele ainda não tivesse conhecido. Quando respondi "sim", enquanto gritava "não" por dentro, achei estar fazendo o melhor que podia para Arthur. Mas agora não tenho tanta certeza.

Ele acorda depois de meia hora e balança a cabeça daquele jeito engraçado de sempre, como se estivesse tentando expulsar o que restava de sono.

— É melhor levar esse aqui pra passear, não é? Venha então, Doguinho.

Ele não pergunta se quero ir junto. Sabe que sair uma vez no dia é mais do que suficiente para mim. Pego meu livro e mergulho em uma vida alheia por uma hora, a vida de alguém jovem, rico e cheio de energia. Sempre gostei disso na literatura. Poder viver outros tempos e lugares, mas acima de tudo ter a chance de sentir como é ser uma pessoa completamente diferente. Uma pessoa mais corajosa, que sabe o que quer e vai atrás sem cerimônias, ou que não tem arrependimentos. Quanto minha vida seria diferente se eu tivesse sido diferente como pessoa?

Ele volta, com a mão no peito e sem cor no rosto.

— Arthur? — Levanto-me da cadeira na hora. — O que foi? Devo chamar um médico?

— Não, não — responde ele. — Me deixe recuperar o fôlego.

Levo-o até o sofá para se sentar. Entro em pânico, sem saber o que fazer. Essa é uma das coisas que faria de mim uma péssima mãe: não sei como agir diante do inesperado.

— Você está bem? — pergunto, passados alguns minutos.

Olly está sentado aos pés de Arthur, alerta, ainda com a coleira.

— Só me deu uma coisa engraçada, nada mais. Talvez seja indigestão. Estou bem agora, Mabel. Estou bem.

Eu o paparico. Dou-lhe o jornal para ler enquanto faço o jantar, ponho a manta mais macia sobre seus joelhos. Quando se é jovem e um dos dois adoece, vocês sabem que não deve ser nada sério. Mas, nessa idade, todo sintoma tem o poder de aterrorizar. Conversamos, ao longo dos anos, sobre como gostaríamos de partir. Como a maioria das pessoas conversa, imagino. De forma rápida, se possível. Com nossa dignidade e mente intactas. Mas não se pode escolher, não é?

Sempre achei que seria a primeira. Não sei bem por quê. Ele seguiria bem sem mim depois de um tempo. Sei que ficaria de coração partido, mas isso passaria. Ele não cozinha mal e tem muitos amigos que se fariam presentes. Mas eu, sem ele? Não sei como continuaria a vida. Acho que me esqueceria de almoçar ou de sair da cama, sem Arthur para me motivar.

— Você quer a torta? — pergunto. — Ou não está com vontade de comer?

Eu a tinha requentado e cozinhado um pouco de cenoura e vagem, e o aroma vindo da cozinha é abundante e suculento.

Ele aparece na porta que dá para os fundos.

— Só uma fatia pequena, por favor.

Isso não é normal. Ele é do tipo que enche o prato se for algo de que gosta, e não há nada de que goste mais do que torta. Não falamos muito durante o jantar. Tivemos tantas refeições juntos, como esta, às vezes com o rádio ligado baixinho, às vezes em silêncio. Mas dessa vez a quietude paira no ar pesado, e mal posso esperar para ir para a cama, deixar esse dia para trás e recomeçar amanhã.

Vejo-o no jardim pouco antes das sete, sentado ao banco. Sento-me ao seu lado, acompanhando seu olhar.

— Está bonito hoje — ele diz.

Há um ligeiro tom rosado, fazendo as nuvens parecerem algodão-doce. Assistimos em silêncio ao sol baixando centímetro a centímetro.

Após nos deitarmos na cama, ele leva a mão para além do espaço entre nós pela primeira vez em muito tempo e a pousa na minha coxa.

— Ver a Joan hoje me fez pensar — começa.

Aí está. A outra direção que sua vida poderia ter tomado; a outra esposa. Ele irá mesmo falar?

— Ah, é?

— Foram bons tempos, quando Bill ainda estava vivo, Dot estava aqui e nós quatro saíamos para dançar juntos. Fico feliz por termos vivido isso.

Há lágrimas em meus olhos. Meu irmão, Bill, e minha melhor amiga, Dot. Quando tudo era risos e piadas e toda uma vida pela frente, e não nos importava se cometíamos erros ou perdíamos o rumo, porque havia uma eternidade para colocar tudo nos eixos. Então descobrimos que não havia uma eternidade, pelo menos não para Bill, e todos sofremos diferentes tormentos. Dot desapareceu, Arthur ficou com pressa para se assentar na vida e eu segui seu impulso.

— Bons tempos — falo na escuridão, mas acho que ele já está adormecido.

3

Sei no momento em que acordo que ele não está mais aqui. Está deitado de costas, com a aparência tão pacífica como sempre, mas algo no ar mudou. Sei que, se eu levantar a mão e tocá-lo, ele estará frio. Então não o toco, não de imediato. Ajeito os travesseiros para me sentar na cama e converso com ele, como conversaria em qualquer outra manhã. Digo que dormi muito bem e que espero que ele tenha dormido também. Chego a descer as escadas e a fazer uma caneca de chá.

— Arthur — digo, com a voz um pouco embargada —, eu deveria ter ligado para o médico quando você teve dor no peito ontem. Eu sabia que você não estava normal. Mas você não fez alarde, não é? Nunca fez alarde. Não era do seu feitio.

Minhas palavras são recebidas em silêncio, é claro.

— Você sabia? E, se sabia, há quanto tempo? Foi só ontem, ou já sabia há algum tempo? Você sentiu o corpo cedendo? Queria que tivesse dito algo.

Analiso essa fala, reviro-a, coloco-a sob a lente de um microscópio. Eu queria mesmo? O que teria feito de diferente se ele tivesse me contado que iria morrer? Eu o teria beijado, ou abraçado, ou agradecido pelos anos que me deu? Teria sido menos brusca e mais paciente? Nunca saberei.

Quando eu o tocar e tiver certeza, vou ter de fazer um telefonema e a realidade virá com tudo. Então, protelo por mais meia hora. Eu e Arthur, eu tomando uma caneca de chá com ele na cama. Nossa última caneca juntos. Fomos só nós dois por tantos anos. Não se fala muito a respeito de casamentos sem filhos, da intensidade deles. Sem mais ninguém na casa para amortecer as coisas, para forçar os dois a se reconciliarem após uma discussão. Houve uma época em que parecia que todos que eu conhecia estavam tendo filhos, e perdi todas essas pessoas para essa vida. Não é para os fracos, criar filhos. Anos e anos de cuidado e atenção. E do outro lado havia Arthur e eu, ainda só nós dois. Sempre só nós dois.

Quando Bill morreu, foi o exato oposto de agora. Minha mãe o encontrou frio na cama em uma manhã de domingo, aos 25 anos. Ela gritou e gritou. Subi as escadas para descobrir qual era o problema, achando que o gato havia trazido um rato para dentro de casa ou algo parecido. Ela estava parada no quarto dele e, quando o olhei, vi que não havia nada ali, nada em seu rosto, e gritei também. Foi violento, um grande golpe. Como a morte de uma pessoa jovem deve ser, eu diria. Mas Arthur viveu sua vida, uma vida longa e feliz, na maior parte do tempo. Ele sempre disse que se considerava sortudo por morar em um país seguro e dormir sob um teto. E nunca se ressentiu pelas coisas que não lhe dei. Pelos filhos que nunca pôde conhecer. Ou, se ressentia, não o manifestou.

— Oitenta e nove. É uma boa idade. E você ainda era você, até o fim, não é? Nada de esquecimentos, confusão ou dor. É o melhor que se pode esperar, creio eu.

Pergunto-me, por um momento, se ele está me olhando. Se está olhando para baixo, rindo de mim por falar com seu corpo vazio. Se está com Bill, com seus pais ou os meus. E isso é o que me desperta para agir. Termino o chá e me forço a colocar minha mão quente sobre a sua, fria. É um choque, mesmo sabendo o que esperar. Não parece ser ele.

Na primeira vez em que ele me deu a mão, estávamos dançando. Bill e Dot tinham ido para a pista de dança e Arthur olhou para mim, um tanto tímido, e gesticulou com a cabeça em interrogação. Assenti e me aproximei. Éramos desajeitados juntos, sem graciosidade alguma. Mas me lembro do calor da sua mão, de seu tamanho, de como minha mão se perdia na dele, de como ele tinha um cheiro agradável e reconfortante, e me lembro de me sentir segura e protegida. Agora, nesta cama que dividimos por anos, ele não é mais o mesmo. Arthur se foi. Seu corpo, que o hospedou por quase nove décadas, está inútil e vazio.

— Ai, Arthur — falo, com a voz falhando.

Depois, desço as escadas e ligo para o médico, porque não sei mais o que fazer, para quem mais ligar. A recepcionista diz que preparará os formulários e enviará um médico para confirmar o óbito, e explica que depois disso devo ligar para uma funerária e pedir que levem o corpo, então agradeço, mas, assim que desligo o telefone, dou-me conta de que estou chorando, com soluços grandes que vêm continuamente, como ondas. Porque agora é de fato verdade, e o levarão embora, e o que farei depois? O que será de mim sem ele?

A visita do médico é breve e sombria. É um médico que nunca vi. Eles sempre mudam. Ao sair, ele diz que sente muito, e aquiesço com a cabeça, sem saber se minha voz conseguiria sair. Em seguida, pego o iPad para pesquisar funerárias em Broughton. Há duas, e telefono para a primeira. O homem com quem falo tem uma voz gentil, e informa que podem vir buscá-lo dentro de uma hora. É tempo suficiente? Não sei o que responder porque o quero longe daqui e ao mesmo tempo quero que fique. Não suporto a ideia de aquele corpo que não é Arthur ficar lá na cama por mais tempo que o necessário, mas não estou pronta para ser uma pessoa que mora sozinha. Uma viúva. Suspiro e digo que uma hora está bom, depois subo as escadas para contar a ele.

— Alguém vai vir buscá-lo, Arthur — digo, sentada à beira da cama e segurando sua mão novamente. Eu não o tocava tanto quanto devia. Ele me falou isso, algumas vezes, nos primeiros anos. Que eu não era muito afetuosa. Mas somos todos diferentes, não é verdade? E nem sempre é fácil mudar. Ele não fazia esse comentário havia muito tempo.

Sinto o ar ligeiramente viciado e vou abrir uma janela. O vento pega a cortina e leva parte dela para fora. Eu não a trago para dentro.

Olho para a caneca com o chá já frio que fiz para ele na mesa de cabeceira. Não tive coragem de fazer só uma caneca. Penso em todo chá que tomamos, como ele sempre dizia que eu tinha feito o chá perfeito, do jeito que gostava, embora eu nunca tivesse feito nada de especial. Arthur mostrava sua gratidão e apreço. Não só por isso, mas por qualquer coisa que eu fizesse por ele. Por concordar em ser dele, acho.

Uma memória vem à tona. Vejo-a como um filme passando em minhas pálpebras. Estávamos na casa dos trinta, e ainda parecíamos esperançosos e jovens. Estávamos na cozinha da nossa primeira casa, cozinhando juntos. Ele cortava cebola e alho-poró com uma faca afiada e eu descascava batatas. O rádio ligado tocava uma canção de amor após outra. Uma brisa bateu pela janela aberta. Ele largou a faca e lavou as mãos antes de enxugar os olhos.

Foram as cebolas?

Ele fez que sim. Aproximou-se até ficar atrás de mim e envolveu minha cintura com as mãos. Então seu hálito quente estava em minha nuca e ele me beijou, tentando fazer meu corpo virar para ficar de frente ao seu. Simplesmente ocorreu-lhe esse desejo repentino? Deixei que me virasse, que beijasse meus lábios e pescoço. Ele levou as mãos ao meu vestido e começou a desabotoá-lo.

Aqui não, disse, tentando abotoá-lo, sem muito jeito.

Ele foi mais rápido que eu, mais ágil.

Aqui sim, ele retrucou; sua voz era urgente e eu quase ri.

Suas mãos estavam por toda parte, tateando, e tudo o que eu tinha em mente eram as batatas, ali paradas diante de mim, ainda por descascar. Arthur pressionou sua ereção em meu corpo e gemeu baixo em meu ouvido. Eu queria que ele parasse, mas não disse isso, não a princípio. O rádio começou a tocar "I want to hold your hand"; foi a primeira vez que ouvi os Beatles, e pareceu haver uma mudança iminente. Ou será que essa é a sensação agora, em retrospecto? Quase saio da memória nesse desvio, mas não por completo. Arthur me levantou e me levou à sala de estar, onde me colocou no sofá antes de fechar as cortinas com tudo.

Estava nua antes de conseguir encontrar minha voz.

Pare, falei.

Ele se afastou e olhou para mim com olhos turvos.

O que foi?

Me senti ridícula e com frio. Peguei meu vestido no chão e me cobri com ele.

Eu... não estou com vontade, respondi.

Ele continuou olhando para mim, como se estivesse tentando entender algo, e em seguida levantou as calças e desapareceu no andar de cima sem dizer nada. Quando voltou, eu estava vestida e de volta à cozinha, com as batatas descascadas e cortadas. Torcia para que ele não tocasse no assunto.

Você não pode me afastar toda vez, ele disse.

Não, concordei.

Ele tinha razão. Eu não podia. E ainda assim...

Eu te amo, Mabel. Você é minha esposa. Quero fazer amor com você.

Eu sei, eu...

O quê? O que dizer?

Sinto muito, pedi.

Olhei para ele e houve um espasmo muscular perto de seu maxilar. Por um momento terrível, achei que ele bateria em mim, mas me recompus e lembrei que era Arthur; ele jamais faria algo assim.

Penso nas palavras que gostaria de ter dito a ele todos os dias que passamos juntos. Talvez sua morte as tivesse libertado, mas não. Ainda estão presas. Diria tudo a ele agora, se conseguisse. Seria melhor do que nada.

— Eu te amo — falo.

É uma verdade engraçada. Eu não o amava, no começo, mas passei a amar. Não um amor apaixonado, não como quando se diz que se está morrendo de amor; mais para um amor construído tijolo a tijolo. Um amor feito de apreço, e sofrimento conjunto, e gentileza. Ele era um homem bom. Um homem tão bom.

Quando a campainha toca, parece ser cedo demais. Aviso a ele para onde estou indo, que voltarei, mas terei outras pessoas comigo, que irão levá-lo. Sei que ele não está mais ali, mas não consigo deixar de lhe narrar as coisas mesmo assim. Falo como se ele fosse uma criança. Como eu falaria com uma criança.

— Estou aqui, Arthur — digo-lhe. — Não se esqueça.

Dois homens, ambos na casa dos trinta, eu diria. Apresentam-se como Steve e Mark. Um alto e esbelto, o outro baixo e atarracado, como uma dupla cômica. São educados e respeitosos. Dizem que sentem muito. Esse é o trabalho deles e ambos o fazem muito bem. Mas não consigo imaginar por que alguém escolheria essa carreira. Como ela surgiria na lista de profissões almejadas de alguém. Talvez não surja. Talvez seja o tipo de profissão na qual você de repente se encontra, que acaba tendo por acaso.

Eu me ocupo, preparando chá para os dois, embora digam que não é preciso. Encontro alguns biscoitos no armário. Quando estão prontos para levá-lo, perguntam se quero me despedir, e ficam no andar de baixo tomando o chá e me dando um pouco de privacidade.

Subir as escadas parece um esforço descomunal, mas junto forças e vou. Volto ao quarto. Será que algum dia entrarei aqui sem pensar no corpo dele ali deitado? Será que algum dia voltarei a pensar no cômodo apenas como nosso quarto — ou como o meu quarto? Não quero mudar de casa, mas também não quero ser assombrada por essa memória.

— Chegou a hora — digo. — Eles vão cuidar de você. Você vai gostar deles. Estão bem-vestidos e com a barba bem-feita.

Parece tudo rápido demais, após o lento e árduo avanço dos anos que passamos juntos. Me despedir, assim, quando ontem mesmo comprávamos frutas na feira. Na cozinha, na tigela de frutas, há uma manga que nunca será comida. Ficará ali, e apodrecerá, e por fim será jogada fora. Ele já terá sido enterrado quando isso acontecer? Eu estarei processando a perda? Aproximo-me e beijo sua testa.

— Foram bons tempos — sussurro, ecoando nossa última conversa. — Tantos bons tempos.

Desço novamente e aviso que estou pronta, e fico nos fundos da casa, na cozinha, enquanto espero levarem-no. Um dos homens comeu um biscoito e há migalhas em um canto, então pego um pano e limpo. Há coisas a se fazer, e me dão uma pasta com vários formulários e panfletos, mas ainda não consigo pensar nisso. Só consigo pensar em duas coisas, dois pensamentos separados, um seguido pelo outro, depois retornando ao primeiro.

Eu nunca deveria ter me casado com ele.

Estou sozinha.

4

Há silêncio após eles saírem, e não sei o que fazer. Sinto-me inquieta, incapaz de sentar-me. Seria a adrenalina? Abro suas gavetas, olho para as cuecas e os pares de meias, tudo arrumado. Enxergo ele ali em pé, bem onde estou, escolhendo meias na gaveta e encostando a mão direita no móvel enquanto veste a meia esquerda, depois vice-versa. Como é possível que nunca mais o verei fazer isso?

Ainda estou de camisola e pantufas, e fico tentada a voltar aos lençóis, mas parte de mim está com pavor de se deitar na cama em que ele morreu. Não acredito em maldições, fantasmas ou nada dessa natureza, mas a ideia de deitar-me ali onde ele morreu me causa arrepios; vou ao outro cômodo, no qual fizemos um agradável quarto de hóspedes quando ficou claro que não haveria berçário. Mas não. Isso também não estava certo. Respiro fundo, volto ao nosso quarto e fico parada ao pé da cama. Pouco depois de nos casarmos, tivemos uma conversa a respeito da parte dos votos que falava "o que é meu é seu". Arthur disse que queria que compartilhássemos tudo, que não queria que tivéssemos nada que fosse só dele ou só meu. Falei que era tolice, que sempre haveria coisas que eram de cada um, e, quando ele pediu um exemplo, mencionei os lados da cama.

Vamos trocar, ele disse.

O quê?

Depois de umas semanas, ou meses, trocamos o lado em que cada um dorme.

E fizemos isso mesmo. A cada seis meses, virávamos o colchão, porque era algo que minha mãe sempre fez, e Arthur pegava meu livro e meu creme facial noturno da mesa de cabeceira e trocava com as suas coisas. Pergunto-me se passarei a dormir sempre do mesmo lado, agora que ele morreu do outro. Deito-me na cama e caio em um sono tão profundo que o despertar algumas horas depois pareceu uma forma de renascimento. Não sonhei com ele. Aquele sono foi um buraco negro, e isso foi reconfortante.

É quando volto ao andar de baixo que vejo. Um papel no chão próximo à mesa de jantar. Agacho-me para pegá-lo e ver a letra de Arthur me causa um choque. O papel foi arrancado do caderno espiralado que tínhamos paras as listas intermináveis dele, e na primeira linha, a lápis, ele escreveu "Procurar p/ D". É novo, esse lembrete? A última lista de Arthur. Quase dou risada. Depois, puxo uma cadeira e me sento. "Procurar p/ D". O que isso significa?

"Procurar p/ D". Poderia ser um bilhete para mim ou algo que havia escrito para si mesmo. E "D" seria uma pessoa ou uma coisa? E, se fosse uma coisa, por que estava em letra maiúscula?

Olly se coloca embaixo dos meus pés, quase me fazendo tropeçar, então seguro o rosto dele com as duas mãos. Ele não gosta disso, tenta se desvencilhar.

— É para falar do Arthur — explico, e ele inclina a cabeça de lado. — Ele se foi, para sempre. Sinto muito. Sei quanto você o amava.

Não dá para saber se ele entendeu, mas se afasta de mim e se esgueira para um canto. Encolhe-se ali, como se precisasse ficar sozinho. Hoje talvez seja o primeiro dia desde que o temos no qual ele não irá passear. Arthur saía com ele fizesse chuva ou sol, mesmo quando não se sentia bem.

Ele depende de nós, Arthur disse uma vez. *Somos tudo o que ele tem.*

Agora, Olly só tem a mim. A pessoa de quem ele nunca gostou tanto.

Estou parada em frente à chaleira, esperando o rugido baixo da fervura, quando penso em Dot. Será que ele quis dizer "Procurar por Dot?"? E, se era isso, por que não escreveu o nome inteiro em vez de me deixar na dúvida? Ou será que ele foi interrompido enquanto escrevia? Penso em todas as pessoas que conhecemos em busca de outros nomes que comecem com D, mas não há mais nenhum. Procurar por D.

Repito em minha mente, de novo e de novo, como se a repetição uma hora fosse fazer o significado emergir, como o sol atrás de uma nuvem.

Ele havia mencionado Dot na feira e mais uma vez na noite do dia anterior, pela primeira vez em anos. Relembrou os dias que passamos juntos, nós quatro. Será que estava com ela na cabeça? Será que sabia que estava morrendo e queria sugerir que eu encontrasse minha amiga após sua morte? Será que estava me dando permissão? Contudo, por que eu precisaria que me permitisse?

Na minha mente, a partida de Dot às vezes é uma lembrança turva. Fico pensando que foi logo após a morte de Bill, mas a verdade é que houve quase um ano entre um fato e outro. Eu perdi muito desse período para o luto, mas ela esteve lá, visitando a casa, conferindo como eu e minha mãe estávamos. Minha mãe a via como uma filha, tamanha era sua convicção de que Dot e Bill iriam se casar. Às vezes ela levava flores. Tulipas ou cravos. Minha mãe as colocava na bancada da cozinha, cortando as pontas e fazendo um arranjo de vaso, dizendo quanto Dot era atenciosa e como era grata a ela.

Na realidade, foi pouco antes do meu casamento que ela desapareceu. Eu ainda não a tinha convidado para ser minha dama de honra, mas provavelmente estava implícito. Será que foi difícil para ela ver minha preparação para o casamento, quando todos achavam que ela seria a primeira? Ou será que havia outra coisa? Será que ela tinha um motivo para não querer que o casamento ocorresse?

Eu me encontrava com ela na esquina da Halfpenny Street, e caminhávamos para nosso trabalho como datilógrafas, e então, em uma quarta-feira, ela não apareceu. Isso acontecia às vezes se uma de nós ficasse com um resfriado ou uma dor de barriga; fui sozinha, sem pensar muito. Mas, quando cheguei ao trabalho, havia uma nova moça no lugar de Dot, e havia murmúrios de que ela não voltaria. Eu achei a situação ridícula, só podia ser um rumor. Dot devia estar de cama tomando uma canja quentinha, com o nariz vermelho e a garganta inflamada.

No fim do meu expediente, estava cansada e com fome. Mas fui visitá-la antes de ir para casa a fim de aliviar minha mente. Para descobrir se ela iria no dia seguinte, se eu deveria esperá-la na esquina como sempre. Mas foi a mãe dela quem abriu a porta e falou que Dot tinha ido embora.

Embora?, perguntei. *Para onde?*

Londres.

A mãe de Dot, Irene, era uma mulher pequena e magra, mas não se mexia com ela. Era conhecida por entrar no Carpenters e levar o marido embora arrastado pelo cabelo. Ela ficou no vão da porta com uma expressão firme no rosto e não me convidou para entrar.

Mas ela teria contado para mim, falei.

Irene deu de ombros, o que pareceu insensibilidade de sua parte.

Foi repentino, explicou. *Tenho uma irmã em Londres, e ela perguntou se Dot queria ir para lá.*

Então ela tirou férias?

Não, não são férias. Ela vai construir sua vida lá. Encontrar emprego. Sempre gostou da cidade grande.

Dot e eu andávamos pelos campos juntas, colhíamos flores para colocar no cabelo. Ela era mesmo uma moça urbana? Havia algo, tenho que admitir, uma forma de anseio que às vezes eu notava em seus olhos quando ela achava que eu não estava olhando, mas sempre pensei que tivesse a ver com amor. Que tivesse a ver com Bill. Será que era uma questão de estar no lugar errado, em uma vida que parecia pequena demais e não tinha o devido local para ela?

Mais ou menos uma semana depois, fui a sua casa de novo e pedi o endereço para que eu pudesse escrever para ela. Irene bufou, mas me deu o endereço, e naquela noite escrevi uma carta longa, contando a Dot tudo o que ela havia perdido. Que Elsie Jacks, do trabalho, tinha sido demitida por fumar escondida no banheiro, que minha prima Margaret iria ter um bebê e eu esperava conseguir uma semana de folga para ajudá-la nos primeiros dias, que minha mãe estava começando a melhorar um pouco, voltando a cantarolar e assoviar enquanto andava pela casa, pela primeira vez desde Bill. Não disse que estava com saudade, mas esse recado sem dúvida era murmurado sob as palavras, nas entrelinhas. Coloquei um selo e postei a carta no correio na manhã seguinte, e nunca tive resposta.

Mas não desisti. Escrevi mais três ou quatro vezes. E levei semanas para parar de conferir a caixa de correio de manhã, convicta de que haveria algo para mim. Será que eu deveria ter sido mais explícita em relação ao buraco enorme que ela deixou em minha vida? Teria feito diferença? Falei com Arthur de ir atrás dela, quando ainda soava possível entrar em um trem e procurá-la, mas ele sempre foi terminantemente contra. Disse que foi escolha dela ir embora e não responder às minhas cartas, e que deveríamos deixá-la em paz. Isso sempre fez com que me perguntasse se ele tinha algo a esconder, algo que Dot levara consigo e que ele não queria que voltasse. E agora, quando já é tarde demais, ele está mesmo me encorajando a fazer isso? Será que é uma admissão de que ele estava errado?

Ando pela casa, incapaz de ficar parada em um lugar. Olly parece igualmente desnorteado, mas não consolamos um ao outro, porque nunca fizemos isso. Ao contrário, nós nos damos espaço. Minha cabeça está lotada com Arthur e Dot e Bill e a juventude e uma época em que tudo parecia perfeito. Não, isso não é verdade. Não parecia perfeito enquanto vivíamos, não é? Esse é um tom que acrescentei agora, que sei tanto sobre a vida, sobre dor e sobre a exaustão. Pintei tudo de dourado, mas quanto disso tem a ver com juventude e liberdade e quanto tem a ver com o fato de que eu tinha essas pessoas ao meu redor? É impossível saber.

É como se meu cérebro tivesse travado e gaguejasse, então vou até os fundos da casa, sento-me à mesa e olho de novo para o bilhete. "Procurar p/ D".

— Explique o que quer dizer, Arthur — peço. — Isso não é suficiente.

Ali, abro a gaveta de baixo do aparador, a única que ele usava. Dentro, havia um emaranhado de caixas e papéis. Um relógio dado por seu pai. Abotoaduras. Uma caixa de lenços que ele deve ter ganhado de Natal em algum momento. O que estou procurando? Qualquer coisa. Uma pista. Parece improvável encontrar algo aqui. Dobro o papel e o coloco no bolso do meu roupão para olhar para ele sempre que quiser. Tento esquecê-lo. Sei que não vou conseguir. "Procurar p/ D". A frase se repete no meu cérebro como um mantra.

5

Por uma semana, aproximadamente, não me visto. É uma forma de rebelião. Arthur precisava sentir que estava à beira da morte para passar um dia inteiro na cama. Quando nos aposentamos, lembro que ele falou que seria fácil escorregar e adquirir maus hábitos. Ele se referia a mim; ele não era de escorregar.

Então fico na cama. Às vezes choro, pela perda tanto dele como de todos esses anos. Pela vida que não vivi. Só podemos escolher uma vida, afinal. Às vezes leio. Às vezes só fico olhando para a parede, ou para o espaço vazio ao meu lado na cama. E o tempo todo, nos recônditos da minha mente, repetia-se: "Procurar por D". Como se fosse um último pedido, e eu queria honrá-lo.

Horas depois de terem-no levado embora, tirei as roupas de cama. E foi só quando estava tudo na máquina, rodando, que desejei tê-las mantido por um tempo, com o cheiro particular dele ainda nos lençóis. Tenho então que me contentar com o armário, com suas camisas e paletós cuidadosamente pendurados. Quando sinto frio só de camisola, coloco um de seus suéteres de lã e minhas pantufas. Devo ser uma visão e tanto. Mas não há ninguém para me ver. Ouço o correio passar pela porta às onze da manhã todo dia, mas, fora isso, fica tudo em silêncio.

Há Olly, é claro. Deixo-o ir ao jardim para fazer suas necessidades e correr um pouco. Nos primeiros dias, ele senta-se à porta e resmunga, mas depois parece aceitar que não vou passear com ele e desiste. Ele também vive o luto, é claro. Vai várias vezes ao lado do sofá no qual

Arthur costumava sentar-se. Será que ele entende? Converso com Olly, digo repetidamente que Arthur se foi, e ele olha para mim com olhos tristes. Quando tento acariciá-lo, ele se afasta.

Sempre ouve-se falar em casais que vivem juntos por muito tempo e morrem com dias ou semanas de diferença. Será que é isso que espero que aconteça? Não tenho comido muito, nem me cuidado muito bem. Acabou o leite, então bebo meu chá sem nada, e o pão está mofado nas pontas. Quando sinto um pouco mais de fome, faço um ovo cozido. E coloco comida na tigela de Olly para ele revirá-la e depois a ignorar.

Não vai acabar bem essa situação. Não há como. O telefone tem tocado e provavelmente é a casa funerária. Estão guardando o corpo de Arthur e é hora de eu começar a lidar com os arranjos. Mas não sei se consigo lidar com isso. Haverá tantas decisões, de música, textos e orações, e isso é só o velório. Precisarei decidir entre enterro ou cremação, escolher um caixão ou urna. Mal consigo decidir se assisto à televisão ou leio, não consigo me fazer ir ao supermercado para comprar o que é essencial. Não estou em condição mental para tomar grandes decisões. Como as outras pessoas fazem isso? A resposta, é claro, é que normalmente há mais pessoas envolvidas, para discutir as questões e dividir o fardo. Entre cônjuges e filhos e irmãos e netos. Que pena para ele o fato de só haver a mim para cuidar de tudo.

E então, no oitavo ou possivelmente nono dia, acordo com um pensamento ressoando na cabeça como um alarme: chega. Chega de chafurdar em tristeza. Não estou pronta para morrer assim, para desistir por completo. Se Arthur estivesse me vendo, estaria detestando isso. Ficaria preocupado. Então levanto-me, visto-me e tiro a roupa de cama para lavar. É um começo. Preciso sentar-me depois dessas tarefas. Mas tudo bem. Devagar e sempre. Sento-me à mesa de jantar com uma caneca de chá, caderno e caneta e faço uma lista.

— Consegue me ver, Arthur? Fazendo uma lista? — digo em voz alta no cômodo vazio. Quase consigo ouvir seu riso.

1. *Entrar em contato com amigos e parentes.*
2. *Falar com a casa funerária.*
3. *Ir ao supermercado.*
4. *Limpar a casa.*
5. *Procurar por D.*

Arthur sempre tentava me convencer a fazer listas. Ele gostava da ordem e do propósito que tinham. Mas eu preferia guardar o que precisava lembrar na cabeça. Talvez esteja ficando mais como ele agora que se foi. Absorvendo o que Arthur tinha de melhor.

Mas essa lista intimida quando a observo. São apenas cinco coisas, mas todas difíceis à sua maneira. E uma que não tenho nem como tentar realizar até saber do que se trata. Nós limpávamos a casa juntos, ele com o aspirador e eu com o espanador. Terei que ir aos poucos, um cômodo por vez. Fica claro que a primeira coisa a se fazer são alguns telefonemas; pego a agenda de contatos e repasso-a. Tantos nomes riscados. Pessoas que morreram ou com quem perdemos contato. Paro na irmã dele, e disco seu número antes que eu possa mudar de ideia.

— Mary, é a Mabel — falo quando ela atende. — A esposa do Arthur.

Falar o nome dele em voz alta é um choque. Ainda soa igual a antes, e isso parece tão errado.

— Mabel, como você está?

— Infelizmente, não muito bem. Más notícias. O Arthur faleceu.

Quantos telefonemas assim atendemos ao longo dos anos? Era Arthur quem costumava atender o telefone, e eu sabia pelo seu tom de voz quando era uma ligação dessas, tentando descobrir de quem se tratava com base no que ele dizia.

— Ai, Mabel, sinto muito.

Os dois não eram muito próximos, Arthur e Mary. Ela mora na região Nordeste, e tenho certeza de que virá ao funeral, mas não a vimos muito ao longo dos anos. Como todo mundo, estava ocupada com filhos e depois netos. Ela e Arthur eram os últimos restantes entre nove irmãos. Agora era só Mary. Ela pede que eu informe os detalhes do funeral quando os tiver e me dou conta de que essa rodada de telefonemas levará a uma segunda. E só depois de desligar percebo que minha voz aguentou. Fiz a primeira ligação, a que é sempre a mais difícil, e não desmoronei ou surtei ou disse algo que não deveria. Então respiro fundo, tiro o telefone do gancho e ligo para o primo dele, Frank. E sigo assim a manhã inteira, até falar com todos de que fui capaz de me lembrar. Sinto-me exausta, mas também um pouco mais leve.

O homem que atende o telefone da casa funerária parece aliviado em finalmente ouvir notícias minhas.

— Ligamos várias vezes — ele disse.

Era como se ele achasse que eu estivesse tentando fugir das cobranças.

— É, bem. Eu estava... me adaptando.

Ele solta um leve grunhido.

— Sra. Beaumont, há alguém que possa ajudá-la com tudo isso? Sei que a senhora e o sr. Beaumont não tiveram filhos, mas há outros parentes na cidade ou bons amigos?

Não há mais ninguém. E a constatação faz com que eu me pergunte se cometemos um erro em algum momento da vida.

— Sou a única — respondo, e faço questão de deixar minha voz nítida e forte.

— Certo, talvez você possa vir até nosso escritório na High Street para acertarmos tudo?

Olho para a porta da frente, que não foi aberta por uma semana. Desde que ele foi levado, aliás. Há um pequeno amontoado de correspondências que ainda não tive a energia de conferir. Será que sou capaz de abrir a porta e andar pela cidade, como fazia antes? Acho que sou.

— Sim — respondo. — Posso ir amanhã.

Após o telefonema, busco em minha memória qualquer conversa a respeito de funerais ou morte que Arthur e eu tenhamos tido. Faço anotações. É surpreendentemente útil. Lembro que ele queria que tocasse o hino "All things bright and beautiful", porque o fazia se lembrar da infância e da sensação de uma vida mais simples. Lembro que queria ser enterrado, porque seus pais estão no cemitério da cidade, e desejava ficar junto dos pais. E sei que gostaria de uma festa, com comida, bar e a oportunidade de as pessoas socializarem. Vou passar no Carpenters quando for à cidade amanhã e compro comida no caminho. Parece um plano viável, na medida certa.

Chamo Olly, que vem até mim. Quando ele vê a coleira na minha mão, fica esperançoso. E, quando abro a porta, começa a ficar bem animado, me puxando mais rápido do que consigo andar pelos primeiros metros. É estranho retornar ao mundo. Sinto-me como Olly, querendo parar e cheirar as coisas. *Sou uma viúva*, penso. *Meu nome é Mabel e sou viúva.* Experimento e não parece combinar, mas é o que sou agora, portanto, é melhor que eu me acostume.

Sinto que estou emergindo para a luz. Piscando. Todos que vejo estão em grupos de duas ou três pessoas, que riem, se tocam e parecem nunca ter estado sozinhas na vida. Casais, pais com filhos, grupos de amigos.

— Apostamos tudo em uma única jogada, não é mesmo, Arthur? E não sei se foi a jogada correta.

Um adolescente em um patinete elétrico me olha de um jeito estranho, e me dou conta de que falei em voz alta. Então me agacho e faço um pouco de carinho em Olly, fingindo que conversava com ele. Não penso muito para onde estou indo e, quando percebo, estou na igreja. Vínhamos aqui todo domingo quando eu era criança, sempre com nossas melhores roupas. Lembro-me de sentir coceira e desconforto, com marias-chiquinhas puxando o meu cabelo e meias três quartos ásperas sob meu vestido pouco flexível. O pároco era amigo da família; às vezes ele aparecia em casa para tomar chá e comer biscoitos nas tardes de sábado.

E Arthur e eu nos casamos aqui, é claro, não pelo mesmo pároco, que já havia se aposentado nessa época, mas por seu sucessor. Não faço ideia de quem seja o pároco atualmente. Não passo por essa arcada de pedras há muitos anos. Hoje, parece ser o momento certo. Amarro a coleira de Olly a uma grade e lhe aviso que não demorarei muito, depois entro no prédio silencioso e com ar fresco, procurando um banco para me sentar.

Fecho os meus olhos e, quando me dou conta, há alguém ao meu lado. Um homem de aproximadamente cinquenta anos, com uma barriga considerável e olhos gentis. A princípio, tomo um susto, mas ele me acalma com uma mão no meu braço.

— A senhora está aqui para conversar com o Senhor em silêncio ou gostaria de companhia?

Isso me pega de surpresa. Vim aqui falar com Deus? Ou foi só pela paz do local?

— Eu me casei aqui — digo.

Ele aquiesce, como se soubesse do fato.

— Foi na primavera de 1961, a chuva ia e vinha o dia todo. Mas, entre esses momentos, um sol brilhante. Havia um arco-íris lindo.

— É um pouco como um casamento, então — ele diz.

E tem razão, embora eu nunca tenha pensado assim.

— Ele agora se foi — falo.

— Seu marido?

— Sim. O Arthur.

— Não o Arthur Beaumont?

Viro-me, ainda sentada.

— Sim, isso mesmo.

— Oh, lamento muito ouvir isso. A senhora deve ser a Mabel. Ele falava da senhora com tanto carinho.

Não sei o que dizer porque achava saber tudo a respeito de Arthur e de sua rotina, mas não sabia que ele vinha aqui, que conhecia este homem.

— Ele vinha à igreja com frequência?

— Ah, sim, pelo menos uma vez por semana. Mas nunca para uma missa. Ele só entrava quando estava passeando com o cachorro e se sentava aqui contemplando em silêncio, assim como a senhora fazia antes de eu interrompê-la.

Lembrei-me de Arthur dizendo que Deus não estava nas igrejas, que não era nelas que você O encontrava. Deus estava nas flores e na neve, nos passarinhos do jardim e nos tigres que vemos à espreita em documentários do David Attenborough.

— Eu não sabia — falo. E, depois, junto coragem para fazer outra pergunta. — Ele chegou a mencionar uma mulher chamada Dot?

Ele franze o cenho, e percebo que isso pode soar como se ele estivesse tendo um caso.

— Era uma velha amiga — explico. — De nós dois. Encontrei um bilhete que ele escreveu e estou tentando descobrir o que ele quis dizer.

— Não me lembro de ele ter mencionado uma mulher chamada Dot — responde, a testa em sulcos de concentração. — A não ser que seja a que iria se casar com o amigo dele, o Bill?

— Isso — digo, e o volume da minha voz o assusta. — Isso. Bill era o meu irmão. Dot era minha amiga.

— Ele falava de vocês quatro, de como eram felizes.

— Algo mais?

Ele faz que não com a cabeça.

— Sinto muito.

— Não... está tudo bem.

Ele coloca uma mão na cabeça e coça os cabelos ralos.

— As pessoas são grandes mistérios — afirma. — Nunca se conhece alguém por inteiro.

E eis eu aqui, achando que conhecia.

6

Fiquei preocupada em chegar por conta própria, em fazer as coisas por conta própria. A ponto de me esquecer de me preparar para a enormidade de tudo, para as emoções. Isso me atinge com tanta força conforme nos aproximamos da igreja no carro fúnebre, que fico surpresa por não ruir. Minhas pernas são como marshmallows. Devo estar muito pálida, pois um sujeito alto vem rápido para me apoiar com um braço em volta; acho que é um dos primos do Arthur, mas não tenho certeza de qual deles, pois são todos parecidos. Ele também tem um pouco do aroma de Arthur — café e creme de barbear —, e naquele momento descubro que este será um dos dias mais difíceis. É claro que será. Assim como o dia em que encontramos Bill, o da perda de minha mãe, de meu pai, e de Dot. Tantas pessoas que eu amava se foram. Meu cantinho neste mundo está se esvaziando. Tenho que me perguntar por que ainda estou aqui.

— Você está bem, Mabel? — indaga o primo, e tento lembrar seu nome, mas nada me vem à mente.

— Sim, acho que sim.

O pároco sai da igreja e vem em linha reta até mim. Conduz-me para dentro, até a primeira fileira.

— É aqui que a amada de Arthur deve ficar. Há algo mais que precise me dizer, Mabel, antes de começarmos? A senhora decidiu se gostaria de discursar ou não?

— Gostaria, sim — respondo. E percebo que viro de lado, em busca da aprovação de Arthur. Força do hábito.

Ao longo da cerimônia, sinto como se houvesse uma mariposa nas minhas orelhas, batendo asas descontroladamente. Não ouço uma palavra sequer. Então, quando é minha vez de falar, uma pessoa na fileira tem de tocar meu ombro, fazendo a mariposa cair em silêncio conforme caminho até o púlpito, e tudo o que ouço é o ruído dos meus sapatos.

— Obrigada por terem vindo hoje — inicio, e minha voz é esganiçada. Detenho-me e pigarreio. — Arthur ficaria muito feliz em ver todos vocês. — Quase começo a pensar em como o seu rosto se abriria em um sorriso enorme ao ver todos ali reunidos, e como era triste e inútil estarem todos aqui agora, depois que ele se foi, e em como diremos coisas boas a seu respeito, mas não teria sido melhor dizê-las diretamente a Arthur? Por que esperamos as pessoas morrerem para falar sobre como nos sentimos? O pároco aproxima-se, toca minha mão com a sua, um pouco úmida, e me tira do transe. Ele aproxima-se e sussurra:

— Lembre-se, a senhora não precisa fazer isso.

Aquiesço com a cabeça. Sei que ele me fala com boas intenções, mas preciso, sim, fazer isso. Provavelmente será a última coisa importante que farei. Posso me recompor. Consigo. Limpo as lágrimas com algumas piscadas e me dou um beliscão no interior do meu braço. Eu não tinha escrito nada. Nem tinha certeza de que saberia o que dizer. Mas agora sei.

— Todos temos nossas memórias, e não tenho dúvidas de que alguns de vocês depois me contarão histórias que ainda não ouvi. Então deixem-me contar uma. Sessenta e quatro anos atrás, em um dia frio e calmo de março, nos despedimos de meu irmão Bill, bem aqui nesta igreja. Creio que ninguém aqui tenha conhecido o Bill, mas ele tinha 25 anos, e era um irmão e um homem maravilhoso; sua morte foi inesperada, repentina e cruel. Naquele dia, eu não sabia como ia suportar aquilo. Mas Arthur, que era o melhor amigo do meu irmão, ficou ao meu lado no banco da igreja e colocou sua mão com firmeza em meu braço; isso de alguma forma me ajudou a continuar respirando. Depois disso, quando estávamos diante de seu túmulo e o víamos ser baixado para debaixo da terra, Arthur segurou minha mão e não a soltou até o fim.

Então continuo: — Eu estava imersa em pesar, e ele me salvou. Nos meses seguintes, visitou minha casa para ver como eu e meus pais estávamos, e me convidou para bailes, embora tenha levado muito tempo para que eu fosse capaz de aceitar. Levou-me ao cinema e me deixou chorar em silêncio no escuro, sempre com aquela mão firme em meu braço. E me pareceu que em um piscar de olhos já era inverno. Perdi meses inteiros para o luto, saindo de casa apenas para trabalhar. Em um dia de novembro, falei para Arthur que me sentia um pouco mais animada, um pouco mais capaz de suportar a perda, e ele disse estar feliz com isso. No dia seguinte, me levou a um baile e me pediu em casamento, e eu sabia que nunca encontraria um homem mais gentil ou generoso com o qual dividir minha vida. E eu tinha razão. Tive aquela mão firme para me guiar pelas mágoas e alegrias ao longo dos anos. Sou muito grata por isso.

Paro e percebo que não tenho mais palavras, então faço um leve aceno de cabeça e me retiro, voltando ao banco. E a mariposa retorna, mesmo na hora em que cantamos "All things bright and beautiful"; canto baixinho, torcendo para não estar fora do compasso.

No velório, não sabia onde ficar ou o que fazer com as mãos. Vou ao bar e peço um suco de laranja, embora não queira um, só para ter algo para segurar.

— Foi uma bela homenagem a ele — elogia um dos primos, aproximando-se para me fazer companhia.

Aquiesço.

— Obrigada. Foi o que ele merecia.

— Ele era um bom homem. Um dos melhores. E a idolatrava.

Não sei o que dizer, por isso beberico meu suco de laranja a temperatura ambiente. Por que é tão difícil ouvir que alguém era devotado a você? Várias pessoas repetiram isso. O pároco, familiares, até pessoas que eu não reconhecia. Disseram que Arthur falava de mim com tanto carinho e que seus olhos brilhavam ao me mencionar, e eu não sabia onde me esconder. Sabia como ele se sentia, é claro, mas é difícil ouvir esse comentário vindo de todas as direções, especialmente agora que ele se foi. Pois nunca tive muita certeza do que havia em mim para admirar tanto. Sempre senti que eu era uma moça desajeitada com queixo protuberante e olhos ligeiramente menores do que deveriam ser. Certa vez, enquanto me penteava, minha mãe disse não saber ao certo se eu era "o tipo com quem alguém se casaria". Isso ficou gravado em minha mente.

Uma mulher aproxima-se de nós e me dou conta de que é a irmã de Arthur, Mary. Ela coloca uma mão em meu braço e lembra tanto o toque de Arthur que me sinto à beira das lágrimas. Será que ela nota? Seria por isso que tirou a mão?

— Quando éramos crianças — ela diz, sem cumprimentos —, nunca havia tempo suficiente para todos nós. Nove crianças, sabe como é. E sete eram meninos. — Ela revira os olhos. — Era uma loucura, puro caos. E, ainda assim, Arthur sempre percebia quando havia algo de errado com alguém e aparecia para oferecer conforto. Não me surpreende nem um pouco saber que ele era assim como esposo. Você foi uma mulher de sorte.

Peço licença e vou ao toalete. Não consigo parar de repetir aquelas últimas palavras. Fui uma mulher de sorte? E por que o verbo no passado? Porque ele se foi? Penso em várias mulheres que conheci ao longo dos anos, tento comparar-me a elas e analisar quem teve mais sorte. Deidre Maycomb com suas seis filhas e o marido que parecia nunca desgrudar dela. Ethel Smith, que sempre parecia estar alcoolizada, com seu trabalho no correio e nenhuma família. Anne McKay, abandonada pelo marido quando seu filho ainda era pequenininho. E quanto a Dot Brightmore? Não sei o que aconteceu com ela, sei?

Ocorre-me que sorte é algo relativo, e não algo que se pode delinear e afirmar com certeza. Pode ser algo que você tem e depois deixa de ter. Ou vice-versa. Mas sei o que Mary quis dizer. Ela o amava. Tinha muita consideração por ele, claro que tinha. Retoco meus lábios e saio, pronta para outra rodada. Ou pelo menos parecendo pronta.

No funeral de Bill, Dot e eu bebemos xerez demais e quando eram quatro da tarde estávamos dolorosa e deliciosamente tristes. Sentamo-nos longe das demais pessoas, contando nossas histórias, cada uma pensando no que a outra talvez não soubesse.

Você sabia, ela disse, *que a única discussão que eu e Bill tivemos foi a seu respeito?*

Eu não sabia.

Tínhamos brigado no trabalho e eu estava contando para ele. Eu não estava com raiva de você, só um pouco frustrada, e ele percebia isso nas minhas palavras. Disse que não era a pessoa certa para se compartilhar pensamentos negativos a respeito de sua irmã.

Conseguia imaginá-lo falando isso, mas ainda assim fiquei surpresa.

E o que você disse?

Falei para ele deixar de tolices. Que nós dois amávamos você e por isso mesmo era tão perfeito.

Eu quis perguntar "O que era perfeito?", mas não tive coragem, porque tínhamos bebido demais e eu sabia que qualquer coisa dita naquele dia poderia causar arrependimentos na manhã seguinte.

Fico em choque quando penso ter visto Arthur em pé com os cotovelos na mesa do bar, de costas para mim. Há uma madeixa de cabelo fora de lugar, e tenho vontade de ajeitá-la, mas é óbvio que não posso fazer isso, porque não é Arthur. O homem se vira, revelando-se um dos primos, é evidente. Mas a situação mexe comigo. Nunca mais vou ajeitar seu cabelo. Nunca mais vou arrumar sua gravata. Ele nunca mais vai fechar o jornal e dizer "Bem", e planejar o restante do dia comigo. Como seguir adiante?

Quando eu estava com quarenta e pouco, fui demitida do escritório de datilografia no qual trabalhara por mais de vinte anos. Por algumas semanas, perambulei um tanto entorpecida, sem saber o que fazer. Então, uma noite, enquanto comíamos carne moída com batatas, Arthur falou: *Mabel, sabe do que você precisa? De um objetivo*. Ele tinha razão. No dia seguinte, fui à agência de empregos e comecei a fazer trabalhos básicos de secretaria para uma clínica na mesma semana. E consigo ouvi-lo dizendo agora: *O que você precisa, Mabel, é ter objetivo.* Mas onde encontrá-lo?

Vou embora sem me despedir de ninguém, porque, caso contrário, terei que cumprimentar todos, o que levaria meia hora. Olly ficaria me esperando e, além disso, estou um caco. Está frio e há um vento forte. Talvez eu devesse ter pedido para um dos primos me levar para casa.

A cada clique-claque dos meus sapatos no asfalto, repito em minha mente: "propósito, propósito". Quando chego em casa, com as mãos dormentes de frio e dificuldade para encaixar a chave na fechadura, já sei o que preciso fazer. Preciso encontrar Dot. E quase não importa mais se foi o que Arthur quis dizer, se era o que ele teria terminado de escrever, se pudesse, porque há um pedacinho de mim que sempre quis encontrá-la. Não estou fazendo isso por ele. Estou fazendo por mim.

Nessa mesma tarde, saio ao jardim e vejo o pôr do sol pela primeira vez desde que ele morreu. Consigo enxergar minha respiração, e há várias nuvens. O sol desliza, descendo cada vez mais. Imagino-o ao meu lado e o que ele diria.

Agora o sol foi dormir, Mabel. Vamos entrar?

7

Nunca imaginei que algo importante aconteceria comigo no corredor de temperos do supermercado. Mas é nele que estou, pegando um pote de *piccalilli*, quando uma voz interior sussurra, dizendo-me para pegá-lo. Não para colocá-lo no cesto de compras junto ao pão e às bananas, mas, sim, colocá-lo na bolsa. Roubá-lo. E é a voz de Dot, como um chamado transcendendo os anos. Leve como o ar, cheia de argúcia. Aprontávamos muito. Cutucávamos e mexíamos em coisas, regras, etiquetas e obrigações, só para ver o que aconteceria. Ela tomava a liderança, mas eu ficava feliz em ser liderada. Feliz com a emoção, depois de tantos anos ouvindo me dizerem o que fazer — ou, na maioria das vezes, o que não fazer — na escola e em casa.

Arthur era do tipo que criava uma regra se já não existisse uma. Que desenharia uma linha no chão só para saber onde não pisar. As pessoas falavam que ele teria sido um bom policial. Não tenho certeza. Ele mal conseguia assistir a seriados policiais se tivessem um pouquinho de sangue. Mas entendo o que queriam dizer. Defender a lei e tudo o mais. Ao longo dos anos, acho que fiquei mais parecida com ele nesse quesito. Não conseguia suportar a reprovação que ele demonstraria se eu fizesse qualquer coisa ligeiramente contrária às regras. Só que agora ele não está mais aqui. E quem vai notar um pote de *piccalilli* a menos? Quem vai suspeitar de uma senhorinha como eu? Seguro-o por um minuto, finjo ler a embalagem. Ela é um borrão sem os meus óculos, mas ninguém precisa saber disso.

E, no momento em que coloco o pote na minha bolsa, vejo-a. Ela entrou na ponta do corredor e está olhando para mim. Ela viu. Não tem mais do que dezesseis anos, magra e desajeitada, com cabelo curto, um corte joãozinho, vestindo aquele uniforme verde de malha sintética. Um crachá em que se lê: "Erin". Já a vi antes no caixa, passando produtos e parecendo preferir estar em qualquer outro lugar. Seu semblante agora é mais curioso do que indignado. Encaro-a, ela não desvia o olhar, e sou a primeira a desfazer o contato visual. Não posso tirá-lo da bolsa agora, posso? Fico com calor, sinto o suor formigando em minhas axilas.

Haverá um escândalo. Um segurança grandalhão pondo as mãos em mim, virando-me e pedindo que eu entre em um escritório. E depois aquele gerente covarde que está sempre à espreita. Kevin Chieveley. Não o suporto. Ela vem até mim, ainda me encarando. Tem aroma de frutas cítricas e algo mais. Torrada com manteiga.

— Você não tem como provar nada — afirmo.

Ela parece achar graça.

— O que você quer? — pergunto.

— Eu? Não quero nada. Estava procurando uma coisa.

— O quê?

— *Piccalilli.*

Quase solto uma risada. Em outra vida, na qual eu não fosse uma idosa e ela não fosse assim tão jovem, podia imaginar nós duas sendo amigas. Ela vai deixar que eu me safe?

— Quero devolver — revelo. — Não sei por que fiz isso.

— Não sei do que a senhora está falando — ela diz, em seguida virando-se e desaparecendo na curva do corredor.

Meu coração está a toda velocidade. Observo ao redor, mas não há mais ninguém, e tiro o pote da minha bolsa e coloco-o de volta à prateleira. Isso é tudo? Acabou? Passo mais tempo do que preciso indo e vindo em corredores, porque não tenho tanta certeza de que ela não fará uma emboscada nem reaparecerá com seu chefe. Mas ela não faz nada disso. Quando chego ao caixa, é Erin, e ela dá um sorriso um tanto amarelo.

— Um bom dia?

— O quê? — pergunto.

— Está tendo um bom dia? Não precisa responder. Só pedem que eu pergunte. Só por falar, sabe?

— Ah. Bem, sim, acho. Digo, não, na verdade, não. Perdi meu marido recentemente.

Ofereço isso como uma desculpa. Ela aceitará? Erin passa pelo leitor as mercadorias que peguei, uma a uma. Consigo imaginar ser hipnotizada por aquilo. Há uma tatuagem de andorinha no interior de seu punho.

— Sinto muito — ela diz. — A senhora precisa de ajuda com as sacolas?

— Não, eu... — Pego as sacolas dobradas que guardo no meu carrinho de mão e ela aquiesce.

Erin não diz mais nada até eu estar pronta para ir embora, e, mesmo nesse momento, ela fala tão baixo que quase não a ouço:

— Meu expediente termina em dez minutos, se quiser conversar.

Fico tão surpresa que por um minuto só consigo olhar para ela. Erin é adolescente, mas algo em seus olhos sugere que sabe mais sobre a vida do que você esperaria.

— Ou não — ela diz. — Tanto faz.

O que eu e ela teríamos em comum, sendo que sua vida está tão perto do início e a minha está tão perto do fim? Sobre o que seríamos capazes de conversar?

— Preciso voltar para casa — digo.

É mentira. Não há ninguém em casa para se importar se volto em dez minutos ou dez horas. Ela dá de ombros, como se não importasse, e deve achar que também não importava para mim, da forma como reagi. Mas, durante todo o caminho de volta, repito suas palavras em minha cabeça. Conversar. Escutar. Não sei quando foi a última vez que me ofereceram isso.

Em casa, Olly quer comida. Abro um sachê da ração de que ele mais gosta e encho sua tigela de água. Arthur lhe dava diversos tipos de comida, mas estou tentando fazer com que ele goste mais de mim oferecendo-lhe a sua favorita. Não está dando certo. Ele ainda se senta na extremidade do sofá, me olhando na poltrona como se preferisse que eu não estivesse ali. Agacho-me para afagar sua cabeça, e ele a levanta sobre a tigela, com os olhos tristes.

— O que foi, garoto?

Comecei a falar mais com ele, agora que só há a mim. Olly tomba a cabeça de lado, como as pessoas fazem quando você lhes conta algo triste, depois volta a comer. Contudo, ele não rosna há alguns dias, o que já é algo.

Deve ter sido a ideia de ter ouvido Dot no supermercado que me fez subir numa cadeira no quarto de hóspedes para pegar álbuns de fotografia. Se eu caísse, se eu acabasse no chão com uma perna quebrada, como alguém saberia que eu estava ali? Olly talvez latisse um pouco quando ficasse com fome. Dá bastante perspectiva pensar que eu poderia morrer aqui, sozinha, sem que ninguém me encontrasse.

Ali estavam eles, escondidos no fundo: dois álbuns de couro sintético, um azul e outro vermelho. Papéis de seda enrugados dentro deles. Não olho os álbuns até estar sentada na minha poltrona ao lado da janela, e, quando abro o primeiro, perco o fôlego. Eis ela ali. Dot.

É uma fotografia em que estamos eu e ela, Bill e Arthur, todos parecendo um pouco formais. Acho que foi minha mãe quem tirou a foto, se me lembro corretamente. Foi um dos primeiros bailes a que fomos como um quarteto e ela sugeriu fotografar "para a posteridade". Talvez achasse que essa seria a noite em que Bill voltaria para casa com a notícia de que havia pedido Dot em casamento. Ela e eu tínhamos vestidos que pinicavam na cintura e tinham saias longas. A foto está em preto e branco, é claro, mas lembro que meu vestido era azul-claro e o dela era de um amarelo vibrante. Era um pouco justo, o vestido, e eu nunca comia muito quando ia usá-lo. Poderia ter pedido à minha mãe que o afrouxasse um pouco, mas preferia fingir ser um pouco mais magra do que eu era de fato.

Dot geralmente vinha para casa depois do chá da tarde, e colocávamos os vestidos e arrumávamos o cabelo. Minha mãe dizia que nunca tinha ouvido tantas risadinhas. Depois, Arthur batia à porta de casa e minha mãe o recebia e nos chamava. Bill surgia de seu quarto, cheio de sorrisos para Dot, e saíamos juntos. Dot e eu dávamos o braço uma para a outra e os homens andavam atrás de nós. Os preparativos para essas caminhadas às vezes eram minha parte favorita da noite. Quase sempre, na verdade. Quando chegávamos ao salão de baile, geralmente o som estava um pouco alto demais, e nunca fui muito boa de dança, mas no caminho para lá, descendo a ladeira, a cidade inteira se estendia como um tapete, e parecia que o mundo estava ao alcance das nossas mãos, como se pudéssemos pegá-lo como uma maçã em uma árvore.

A foto não mostrava bem quem ela era. Ela parecia um pouco rígida, como se não quisesse estar sendo fotografada. Não estávamos acostumadas a aparecer em fotografias, não como os jovens de hoje, sempre fazendo poses. Coloco-a contra a luz, tento encontrar o brilho que ela sempre teve, mas não está ali. Minha mãe não o capturou. Ou foi a câmera. Olho para mim em seguida. De certa forma, é difícil acreditar que já fui tão jovem, e por outro lado ainda é essa a aparência que eu acredito ter, até ver meu reflexo em um espelho desavisado. Meu cabelo preto está preso, minha pele está lisa. Meu queixo pronuncia-se só um pouco, mas não é o desastre que sempre achei ser na época. Bill parece apenas ele mesmo, do jeito que sempre foi. Sem desculpas nem embaraços. As pessoas falam em se sentir confortável na própria pele, e era assim que Bill era. Seu cabelo estava penteado para trás e com creme modelador, o olhar era firme e a camisa estava um pouco amassada. Consigo enxergar minha mãe aproximando-se para desfazer as rugas o máximo que podia antes de posicionar a câmera. Tão charmoso. E Arthur, ao lado de Bill, sorrindo com os olhos. Não dá para ver o tom vermelho de seu cabelo ou o fato de que ele era um pouco mais pesado, um pouco mais robusto que Bill. Seus olhos não fitavam a câmera; ele olhava ligeiramente para o lado, na direção de Dot.

Todos parecemos jovens e belos, e essa é a verdade. E agora, Bill se foi há décadas e Arthur há algumas semanas, e não consigo parar de pensar em Dot. Se sou a única que resta ou se ela ainda caminha por esta terra, em algum lugar.

Ouço sua voz de novo, pouco mais do que um sussurro. *Encontre-me.*

8

Não me lembro da última vez que a campainha tocou, então o som me sobressalta. Coloco os pés em minhas pantufas de lã e vou ao hall. Quando abro a porta, há uma mulher parada, sorrindo para mim. Ela tem cerca de cinquenta anos. Uma boa idade: muito da vida já ficou para trás, mas ainda há bastante à frente. Ela tem um cabelo louro oxigenado com corte chanel e roupas com caimento inadequado.

— Quem é você? — pergunto.

Ela joga a cabeça para trás e ri. É o tipo de mulher que ri com o corpo inteiro. Mas também tem olhos tristes.

— Meu nome é Julie — ela responde. — Sua nova cuidadora. Posso entrar?

Uma cuidadora. Digo-lhe que deve ter havido um engano, mas ela insiste. Não posso deixá-la entrar sendo que é uma completa estranha, posso? Ela me mostra seu cartão laminado, mas qualquer um poderia imprimir algo assim. Parecemos estar em um impasse, até que ela sugere ligar para seu chefe. Após conseguir contatá-lo, entrega o celular para mim.

— Alô — digo. — Aqui é Mabel Beaumont e tem uma mulher à minha porta dizendo ser minha nova cuidadora, mas não solicitei nada disso.

— Ah, a senhora não recebeu um telefonema nosso?

— Não.

— Seu marido nos contatou…

— Meu marido morreu — digo-lhe.

— Sim, imaginei que fosse o caso. Deixe-me explicar, sra. Beaumont.

— É melhor explicar mesmo.

— Veja, o seu marido nos contatou um tempo atrás para solicitar um serviço de cuidados para depois que ele... partisse. Ele ligava periodicamente para nos relatar seu estado de saúde, e não tivemos notícias dele há um tempo, então imaginamos que talvez a hora dele tivesse chegado. Mas deveria ter havido um telefonema antes. Entendo como isso pode ser um pouco chocante. Peço desculpas.

Arthur. Um serviço de cuidador. Então ele sabia, ou ao menos suspeitava, que não tinha muito mais tempo. E nunca falou nada. Coloco uma mão no pescoço; Julie parece um pouco alarmada e avança, estendendo os braços, provavelmente para o caso de eu desmaiar, mas só sinalizo para que ela entre. É evidente que não é uma ameaça. Não vou deixá-la no frio enquanto resolvo isso.

— Não preciso disso. E não tenho como pagar — informo.

— Ah, ele disse que talvez a senhora opinasse sobre a questão, mas asseguro-lhe que ele pagou adiantado os primeiros três meses.

Os primeiros três meses. Até o fim de fevereiro, quase. Penso nele tendo essa ideia, ajustando os detalhes e fazendo os preparativos, e sinto como se meu coração tivesse crescido de repente, bloqueando minha traqueia, e não mais capaz de respirar. Por que ele não falou nada? Todas as noites em que deitamos lado a lado, ambos com dificuldade para dormir nos últimos anos. Houve tantas oportunidades para me contar.

— Isso é tudo? — ele pergunta. — Quero dizer, é que tenho outras questões para resolver. Se tiver mais dúvidas, imagino que Julie poderá responder.

Olho para Julie. Ainda estamos no hall, e ela está com um casaco acolchoado. Não conseguirá passar por mim até que eu recue.

— Obrigada — digo, e devolvo o telefone para ela, depois viro-me e vou para a sala de estar.

— Lamento que isso tenha sido um choque, e sinto muito pela perda do seu marido, mas vamos aproveitar que os arranjos já foram feitos, sim?

— Com que frequência você virá?

Imagino que ela dirá uma vez por semana. Talvez duas.

— Todo dia, por algumas horas.

— Todo dia?! Isso custará uma fortuna! — O que não digo é que não sei se gosto dela, por ora.

Ela dá de ombros.

— Era Arthur que cuidava das finanças, Mabel? Talvez ele tivesse dinheiro separado para isso há bastante tempo, só por precaução. E, devo dizer, como alguém que acabou de ser deixada pelo marido por um modelo mais novo, acho que você teve sorte com o seu.

Mas que comentário. Ela não sabe nada a respeito do meu casamento. E nunca saberá. Mas isso explica os olhos tristes, acho. Há um aroma floral no cômodo que não havia antes, que então suponho ser seu perfume. É agradável, leve.

— Sempre será você? — pergunto.

Ela dá aquela risada de novo, apoiando a mão no sofá.

— Ah, Mabel, você é um caso clássico. Sim, sempre serei eu. Acho que vamos nos dar bem, não acha?

Não, não acho. Mas não digo isso. Sentamo-nos, eu em minha poltrona à janela e ela no sofá com Olly. Ela se aproxima para acariciá-lo e penso em avisá-la, mas ele avisa primeiro, recuando e soltando um leve rosnado.

— Quem é esse peludinho?

— É o Olly. Ele não gosta muito de... quase ninguém.

— Nem mesmo você?

— Nem eu. Ele gostava do Arthur.

— Entendo. Muito bem, vamos ver o que posso fazer por você. Precisa de ajuda para tomar banho e se vestir?

Eu me arrepio com essa ideia. Arthur uma vez disse que preferia estar morto a precisar de ajuda com cuidados íntimos. E ele teve o que queria, não é?

— Não.

— Certo, e para controlar e tomar remédios?

— Não.

— Fazer refeições? Lavar a roupa? Espanar e varrer a casa?

— Não.

— Companhia?

— Companhia?

— Isso, companhia. Conversar, dividir um café ou um sanduíche.

— Arthur e eu sempre comíamos um pão doce juntos às onze da manhã.

Não sei por que lhe contei isso.

— Bem — ela diz —, talvez você e eu possamos fazer algo similar. Ou, se quiser preservar isso como algo especial só entre vocês dois, podemos criar nossa própria tradição.

— Como o quê?

— Como... talvez possamos tomar chocolate quente e um biscoito? Algo extravagante? Ou talvez eu pudesse fazer *scones* para comer com manteiga e geleia? A escolha é sua, Mabel. Mas podemos fazer o que quiser para deixar sua vida mais animada, mais fácil. E podemos mudar ao longo do processo. Se decidir que afinal quer minha ajuda com alguma das outras coisas que mencionei, podemos incluí-las.

Entendo por que ela está nessa profissão. Há algo relaxante em sua voz. Mas ela não pode sair comendo *scones* com geleia com todas as pessoas de quem cuida, pode?

— Você é boa com computadores? — pergunto. — Não sou incompetente como outros idosos. Arthur sempre dizia que tínhamos que nos manter atualizados. Comprou um iPad na época em que o primeiro modelo foi lançado e nós dois o usávamos. É só que... gostaria de encontrar uma pessoa de quem perdi contato, e não sei muito bem como fazer isso.

Julie recosta-se na cadeira, pensando.

— Sabe, eu sempre falava para o meu Martin que esse trabalho era como dez profissões misturadas em uma. Assistente de saúde, faxineira, chefe de cozinha, o que mais for. Mas investigadora pessoal é novidade para mim. É uma paixão antiga?

Bufo.

— Não! Uma velha amiga. Dot. Ela se mudou de forma inesperada após a morte do meu irmão. Imaginava-se que ela iria se casar com ele, entende? Ele faleceu e ela desapareceu.

Julie olha para mim, perplexa.

— Sinto muito.

— Do que está falando?

— Pelo seu irmão. Sinto muito que ele tenha morrido.

— Ah. Sim, é. Já faz bastante tempo.

— Você quer falar sobre ele?

Sem contar o funeral de Arthur, não falo de Bill há anos. Décadas. Arthur raramente trazia o assunto à tona e, depois que meus pais morreram, não havia mais ninguém que o conhecesse. Não achava que importasse, depois de tanto tempo, mas a sugestão o traz à minha mente: seu rosto endiabrado e charmoso, e a forma como ele colocava o braço à minha volta se notasse que eu estava nervosa com algo.

— Não, obrigada — respondo, mas é mentira.

Julie assente com a cabeça.

— Está bem. Escute. Não quero que comecemos com o pé esquerdo, Mabel. Quero ajudá-la, se possível. Então é só me avisar se eu falar qualquer coisa que não lhe agrade. Confio que você dirá algo.

Direi.

— Vou colocar a água para esquentar — ela diz. — Isso costuma ser sempre um bom ponto de partida.

Quando ela volta, traz as xícaras e pratinhos que ganhamos de presente de casamento. Ela deve ter revirado os armários um pouco para achá-los. Sempre gostei daquele jogo, mas Arthur preferia canecas e foi o que acabamos usando no dia a dia. E ela achou alguns biscoitos. Com recheio de creme inglês. Ela coloca meu pratinho no peitoril da janela.

— Gosto de xícaras no pratinho — ela diz. — Eu sempre dizia para o meu Martin: e se a rainha viesse nos visitar? Seria bom ter tudo pronto para ela.

— Você disse que seu marido a deixou?

Ela parece surpresa com o comentário, mas esconde isso rápido.

— É, me deixou.

— Foi recente?

— Duas semanas.

— Perdi o Arthur há um mês.

— A diferença é que tenho certeza de que seu Arthur teria ficado, se pudesse.

Nisso ela tem razão.

— Como ele é? Seu marido?

Ela afasta a franja dos olhos com um sopro e me encara. Há algo de peculiar em seu nariz. É um pouco empinado e a faz parecer arrogante, embora eu note que ela não é.

— Ele é um homem comum, acho. Foi o primeiro a me dar alguma atenção e, quando me dei conta, todo mundo falava em casamento. Mas ele me faz rir. Me fazia rir. Enfim, a ópera só acaba quando a mulher gorda canta, e eu não estou cantando, estou?

Sei que é uma piada, mas ela não é gorda. Se tivesse mais intimidade, lhe diria. Ela só precisava de algumas calças de número maior e sua aparência melhoraria.

— Você tem esperanças de reconquistá-lo, é?

— Tenho, Mabel. As coisas não darão certo com essa outra mulher, darão? Ela mexeu com a cabeça dele, é só isso. Mas não consigo imaginar que ela aturará os hábitos dele por muito tempo, e aí ele voltará de joelhos pra mim, e o farei prometer que me levará a um lugar bem especial, para compensar, e assunto encerrado. Quando tiver a sua idade, se Deus permitir, isso será uma memória longínqua. Falaremos: "lembra aquela vez que...". Entende o que quero dizer?

Minha vontade é falar que ela deveria esquecê-lo. Ele não parece valer o esforço. Mas não se pode dizer às pessoas como devem viver suas vidas. Ou melhor, pode-se, mas não funciona. Sei disso até demais. Então só aquiesço.

— Mas agora — ela diz — conte-me sobre essa sua amiga que estamos procurando. Você sabe se ela ainda está viva?

A hipótese de Dot estar morta quase me faz rir, pois nunca conheci alguém com tanta vida. Por outro lado, talvez eu tenha dito algo similar a respeito de Bill no passado.

— Não a vejo há sessenta e dois anos. Não sei nada além de seu nome. E ela talvez tenha se casado, é evidente.

É evidente que ela teria se casado. Pessoas como Dot não vivem a vida inteira sozinhas.

— Bem, parece que essa será uma missão desafiadora, não? Mas temos tempo. Pensarei um pouco em como podemos abordar isso e começamos a partir daí, certo? Agora, posso fazer algo para seu chá da tarde? Cortar verduras ou algo parecido? Colocar a roupa para lavar? Não sinto que estou fazendo meu trabalho se só ficar aqui conversando.

Não gosto de imaginá-la mexendo na minha cesta de roupas, então peço que descasque e pique algumas batatas e cenouras. Da sala de estar, ouço-a cantando na cozinha, uma balada. Ela é surpreendentemente afinada. Isso me faz perceber quanto a casa anda quieta. Arthur sempre estava assoviando, cantarolando ou falando e, embora estivéssemos muitas vezes em cômodos diferentes, a casa é pequena e eu sabia que ele estava ali. É agradável, penso, ter um pouco de companhia. Talvez seja o que eu estava precisando, e ele soube disso antes de mim. Às vezes é assim após uma vida toda juntos. Eu sempre sabia quando ele havia pegado um resfriado, ou quando havia ganhado um pouco de peso. E sempre sabia quando ele tinha uma amante.

9

As palavras daquela jovem — *se quiser conversar* — têm ecoado em minha mente há dias. Então, quando a vejo, há uma sensação estranha, como quando você sonha com alguém e depois se depara com a pessoa. Ela está no banco próximo aos túmulos, o que é um ligeiro problema, pois gosto de ficar ali perto da cerca e conversar com a minha família, e não dá para fazer isso se houver alguém por perto. Vou parecer uma tola. Será que ela ainda se lembrará de mim, daquele dia? Fecho meu casaco um pouco mais. Ela não está agasalhada, e vê-la faz com que me arrepie. Aproximo-me da cerca, me apoiando ligeiramente nela, e Olly senta-se. Quando me viro, ela está olhando para mim.

— Oi — ela cumprimenta.

— Olá.

Ela tinha colocado os pés na beirada do banco, levando os joelhos ao busto, envolvendo-se com os próprios braços. Como se tentasse se encolher.

— Posso me sentar? — pergunto.

Ela faz que sim com a cabeça. Há bastante espaço para nós duas, mas sempre parece estranhamente íntimo dividir um banco público com uma pessoa desconhecida. Sento-me do lado oposto ao dela. Alguns cães são bons iniciadores de conversa em ocasiões assim, mas o meu não é um deles. Ele se deita aos meus pés e adormece.

— Gostaria de agradecê-la — falo. — Pelo outro dia. Por não ter dito nada. Geralmente não faço esse tipo de coisa. Não é um hábito. Foi um impulso estranho, e cedi, não sei por quê.

Ela dá de ombros.

— Nunca denuncio pessoas por roubarem comida.

Penso nisso.

— Por que não?

— Bem, porque não é como se estivessem roubando um item supérfluo ou de luxo, né? Ou algo caro. Se uma pessoa rouba comida, é provável que ela precise dessa comida, e isso não é da minha conta, então não vou tentar dificultar as coisas para ela.

É uma resposta compassiva, e claramente é algo no qual ela já pensou. Fico um pouco surpresa, porque tudo o que sei a respeito de adolescentes vem dos jornais falando como eles são mimados e egoístas. Fui ingênua, presumindo coisas baseadas no que a mídia quer que eu acredite. Arthur sempre dizia: *Use seus olhos e ouvidos, forme a própria opinião.* E ele tinha razão.

— Você vê bastante? Pessoas furtando na loja?

— De vez em quando, mas não muito. Geralmente não é *piccalilli.*

Baixo minha cabeça e sou tomada pela vergonha. Sequer é algo de que gosto muito. Arthur gostava. Era indispensável no Natal. Ainda não perdi o hábito de estocar seus alimentos favoritos além dos meus. Em alguns casos, cheguei até a esquecer quem gostava do quê. Mas tenho pensado muito no que aconteceu, em por que fiz o que fiz, e acho que tenho uma hipótese.

— Quando você é jovem e é mulher — digo —, todos estão interessados em você. Em sua aparência e no que tem para dizer. E depois chega um momento na sua vida, mais ou menos aos cinquenta anos, em que tudo isso acaba e você se torna invisível. E é ridículo, porque a essa altura da vida você pode acrescentar coisas bem mais interessantes à conversa, mas ninguém quer ouvi-las. Aprendi a conviver com isso, aconteceu comigo faz tempo, mas, desde que o meu marido faleceu, há dias em que não falo com ninguém; sinto que ninguém me enxerga e acho que queria pôr isso à prova.

Ela me encara, e acho que fui longe demais.

— Hum — ela murmura. — Invisível.

Continuamos sentadas, olhando para a frente, mas às vezes a observo de soslaio. Ela não é a mais bela das moças, mas é radiante de um jeito que só os muito jovens são. O problema é que não sabem disso. E você não pode lhes contar. Pelo resto da vida, parte dela tentará recuperar o que ela é neste momento.

— É Erin, certo? — Lembro-me do crachá.

— Isso.

— Mabel — digo.

E, em seguida, ela faz algo estranho. Estende a sua mãozinha e fazemos um aperto de mão, como gente de negócios, como aliadas, como parceiras. A mão dela é pequena e bastante fria. Ficamos em silêncio; ouço o canto dos pássaros próximos.

Ela gesticula para o memorial de guerra situado depois dos túmulos.

— A senhora se lembra?

— Da guerra? Um pouco. Algumas partes.

— Nos trouxeram aqui uma vez no Ensino Fundamental. Tínhamos que andar em pares, de mãos dadas. Levei uma bronca por falar demais. Meu professor disse que era um desrespeito aos mortos. Mas eu não conseguia associar esse monumento de pedra a pessoas lutando e morrendo. Eu tinha dez anos. Não fazia sentido pra mim.

Entendo o que ela quer dizer. Se você é uma criança e não viveu aquilo, tudo deve parecer tão irreal.

— Meu pai lutou na guerra. Ele voltou, mas todos diziam que ele nunca mais foi o mesmo. Houve muitas perdas nesse sentido, que não necessariamente envolviam balas ou ser enterrado em solo estrangeiro.

Ela me fita com intensidade, sem embaraço. Como ela aprendeu isso? A encarar coisas difíceis? Ela é tão jovem.

— Sinto muito — ela diz.

— Você ainda tem pai e mãe?

Ela faz que sim.

— Você deveria considerar a sorte que tem.

Ela balança a cabeça, devagar.

— Não concorda?

— É só que... sabe, fico feliz que meu pai não tenha precisado lutar em uma guerra, é claro, mas meus pais e eu não nos entendemos muito bem em certas questões.

— Como o quê?

— Bem, com o fato de eu gostar de meninas, pra começo de conversa.

Não entendo o que ela quer dizer inicialmente. Gostar de meninas? E então, quando me dou conta, meu rosto enrubesce. Não estou acostumada a falar desse tipo de coisa, das inclinações das pessoas. Porque o sexo espreita sob a superfície dessas conversas, e sexo era algo tão secreto quando eu tinha a idade dela que minha mãe jamais havia feito alusão ao assunto, exceto quando me disse que talvez eu sentisse dor na noite do meu casamento.

— Entendo.

— Minha mãe é religiosa, diz que Deus não concorda com isso. E, sabe, nem cheguei a contar para ela sobre mim, mas ouvi as coisas que ela disse ao longo dos anos e... — Ela simula um estremecimento.

Fico em silêncio; não sei o que dizer.

— Bem — ela diz —, preciso ir trabalhar.

Sorrio para Erin, mas não sei como ela interpreta isso. Ela vai embora, tirando fones de ouvido de sua mochila e colocando-os nas orelhas. É um mundo diferente este em que ela cresce hoje. O mundo que ela herdará. Erin tem opções que eu nem concebia desejar. Uma educação, uma carreira. E deveria ser mais fácil, não deveria? Mas não tenho certeza de que seja. Talvez não haja caminho fácil para a idade adulta, não importa a época em que se viva.

— Olá, pai; olá, mãe; olá, Bill — digo, levantando-me e indo em direção à cerca.

Olly fareja um pouco os arredores, tirando bitucas de cigarro do caminho.

— Achei que ficaria sozinha sem o Arthur, mas ele contratou uma cuidadora para me visitar todo dia. Julie, o nome dela. Talvez eu a traga aqui comigo em algum momento, porque não tenho sentido muita firmeza nos meus pés, e a última coisa de que preciso é uma queda e um quadril quebrado. Isso aconteceu com a minha amiga, a Enid, e ela nunca mais saiu da cadeira de rodas. É uma empreitada de tolo, envelhecer. Vocês todos perderam essa parte, não é mesmo? Nenhum de vocês passou dos sessenta e seis, e eu já fui vinte anos além disso. Hoje em dia acordo de manhã e preciso examinar meu corpo inteiro, tentar descobrir o que dói, quanto dói e se doía no dia anterior. E depois levo dez minutos para me levantar e seguir com a vida.

— Acho que o Olly está farto de mim. Não estou cuidando dele direito. É muito difícil para mim. Talvez precise descobrir se alguém pode adotá-lo...

Olly está sentado aos meus pés, comportadíssimo, e solta um pequeno ganido neste momento, como se entendesse.

— Lembram-se da Dot? — pergunto. — Claro que se lembram. Vou tentar encontrá-la. Eu sei, eu sei, ela pode nem estar mais viva. Mas acho que preciso tentar. É algo que eu deveria ter feito há anos. Enfim, talvez seja melhor levar este aqui para casa e lhe dar comida. Volto em breve.

Dou um passo para trás e uma memória surge diante dos meus olhos. Bill em uma árvore, balançando o galho em que estava sentado para me assustar. Acenando. Arthur estava com ele? Provavelmente sim. Os dois foram grudados por anos. E, sim, se olho novamente, atrás de Bill, consigo vê-lo ali, rindo e oscilando de um lado para outro para manter o equilíbrio. Atravesso o cemitério até seu jazigo, para falar que estou pensando nele.

Levo alguns minutos para encontrá-lo. A lápide ainda não foi colocada.

— Encontrei o bilhete que você deixou — digo. — A lista. Acho que você quer que eu encontre a Dot. É o que tentarei fazer, de qualquer modo. Não tenho certeza de que você desejaria isso, mas talvez fique mais claro durante o processo. Não sei. Queria que tivesse ficado tempo suficiente para me contar, Arthur. Queria que tivesse ficado.

Sei que vou desabar em choro se ficar por mais tempo, então mando-lhe um beijo e viro de costas, voltando para casa sem olhar para trás. Conforme caminho, permito-me uma lembrança. Arthur e eu, na casa dos sessenta, sentados em nosso banco e assistindo ao pôr do sol em um dia de inverno rigoroso como esse. Deveria ser fim de semana. Tínhamos canecas de chá, e o vapor se misturava com as lufadas de ar que escapavam quando falávamos.

O Natal está chegando, ele disse. *Há algo que você queira?*

Havia coisas que eu queria. Mas nada que pudesse revelar a ele.

Não preciso de nada.

Mas não é questão de precisar quando se fala de Natal, não é? Podemos ir a Overbury, escolher um par de brincos ou um vestido para você.

E quanto a você?, perguntei.

Ele se deteve por um momento e, nesse ínterim, fiz uma lista mental das coisas que eu sabia que ele queria, ou quis em algum momento. Um filho, uma filha. Uma esposa que não se retraísse ao seu toque.

Não faria mal um rádio novo para a oficina do quintal, ele disse.

Desde que se aposentara, ele começou a passar bastante tempo lá, consertando coisas. Os vizinhos descobriram, de algum modo, e as pessoas frequentemente traziam coisas para Arthur colar e remendar. Ele parecia gostar.

Um rádio, repeti.

E me perguntei: será que casamentos são sempre assim, com tantas verdades escondidas sob as conversas? Tanta omissão, tanto fingimento?

Estou quase em casa quando ouço um grito e, ao erguer os olhos, vejo uma bela jovem com um carrinho diante de mim, as mãos cobrindo a boca. Vejo suas unhas, de cor azul-marinho e formas perfeitas. Ela parece ter saído de um comercial, com pele impecável e bolsa de marca.

— O que foi? — pergunto. — Está tudo bem?

— Seu cachorro! — ela diz.

Olho para Olly, que retribui o olhar, e ambos ficamos igualmente confusos.

— Este é o Olly — falo, sem saber o que mais fazer.

— Olly! — Ela se agacha, fazendo balançar seus cachos louros soltos. — Rá! Olly, o collie?

— Piadinha do meu falecido marido. Ah, cuidado, ele é um pouco…

Mas é tarde demais, porque ela está fazendo cócegas sob o queixo dele, coisa que ele nunca me deixou fazer, e ele está jogando a cabeça para trás, para que ela continue. É como se ele gostasse dela. Traidor.

— Ele é lindo — ela diz, levantando-se de novo. — Sou a Kirsty.

— Mabel.

— Olá, Mabel. E esta… — ela aponta para o carrinho, e vejo que há um bebê dormindo dentro dele. — Esta é a Dotty.

— Ah. Eu…

Ela olha para mim, preocupada.

— A senhora está bem, Mabel?

— Tudo bem, sim. É só que…

— O quê?

— Tenho uma amiga, quero dizer, tinha uma amiga com esse nome. Dot, na verdade. Dorothy.

— Ah, que legal! — Ela junta as palmas das mãos. — Embora, ai, a senhora disse "tinha", não é? Sinto muito que tenha perdido sua amiga.

— Não, é, digo, eu a perdi, mas ela não morreu, pelo menos não que eu saiba. E vou reencontrá-la.

Eu paro e me dou conta de que ela deve me achar louca, contando sobre minha vida assim, no meio da rua. Mas sua expressão é gentil.

— É melhor eu seguir adiante, ela costuma acordar se paro, o que não é ideal. Mas foi um prazer conhecê-la, Mabel. E você também, Olly. Espero que encontre sua amiga.

Ela se agacha de novo e acaricia suas costas, e ele parece adorar. Em seguida, vai embora.

— Mas o que foi isso? — pergunto a Olly, depois que ela está longe.

Quando entro em casa, Arthur está de pé apoiado na estante da sala de estar. Coloco a mão no peito, pisco rapidamente, mas ele está ali, de verdade.

— Arthur?

Ele não responde, só se inclina. E, no momento seguinte, some, e não consigo ter certeza sequer de que esteve ali.

10

Tem uma matéria que eu vi no *Top of the Morning* que falava de pessoas que costumam contar os detalhes íntimos de suas vidas logo após conhecerem outra pessoa. Desabafadores compulsivos, foi como chamaram. Michael Silver estava no programa, todo sério, como se estivessem falando de câncer, a mão no queixo, conversando com uma psicóloga que escreveu um livro a respeito desse fenômeno, e de por que as pessoas estão mais propensas a desabafar atualmente do que no passado. A psicóloga era uma mulher de uns quarenta anos, com óculos redondos e um terno sem graça. Metade da minha idade e esse monte de qualificações. Minha cabeça dói só de pensar nisso. Enfim, Michael Silver disse conhecer alguns desabafadores compulsivos e contou a história de uma amiga da sua segunda esposa que jantou em sua casa e falou sem parar sobre sua histerectomia e seu histórico de depressão, e de um colega que gostava de relatar as suas aventuras no quarto nos mínimos detalhes. Michael Silver ergueu os braços e fez aspas com as mãos ao dizer "aventuras no quarto". O programa passa de manhã, afinal de contas.

Parecia que nenhuma dessas pessoas chegava perto de Julie. Ao fim da primeira semana, eu sabia sobre o tal de Martin com quem ela foi casada por mais de vinte anos e sobre como ele decidiu um dia que não estava feliz e ponto-final. E jurou de pés juntos que não havia outra mulher e, uma semana depois, ela encontrou com ele no supermercado — comprando logo granola, sendo que ele sempre foi um homem de cereal matinal —, o seguiu até aquele conjunto residencial novo perto de Overbury, o viu entrar em uma casa e ir imediatamente para os braços de uma ruiva alta chamada Estelle.

Perguntei como ela sabia que a ruiva se chamava Estelle, e ela disse: "Bem, essa é outra história", em seguida começando-a antes que eu pudesse dizer se queria ou não ouvi-la. Ela seguiu a mulher até o centro comunitário de Overbury e entrou na mesma sala, sem saber no que iria se meter. Era uma aula de dança de salão. Ela ouviu a professora chamá-la de Estelle. Quando Estelle viu a ex-esposa do namorado, teve um mal-estar repentino e precisou ir embora. E não voltou lá até hoje.

— Mas foi assim que conheci a Patty — Julie me conta hoje.

Ela sempre continua de onde parou, como se tivesse dado uma pausa em si mesma desde a visita do dia anterior.

— Na aula de dança?

— Isso, ela é a professora.

— Que tipo de nome é Patty? Parece americano.

— Ela é americana.

— Bem.

— Bem o quê?

Não sei o que responder, porque "bem" é algo que digo quando não sei mais o que dizer. Dou de ombros. Felizmente, ela segue adiante. Ela é fácil de lidar nesse quesito. Não implica com coisas que você entendeu errado nem fica perguntando o que você quis dizer.

— Mas o que ela tem que você não tem? A Estelle?

Julie parece melancólica por um minuto.

— Pra começar, ela tem uma década a menos, e uns quilos a menos também.

Essa obsessão pela juventude sempre me irritou. Uma mulher com a idade de Julie viu muitas coisas e fez muitas coisas. Ela sabe o que quer e tem algo a dizer.

— A meu ver, ele é um tolo — falo, e ela me agradece e coloca as mãos sobre as minhas, o que me parece íntimo demais, então encolho os braços. Mas estou me afeiçoando a ela, devo dizer. Naquele primeiro dia, achei que isso não duraria nem uma semana.

— Pensei em uma coisa com a qual preciso de ajuda — informo.

— Ah, é? — Ela parece gostar disso.

— A cama — explico. — É uma *king size*, sabe? E o Arthur e eu trocávamos a roupa de cama toda quinta-feira. É um pouco demais fazer sozinha.

— Considere feito — ela diz, e some escadaria acima.

Ao voltar, ela vai até a parede próxima à porta e noto que ela está olhando para nossas fotos. Era Arthur que providenciava as molduras e as pregava na parede. Ele e eu no dia do casamento, em nossa viagem para Anglesey, prestes a entrar na balsa em Dover. Parecia-me um pouco narcisista colocar todas aquelas fotos de nós mesmos, mas Arthur perguntava que outra pessoa colocaríamos na parede, e era um bom argumento.

— Era um homem bonito, o seu Arthur — ela diz.

Não sei se ela espera que eu responda. Eu sempre soube que ele era atraente. As mulheres o olhavam, e depois para mim, como se tentassem decidir se estavam contentes com a combinação. Como se fosse da conta delas. Muitas vezes, ele abria um sorriso e eu me fechava em uma carranca, porque elas não sabiam por que ele tinha me escolhido, imagino. Ele não percebia. Não era vaidoso. E, para Arthur, era tudo muito simples. Eu era a irmã mais nova de seu amigo, e ele decidiu no momento em que me viu pela primeira vez, foi o que me disse.

Ele tinha dezenove anos e eu tinha dezesseis, e Bill o trouxe para o jantar. Eram costeletas de porco, segundo ele, além de purê de batatas, repolho e molho de carne. Não tenho nenhuma lembrança desse dia em particular. Para mim, era como se ele sempre tivesse estado ali, praticamente uma extensão de Bill, mas não lhe disse isso quando ele contou a história. Fingi que também foi significativo para mim. Ele falou: *Você limpou o prato, e depois comeu uma pera de sobremesa, e me lembro de pensar comigo mesmo: "gosto de uma moça que tem um bom apetite"*.

Não era muito romântico gostar de mim porque eu comia muito, mas, como falei, para ele era simples. Ele me conheceu e soube. Eu era a mulher certa.

— Você acredita na pessoa certa? — pergunto a Julie.

— Em alma gêmea e coisa do tipo?

— Isso.

— Não sei, Mabel. Achei que o Martin fosse o único homem para mim, mas o que isso significa para mim agora? Que tudo acabou, que é o fim? E onde se encaixa a tal da Estelle na situação? Além disso, se houvesse só um homem em toda a Terra feito para mim, não seria coincidência demais ele morar na mesma cidade que eu? E eu conhecê-lo no açougue?

— Foi assim que se conheceram? — Penso em linguiças e cortes bovinos, cutelos ensanguentados e aventais manchados.

— Na fila — ela conta, soprando a franja dos olhos. — Ele estava comprando paleta de cordeiro para a mãe fazer no almoço de Páscoa.

— E o que você fazia lá?

— Estava comprando presunto para os sanduíches do meu pai.

— E foi isso? — pergunto.

— Bem, não exatamente. Conversamos um pouco, mas ele não pediu meu número nem nada. Teria sido um pouco ousado demais, não é? Mas o vi de novo no açougue umas semanas depois e dessa vez ele perguntou se podia me convidar para tomar uma bebida. Anos depois, quando já estávamos casados, ele me contou que havia perguntado ao açougueiro a meu respeito e descoberto que eu geralmente ia lá nas terças-feiras após o trabalho. Ele já tinha ficado de plantão do lado de fora por três terças-feiras antes de eu aparecer.

Ela parece ter orgulho dessa história, e quase digo que isso está longe de ser buquês de rosas e viagens-surpresa para Paris, mas contenho-me.

— E você sempre soube? — pergunto, em vez disso.

— Bem, não tenho certeza. As pessoas falam de saber essas coisas, mas não tenho certeza de que alguém de fato saiba.

Ela está errada, mas não digo nada.

— Foi mais que ele me levou para sair algumas vezes, e apresentei-o à minha família, que pareceu ter gostado dele. E, depois de mais ou menos um ano, ele sugeriu de morarmos juntos, concordei, e alguns meses depois, quando já sabíamos que podíamos conviver um com o outro, ele me pediu em casamento.

— De joelhos?

— Não, mas ele comprou uma aliança. — Ela se interrompe, olha para o dedo e, em seguida, presumivelmente, lembra-se de que não o usa mais. — Ele fez direito.

As expectativas das mulheres normalmente são baixas assim? Alguns encontros e um anel? Ela não fez nenhuma menção a paixão ou amor eterno. Não fez nenhuma menção a se sentir desorientada e enferma e incapaz de viver sem ele.

— Você já se sentiu doente? — pergunto.

— Doente? Como assim?

— Por causa de tanta emoção. Sabe, o amor?

— Não, nunca me senti doente. Aconteceu com você, Mabel?

— Sim — digo. — Doente e aterrorizada, como se eu estivesse no topo de um prédio de cinquenta andares, prestes a pular.

Conseguiria sentir agora mesmo se fechasse os olhos. Ela olha para mim, um tanto surpresa. Como se não imaginasse que eu fosse capaz disso.

— Ele deve ter sido um homem e tanto. Quer um chá, Mabel? Ou gostaria de dar um passeio?

Olho para a janela. Cinzento, mas seco. Olly, que dormia profundamente, levanta a cabeça ao ouvir a palavra "passeio".

— Vamos passear — afirmo.

Enquanto vou ao banheiro, ela coloca a coleira em Olly, veste seu casaco e tira meu casaco e minhas luvas do armário do corredor. Arthur costumava fazer isso. Era uma dessas pequenas gentilezas que valiam muito. Saio do banheiro e ela está parada no corredor, parecendo um pouco perdida, com um olhar distante, e penso em como ela me ajudou e como eu gostaria de livrá-la de parte de sua tristeza.

Está frio e ventando, e quase desejo ter ficado em casa e acendido a lareira a gás. Ela coloca o seu braço em volta do meu e é uma sensação familiar, mas, quando olho para os braços, ela me traz para mais perto.

— Não posso deixar você cair — ela diz. — Seria muita papelada para preencher.

Isso soa engraçado para mim, começo a rir e faço com que ela ria também, e por um ou dois minutos temos que parar, na esquina da minha rua, as duas rindo como se nunca mais fôssemos parar, como Dot e eu ríamos quase todo dia na época em que eu não sabia quanta sorte eu tinha de ter uma amiga como ela. Um homem passa com um cão pomposo que rosna para Olly, e este responde com um latido ríspido que cala o outro. O homem nos olha com estranheza, como se fosse impensável haver duas mulheres caminhando e rindo no meio de uma tarde de quinta-feira, mas não me importo. Quanto tempo desperdicei, ao longo dos anos, me importando com os pensamentos de pessoas que não conheço nem conhecerei?

— Há algo que você precisa comprar? — ela pergunta, depois de termos nos recomposto. — Podemos ir na direção do mercado, se houver.

Estava pensando em fazer um filé de peixe para meu jantar, estava na minha lista de afazeres para hoje, mas, quando paro para pensar no que quero, não é isso. Arthur dizia que não dava para escolher no domingo o que ele queria comer na quarta-feira seguinte, mas eu gostava de planejar minhas refeições da semana e comprar tudo de uma vez. Era fácil para ele dizer aquilo; não era ele que organizava tudo para evitar desperdícios. Mas agora estou sozinha, e percebo que não preciso comer o peixe da geladeira, que pode ficar para amanhã, se eu quiser. Que posso comprar uma refeição pronta, um macarrão ou até um *curry*.

— Sim — falo. — Vamos para o mercado que vou escolher alguma coisa para meu jantar.

— Positivo!

É algo pequeno, mas que parece enorme.

11

Estamos no caixa quando acontece. Escolho o de Erin de propósito. Não sei por quê, mas de alguma forma me sinto impelida a ir até ela. É como se eu sentisse que ela está em perigo ou coisa assim, e quisesse estar próxima. É absurdo, eu sei. O que eu faria se o perigo fosse real? No que eu seria útil? Ela parece mal-humorada, e lembro que Arthur lhe disse algo uma vez. Aquelas coisas que homens dizem para mulheres. "Dê um sorriso" ou "Ânimo, minha querida", ou coisa do tipo. Não pensei muito nisso na ocasião. Mas agora penso: por que ela deveria sorrir para agradar outras pessoas? Quando chega a nossa vez na fila — com Julie no meio de uma história sobre Martin e uma festa grã-fina, e ele sendo confundido com um entregador de pizza —, Erin levanta o olhar e me reconhece, e seu rosto abre um sorriso, é como o sol nascendo.

— Olá, Erin — cumprimento.

Julie para e olha para Erin e depois para mim.

— Amiga sua?

— Algo assim — respondo, e Julie dá de ombros e vai para a outra ponta do caixa para separar e guardar meu frango *tikka masala* e meu pão indiano.

Erin me diz o preço total e, no mesmo momento, o gerente aparece por trás dela, dizendo que quer conversar com Erin quando terminar de atender a cliente. Ele olha para mim quando diz "cliente", e sua expressão é a mesma de alguém que encontrou cocô de cachorro no sapato depois de andar com ele pela casa. Kevin Chieveley é seu nome, e ele não sabe, mas já trabalhei com sua mãe, Alice. Lembro quando ela saiu do emprego para tê-lo, com a barriga dura e redonda como uma bola de basquete, e como nos reunimos com um bolo e um cartão assinado por todas, e blusinhas tricotadas por Sheila. Ela jurou que voltaria depois de alguns meses, mas nunca voltou; teve três filhos, um após o outro, e arranjou um emprego para lavar cabelos e varrer o salão no Hair Boutique. Nós nos reuníamos de vez em quando, as datilógrafas e Alice, e ela sempre tinha um ou mais dos meninos pendurados em seu pescoço ou colados à barra de seu vestido. E agora eis ele aí, todo dissimulado, trajando essa autoridade escassa como se fosse um terno sob medida.

— Espere — peço a Julie, que está com minha sacola, a caminho da saída.

— O que foi? Há um problema com o seu cartão?

— Não — respondo, dando a Erin uma nota de dez libras. — Só quero ver o que o sr. Chieveley tem a dizer à Erin.

— Isso não tem a ver com a senhora — ele explica, claramente desconcertado pelo fato de eu saber o seu nome.

— Eu gostaria de ficar mesmo assim — pontuo.

Erin olha para mim e depois para ele, um sorriso travesso no rosto. Ela sabe tão bem quanto eu que ele não será abertamente rude comigo nem tentará me expulsar do supermercado. Há uma fila crescente no caixa e todos os olhos estão nele.

O gerente pigarreia.

— Bem, você entrou cinco minutos atrasada hoje, Erin — diz.

Erin assente. Ele parece querer uma resposta dela, embora não tenha feito uma pergunta.

— E isso não é aceitável — ele prossegue. — Não posso administrar este lugar com funcionários entrando *mais ou menos* às nove ou *quase* ao meio-dia. Inclusive, você deveria estar aqui cinco minutos antes do seu horário, para guardar seus pertences no armário e estar pronta com tempo de sobra.

— Não acontecerá de novo — Erin afirma.

— Bem, é melhor que não aconteça.

— Isso é tudo? — pergunto.

Ele estreita os olhos para mim, como se tentasse descobrir quem sou.

— Posso perguntar qual é a sua conexão com a Erin, senhora?

— Pode. Ela é... — Ela é o quê?

— Somos amigas — Erin responde.

— Sim — confirmo. — É isso. Somos amigas.

— Bem — ele diz, esfregando as mãos e virando-se para ir embora —, talvez no futuro você deva manter seus relacionamentos pessoais fora do trabalho.

Quando ele vai embora, Erin me agradece.

— Isso foi por causa do atraso, foi? — pergunto.

— Não. Ele me viu com a Hannah. — Ela gesticula para indicar uma jovem com mais ou menos a mesma idade que ela no caixa vizinho. — Ele viu a gente se beijando no estacionamento. Estamos saindo juntas. Ele não gosta disso.

— O que isso tem a ver com ele?

Ela dá de ombros.

— Nada. É só que homens assim acham que estamos todas aqui para o entretenimento deles, não é mesmo? E não gostam que não estejamos interessadas neles. Em homens. Sentem como se fosse um ataque pessoal.

Balanço a cabeça.

— Ele mal aprendeu a usar a privada.

— O quê? — Erin balança a cabeça de leve, como se não tivesse certeza do que tinha ouvido.

— Conhecia a mãe dele. E ele fazia cocô nas calças até quase os cinco anos.

Erin ri e cobre a boca, os olhos brilhando. Levanto a mão em aceno e me retiro.

— O que foi tudo aquilo? — Julie pergunta.

— Não gosto de quem abusa dos outros — respondo.

Em seguida, vamos para o lado de fora, ela desamarra Olly de onde o havíamos deixado e voltamos para casa.

— Tenho meia hora antes da minha próxima cliente — Julie informa da cozinha, onde está fazendo chá.

Olho para o relógio cuco na parede. As duas horas dela comigo acabaram há meia hora. Bem quando estou olhando para ele, o cuco emerge e me pega de surpresa. Lembro-me de Arthur voltando para casa com esse trambolho após sair para fazer compras sozinho cerca de trinta anos atrás. Como ele durou tanto tempo? Discutimos por semanas, ele dizendo que queria um relógio assim desde que era pequeno e eu retrucando que achava relógios cuco ridículos; então uma manhã desço para tomar o desjejum e deparo com ele já pendurado na parede. Eu poderia tirá-lo agora, dou-me conta. Não há nada nem ninguém para me deter.

— Aqui está — Julie diz, colocando uma caneca de chá no peitoril ao lado da minha poltrona.

Ela também fez um chá para si mesma e agora senta-se no sofá.

— Era para você ser liberada às quatro — afirmo.

— Eu sei, mas minha outra cliente mora mais perto daqui do que da minha casa, então não faz muito sentido eu ir para casa. Quero dizer, desde que não se incomode.

Olho-a com atenção, mas, se ela está mentindo, não consigo saber. Ainda não a conheço o suficiente. Minha vontade é dizer que não quero que ela me trate de forma especial, que não quero a piedade dela. Mas não sei como expressar isso.

— Não preciso de você — falo.

Ela parece um pouco ofendida.

— Quem disse que você precisa de mim, Mabel?

— Ninguém. Mas não preciso. Não quero que ache que precisa cuidar de mim só porque não tenho mais ninguém.

— Essa ideia nunca me ocorreu — ela pontua.

Dessa vez, sei que está mentindo. Ela desvia o olhar para a esquerda. Já vi mencionarem algo assim em um documentário sobre detectores de mentiras. *Te peguei*, penso. Isso significa que ela não tinha mentido antes, a respeito de por que ainda não fora embora.

— Você se incomodaria se eu perguntasse por que não teve filhos, Mabel?

— Você se incomodaria se eu perguntasse por que *você* também não teve?

Ela respira fundo. É tarde demais para ela? Hoje em dia, há várias histórias a respeito disso, não há? Gêmeos aos cinquenta, coisas assim. Quando eu tinha trinta e poucos, as pessoas supunham que já não fosse mais possível, mas as coisas não são mais tão simples. Porém, agora que o marido dela a deixou, não é uma situação promissora.

— Tentamos por anos — ela explica; a tristeza escorre de sua voz e me arrependo de ter perguntado.

— Anos? — É só uma palavra, só para dizer algo.

— Anos. Engravidei três vezes no total. Na primeira vez, chegamos ao ultrassom de doze semanas, animados, de mãos dadas, para então nos dizerem que o coração não batia. Depois, foi cerca de um ano sem conseguir engravidar e, bem quando eu não tinha mais expectativas, outra menstruação atrasada. Não consegui acreditar quando fiz o teste. Mas Martin ficou preocupado. Eu achava que não aconteceria outra vez, mas ele foi mais cauteloso. Então, algumas semanas depois, comecei a sangrar. Fui ao hospital, implorei para que fizessem algo, mas disseram que não havia nada que pudessem fazer. Que, se fosse para ocorrer um aborto espontâneo, ele ocorreria. Lembro do cheiro de desinfetante no recinto quando o médico me disse isso, e a falta de empatia. Me dispensaram do hospital. E me sentei na privada de casa por horas, com cólicas indo e vindo, até tudo acabar.

Ela se remexe um pouco no sofá, como se sentisse desconforto físico em contar a história. Olly está deitado perto dela, que, sem pensar muito, aproxima-se para acariciá-lo, mas o cachorro se afasta.

— Martin disse que deveríamos parar de tentar, que era doloroso demais. Ele ficou preocupado com o efeito daquilo tudo no meu corpo e nos nossos corações. Mas eu estava desesperada para ter um bebê. E todas as minhas amigas estavam tendo filhos, é claro. Engravidando por acidente, tendo gêmeos e tudo o mais. Nós quase nos separamos por causa disso. Ele falou que eu estava obcecada. E acho que estava mesmo, por um tempo. A terceira vez foi cinco anos depois da primeira, e, assim que o teste deu positivo, informei ao Martin que eu sairia do trabalho. Que ficaria na cama até o bebê nascer. Ele falou que era loucura, que não tínhamos como bancar isso, e era verdade. Mas não precisamos, pois depois de seis semanas vieram os sangramentos.

Estou com os olhos fixos em Julie e provavelmente boquiaberta. É horrendo. Mas mulheres têm histórias assim, não é? Tantas mulheres. Elas carregam consigo essas histórias. E seguem adiante.

— Dessa vez, ele foi enfático. Recusou-se terminantemente a tentar de novo. Disse que era a gota d'água. Eu estava pronta para tentar uma inseminação artificial, mas ele falou que não seria com ele. Que, se eu queria tanto ter um bebê, poderia tê-lo com outra pessoa. Bem, é claro que não era o que eu queria, não é? Queria um bebê que fosse meu e dele, passei anos imaginando de quem o bebê puxaria o nariz, de quem puxaria o queixo. Ele me contou que tinha agendado a vasectomia para o dia seguinte. Disse que faria pelo bem de nós dois.

Ela olhou para mim e eu esperava ver lágrimas em seus olhos, mas estavam secos. Talvez já tivesse chorado tudo o que tinha para chorar. E acho que a tristeza que vejo em Julie não é só por Martin ter ido embora. É por causa disso também. A família que ela queria e nunca teve.

— Então é por isso que não tive filhos — ela finaliza.

— Sinto muito. — Que resposta vazia.

— Tudo bem — ela diz.

É evidente que não está tudo bem. Mas ela não está mais ali. Está a quilômetros de distância.

— Eu não queria — explico. — O Arthur queria. Ficamos num impasse. Eu não deveria ter me casado sem que ele soubesse.

Julie dá de ombros.

— Não dá para se culpar por isso. Ele deveria ter perguntado antes de ir para o altar, se a questão importava tanto para ele. Eu gostaria de ter perguntado ao Martin quanto ele estava disposto a tentar, se necessário. Se desistiria caso a ocasião não caísse no nosso colo. Mas não perguntei, e cá estamos.

Ficamos quietas, e bebo do meu chá. O ar da sala está denso com o peso de nossos arrependimentos.

— Pergunto-me se sua amiga, a Dot, teve filhos — ela diz.

Tento imaginar Dot com filhos, mas é impossível. Ela é uma menina, risonha e cheia de travessuras. Não é uma mãe. E, ainda assim, sei que as chances de isso ser verdade são baixas. Mulheres como eu, como Julie, que acabam sem filhos... somos minoria. Párias.

Quando Julie vai embora, acendo a lareira e estico as pernas, revisitando o que ela me contou. Todo o sofrimento. Toda a dor. Ela esconde bem, na maior parte do tempo. Pergunto-me se também escondo bem. À noite, na cama, fecho os olhos e assisto a uma cena na qual não penso há muito tempo. Arthur e eu, deitados lado a lado em nossa primeira casa. Os dois de lado, olhando um para o outro. A janela aberta e carros a alta velocidade do lado de fora. Era verão, e só usávamos um sobrelençol, sem cobertas. Arthur levou o braço para o meu lado e me puxou para mais perto.

Só achei que faríamos isso, Arthur disse. *Depois de nos casarmos. É o que as pessoas fazem, não é?*

Ele está certo, é verdade. Mas como é estranho o fato de que criar novas pessoas é só algo que as pessoas fazem, sem nem pensar muito.

Eu não quero, falei.

Você anda solitária desde que Dot foi embora. Nunca encontrou outra amiga como ela. Não está pronta para que as coisas mudem? Para deixar o seu trabalho e ficar em casa? Podemos viver só com o meu salário se formos prudentes.

É como se ele não tivesse ouvido o que falei. Não que eu não estivesse pronta, ou que não tivesse certeza, mas que não queria. Virei de costas para ele.

Mabel, fale comigo.

Você não me escuta, afirmei.

Me diga por quê.

Não há um porquê, respondi, virando de novo para encará-lo ao falar. *Só não é algo que eu queira.*

Teria sido diferente com outra pessoa? Alguém que eu amasse mais, amasse de verdade? Talvez. Ou talvez não.

12

— Quero fazer algo que eu nunca tenha feito. — É a primeira coisa que digo a Julie quando ela chega.

Ela não sabe a coragem de que precisei. Não sabe como isso não faz parte de quem sou, porque não me conhece. É o que me permite fazê-lo. Se eu dissesse a mesma frase a Arthur, ele cairia da cadeira de choque. Mas Julie nem hesita.

— Bom dia pra você também, Mabel. Está certo. Algo que nunca fez antes. Muito bem, deixe-me pensar.

Ela ficou zunindo pela casa por meia hora antes de me trazer uma caneca de chá — com leite demais, e definitivamente colocado depois da água, embora eu tenha dito para ela minha preferência — e me dizer:

— Posso levá-la à aula de dança de salão à qual vou de vez em quando.

— Já fiz dança de salão — pontuo.

E, assim que falo, retorno para eles dentro da minha mente. Para os bailes com Arthur e Bill e Dot, vendo Bill e Dot deslizarem elegantes pela pista, com meu coração latejando enquanto eu sentia os olhos de Arthur em mim, sabendo que ele estava prestes a perguntar.

— Mas já fez aula? — ela pergunta, persistente.

— Não.

— Certo, então.

Do jeito que ela fala, já está decidido. E poderia ser pior.

— A Patty vai adorar ter uma aluna nova.

— Irei chamá-la de Patricia — falo.

— Não sei se é o nome dela.

— Passará a ser.

Ela parece ter reservas a respeito da oferta de me levar. Mas não voltará atrás; isso sei a seu respeito. Ela tem um espanador na mão e tira o pó do cômodo enquanto conversamos, embora eu não tenha pedido que fizesse isso.

— E quanto à sua amiga? — ela pergunta.

Imediatamente viro a cabeça para ela.

— A Dot? Você pensou em uma forma de encontrá-la?

— Bem, tenho pensado no que podemos tentar. Qual é o nome completo dela?

— Dorothy Brightmore. Era o nome de solteira dela, pelo menos.

— Sim, é claro. Pelo menos é um nome incomum. Isso deve ajudar.

— Deve?

— Bem, com certeza é melhor do que Smith ou Jones.

Entendo o que ela quer dizer. Ela está levando a busca a sério, e sou grata por isso. Surge um cheiro de amônia e percebo que ela está passando desinfetante nas janelas.

— Você não precisa limpar — afirmo.

Ela para o que está fazendo e vira-se, com o pano em mãos. Dá uma risada vigorosa.

— Bem, preciso fazer alguma coisa, não é?

Espero que não deixe manchas.

— Você já ouviu falar do Facebook? — ela pergunta.

Reviro os olhos. Há alguém que não ouviu falar do Facebook?

— Posso ter oitenta e seis anos, mas não estou morta.

Ela ri.

— Podemos começar por lá. — Ela pega o celular e se senta no sofá, no lado mais próximo da minha poltrona. — Vejamos, Dorothy Brightmore.

Olho por cima de seu ombro. Há três resultados, e nenhum deles tem fotos. Dois perfis têm aquela silhueta azul e branca de quem não adicionou nenhuma foto e o terceiro tem um desenho de um cachorro. Vejo Julie entrar em cada um deles. A primeira mora nos Estados Unidos, e Julie vira-se para me olhar. Balanço a cabeça e ela descarta o perfil. A segunda mora na Escócia e estudou em uma escola em Edimburgo. Balanço a cabeça. E a terceira, com o perfil de desenho de cachorro, não tem localização. Julie navega um pouco pelo perfil até achar a foto de um homem e uma mulher de quase cinquenta anos, de braços dados. Estudo-a.

— Não — pontuo.

— Sei que não é ela, a idade não bateria, mas pode ser uma foto de uma filha dela ou algo parecido.

— É verdade, continue vendo.

Há mais algumas fotos, sempre a mesma mulher.

— Não. Tente "Dot" — sugiro. — Tente "Dot Brightmore".

Ela tenta e não há resultados. Em seguida, abre o Twitter.

— Esse eu não uso — ela diz.

Vejo-a mexer um pouco, mas o resultado é o mesmo.

— Não consigo imaginá-la no Twitter — afirmo.

— Consegue imaginá-la em algum lugar?

É uma pergunta estranha, mas que levo a sério. Como imagino Dot agora? Consigo imaginá-la como uma idosa, com rugas em seu belo rosto e o cabelo grisalho? Consigo imaginá-la curvada e flácida? Não. A verdade é que só enxergo a jovem que ela era. Meu cérebro não a envelheceu. E onde a imagino? Londres, porque foi para onde ela foi primeiro? Sei que as pessoas se mudam, que Dot poderia estar em qualquer lugar, mas Londres seria o ponto de partida, certo?

— Londres — respondo. — Acho que ela está em Londres.

É a vez de Julie revirar os olhos.

— Ótimo. Me faz pensar em uma agulha no palheiro.

— Conte-me mais sobre a aula de dança — peço.

Patricia parece alegre, como previsto, quando vê Julie e eu chegarmos. Ela é um pouco mais velha que Julie, beirando os setenta, creio eu. E é linda. Cabelo grisalho liso com um corte chanel preciso, olhos azuis enormes e uns pernões. Só há um punhado de pessoas, além de Julie e eu. Vou até ela.

— Patricia — digo —, meu nome é Mabel. Não tenho pés tão firmes, mas gostaria de tentar essa aula.

— Pode me chamar de Patty — ela diz. É um sotaque do sul dos Estados Unidos.

— Prefiro Patricia, se não for um problema.

Ela parece surpresa, mas logo se recompõe.

— Mabel, é um prazer recebê-la. Certo, pessoal. É bom quando tem gente suficiente para chamar de "pessoal"! Vamos nos aquecer.

Ela nos faz girar os ombros e levantar e baixar os calcanhares. E me diz para fazer as coisas no meu tempo, para dar uma pausa e assistir caso haja algo que eu não me sinta à vontade para fazer. E é uma sensação estranha, pois, após ela colocar a música para tocar, os anos voltam e me sinto novamente como uma jovem. Consigo me imaginar sendo girada pelo salão, com pés leves e ágeis.

Quando ela forma pares, fico com Julie. É esquisito estar tão perto dela, encostando nela. Temos altura parecida, então, quando olho para a frente, encaro-a diretamente nos olhos, o que é estranhamente íntimo.

— Vou me esforçar para não pisar no seu pé — ela sussurra.

— Digo o mesmo — respondo. — Faz muito tempo que não danço.

A música começa, e é "Unforgettable", aquela voz grave e suave como chocolate, e estamos dançando, ouvindo as instruções de Patricia, nos movendo de maneira desajeitada e um pouco lenta, mas ainda assim nos movendo. Como uma única entidade. É como mágica. Os anos se vão. Este salão, esta música. É como uma máquina do tempo.

Quando a música acaba, Julie parece preocupada.

— O que foi?

Coloco uma mão na bochecha e sinto as lágrimas.

— Ah — digo —, não é nada. Estou bem.

A hora passa num piscar de olhos. Em algum momento, danço com Patricia ao som de "Que sera, sera", e algo na habilidade dela e em sua pegada firme me dá confiança para dançar como eu dançava antigamente, ou o mais próximo disso com estas pernas velhas. No fim, sinto-me ao mesmo tempo energizada e exausta. Por causa do movimento e das emoções. Agradeço a Patricia e ela me diz para voltar sempre que puder, e que foi um grande prazer.

— Café? — ela pergunta.

Julie olha para mim.

— Você quer tomar café ou prefere voltar para casa?

Surpreendo-me ao perceber que não quero que a tarde acabe.

— Café — respondo. — Ou melhor, chá.

Patricia ri.

— Você pode beber o que quiser, Mabel.

Julie insiste em pagar pelas bebidas, e Patricia e eu procuramos uma mesa. Estou torcendo para que ela não escolha uma com bancos altos, e fico aliviada quando ela se decide por uma mesa baixa com poltronas grandes e macias. O lugar todo tem aroma de café fresquinho, e há gravuras abstratas emolduradas nas paredes. Arthur teria dito que a decoração é espalhafatosa e eu provavelmente teria concordado. Ele gostava de uma cafeteria à moda antiga, com toalhas de mesa xadrez. Mas olho ao redor, absorvendo tudo, e decido que gosto do lugar.

— Então, me conte sobre você — Patricia diz, sorrindo.

Sempre me desagradou esse tipo de pedido. O que há para se dizer? Olho para a bancada, mas Julie ainda está na fila.

— Tenho oitenta e seis — digo. — Fiquei viúva recentemente…

— Ah, sinto muito.

— Tudo bem, tivemos muitos anos bons.

Ela aquiesce, e percebo que espera que eu continue falando. Mas o que mais ela quer saber?

— Você mora em Broughton? — ela pergunta.

— Sim.

— Desde sempre?

— Sim.

Quando eu era jovem, as pessoas não se mudavam como se mudam hoje. Você ficava onde nasceu, a não ser que tivesse um bom motivo para ir a outro lugar. Um emprego ou uma pessoa, imagino. Desse modo, você tinha as pessoas que amava por perto se precisasse delas.

— Por que saiu dos Estados Unidos e veio para cá? — pergunto.

Ela parece surpresa com a indagação.

— Devo dizer, as pessoas geralmente me perguntam quando, mas nunca por quê. Vejamos, eu trabalhava como modelo e viajava o mundo todo, e me apaixonei por Londres. Havia algo mágico na cidade.

— Você era modelo?

— Sim. Fiz de tudo. Algumas campanhas publicitárias, alguns desfiles.

— E você é alta, de fato.

Ela ri, e é inesperado e surpreendentemente alegre, como se o recinto de repente se enchesse de bolhas.

Julie chega com uma bandeja e distribui as bebidas. Café para as duas, chá para mim. E três fatias de bolo com geleia de framboesa.

— Não pedi bolo — falei.

— Achei que merecíamos um mimo — ela explica.

Faz tempo que não como bolo, e, quando dou uma mordida, sou inundada por memórias de aniversários e chapeuzinhos.

— Você contou para a Patty sobre a nossa missão? — Julie pergunta, depois de se sentar.

— Missão?

— Para encontrar a sua amiga? Ela talvez tenha alguma ideia.

— Ah — digo. Sinto calor e um desconforto. Não sei se estou pronta para falar de Dot com outras pessoas.

Julie não percebe nada e segue adiante.

— A Mabel tinha uma grande amiga quando era mais nova, mas não a vê desde que tinham vinte e poucos anos. Vamos tentar encontrá-la.

— Ora essa — Patricia diz. — Parece desafiador.

— Achei que era normal americanos acreditarem que todos os britânicos se conhecem.

Patricia ri de novo. Mais bolhas.

— Só os que nunca vieram para cá.

Há um breve silêncio, e como outra garfada de bolo, fechando os olhos para apreciá-lo.

— Quando você a conhecia, lá atrás, onde ela morava? Quero dizer, em que parte da cidade? — Patricia pergunta.

— Manor Lane, número 42.

— Você foi lá?

Não sei aonde ela quer chegar.

— Acha que ela pode ter estado ali esse tempo todo?

— Não, claro que não, mas alguém na casa talvez saiba para onde ela foi. Não custa tentar, já que não é preciso ir muito longe.

Quero argumentar que a casa provavelmente trocou de residente várias vezes desde que a família de Dot deixou de morar lá. Além disso, o restante da família não foi embora com ela, então o dono seguinte não iria ter o endereço de Dot especificamente.

— É uma ideia genial — afirma Julie. — Por que não pensamos nisso, Mabel? Ainda bem que recrutamos a Patty.

Depois acabo pensando nesse verbo. "Recrutamos". Isso agora é uma atividade em grupo? Quantas pessoas mais participarão? E isso ajudará em algo? Quando estou caindo no sono, abandono toda a preocupação, as dúvidas sobre se estou fazendo a coisa certa. Permito-me lembrar da dança, de como me senti ao me mover por aquele espaço amplo ao som de músicas que fiquei anos sem ouvir naquele volume. E lembro-me do bolo, da leveza esponjosa, da cobertura saborosa. Por isso, quando, de repente, Arthur encontra-se ao meu lado, sorrio para ele.

— Foi um dia bom — falo.

Ele não diz nada.

— Por que está aqui, Arthur? Você tem algo para me dizer ou para me mostrar?

Ele sorri como sempre sorria quando tinha um segredo que ainda não estava pronto para revelar. Brincalhão. O sorriso o rejuvenesce. E isso me enfurece. Levo o braço para o outro lado da cama para lhe dar um empurrãozinho, mas esse lado está vazio.

13

Fico um pouco surpresa quando tanto Julie quanto Patricia dizem que irão comigo até a antiga casa de Dot para ver se há algo a se descobrir lá. Por outro lado, sei que Julie está perdida sem Martin e que Patricia mora sozinha, por isso talvez as duas não tenham nada melhor para fazer. Um pensamento me vem à mente. Talvez, enquanto ambas me ajudam, eu poderia ajudá-las. Pego a lista que fiz e penso de novo em como isso deixaria Arthur feliz.

1. ~~*Entrar em contato com amigos e parentes.*~~
2. ~~*Falar com a casa funerária.*~~
3. ~~*Ir ao supermercado.*~~
4. ~~*Limpar a casa.*~~
5. *Procurar por D.*

Os itens um a quatro agora estão concluídos, mas acrescento dois novos nas linhas seguintes.

6. *Ajudar Julie a recuperar o marido.*
7. *Descobrir por que Patricia está sozinha.*

Assim, quando elas chegam à frente da casa, já começo a tratar dessas tarefas.

— Você sempre morou sozinha, Patricia?

Ela abre a boca e sei que vai pedir que eu a chame de Patty, mas em seguida a boca se fecha.

— Não — responde. — Até pouco tempo atrás, minha filha e minhas netas moravam comigo.

Ela usa um vestido azul-marinho com estampas florais chamativas e botas de couro marrom de cano baixo. Eu seria capaz de usar algo assim? Sempre teria dito que não, mas o conjunto fica ótimo nela. Lembro-me de que ela era modelo profissional. Volto minha atenção para o que ela acabou de dizer. Há uma história ali.

— Ah, e para onde elas se mudaram?

— Para perto de Manchester. Minha filha, Sarah, conheceu uma pessoa na internet e decidiu apostar no relacionamento.

Dá para perceber na voz que isso foi difícil para Patricia. Ela não é a favor da decisão.

— E qual é a idade das meninas?

— Seis e quatro.

Julie alterna seu olhar entre mim e Patricia. A informação é novidade para ela, pelo visto.

— Você deve sentir saudades — digo.

— Ah, sinto. Demais.

Descoberto, então. Ela também está solitária. Nós três estamos, as três vivendo por conta própria. Julie vai até Patricia e coloca um braço ao seu redor, o que é uma situação um pouco desconcertante, já que Patricia é mais alta que Julie, mas as duas conseguem se ajeitar. Patricia pega um lenço do bolso da calça e assoa o nariz. Deveria me desculpar, acho, por deixá-la triste, mas foi por uma boa causa. Não posso ajudá-la se não souber qual é o problema, posso?

— Vamos, então? — é o que digo.

Não passei muitas vezes pela antiga casa de Dot ao longo dos anos. No começo, era um ato consciente, depois deixou de ser, mas era um pouco fora do caminho, não fazia parte das rotas que eu e Arthur seguíamos continuamente para percorrer a região. Da minha casa, é preciso ir em direção ao centro da cidade, porém desviar logo antes de chegar nele; em seguida, há um labirinto de ruas menores e Manor Lane é uma delas. Quando chegamos à parte em que é preciso fazer o desvio, noto que meus pés me levam pelo percurso sozinhos, como se eu tivesse voltado ao tempo em que fazia esse trajeto com frequência, como se as décadas tivessem derretido. Viro a segunda à esquerda e a terceira à direita, e Julie está convencida de que nos perdemos, mas não é o caso. Chegamos a Manor Lane, e passo pelas residências da rua até chegar ao número 42 e parar diante da casa, olhando-a.

Ela está menor. Quero dizer, não que tenha encolhido, claro, mas sempre pensei nela como um pouco imponente e agora é só mais uma residência familiar. Uma casa vitoriana geminada. Olho para a janela que o irmão de Dot uma vez quebrou com uma bola de críquete. A porta mudou de cor. Era preta, e agora é de um azul vibrante.

— É esta? — Patricia pergunta.

A pergunta me soa despropositada, por isso não me dou ao trabalho de responder.

— Mabel? — Julie pergunta, cutucando meu cotovelo.

— O quê?

— É esta a casa antiga da Dot?

— Ora, é claro que é. Por que acham que estou parada olhando para ela?

Ela dá aquela sua risada alta e, naquele momento, a porta da frente se abre e um homem de meia-idade bem-vestido parece um pouco surpreso ao ver três mulheres paradas contemplando sua casa.

— Posso ajudá-las? — ele pergunta, fechando a porta pelo lado de fora.

— Minha amiga morou aqui no passado — explico. — Nos anos 1940 e 1950. O nome dela era Dot Brightmore.

Ele oscila o peso do corpo entre um pé e outro, batendo a chave do carro no punho. Espera que eu diga mais.

— Não imagino que saiba algo a respeito dela ou da família, não é?

— Lamento, moramos aqui há apenas dois anos. — Ele baixa os olhos e depois volta a olhar para nós. — Eu e minha esposa — acrescenta, embora isso não faça diferença alguma.

— Obrigada mesmo assim — digo.

Ele levanta a mão em aceno e está prestes a entrar em seu Audi, quando se detém e fala:

— Lembrei de uma coisa. Quando viemos olhar o imóvel, a proprietária anterior disse que tinha pesquisado o histórico da casa. Talvez ela saiba algo. Minha esposa está em casa, se quiserem chamá-la.

Ele entra no carro e liga o motor, sem esperar para ver nossa reação.

— Isso já é algo — Julie afirma. — Não é?

— Talvez seja — respondo.

Julie toca a campainha e uma mulher magra e de aspecto ansioso, mais ou menos da idade de Julie, atende. Ela parece surpresa em nos ver, e me dou conta de que devemos parecer um bando peculiar. Não somos o tipo de pessoa que você espera bater à porta numa quinta-feira de manhã.

— Posso ajudá-las? — ela pergunta.

— Acabamos de falar com o seu marido — Julie explica, assumindo a liderança. — Minha amiga aqui, a Mabel, está procurando uma conhecida de muitos anos atrás que já morou nesta casa. Seu marido disse que talvez você pudesse nos dar o contato da última proprietária, que tinha feito uma pesquisa.

A mulher não fala para entrarmos. Pega uma agenda telefônica surrada e a folheia enquanto volta para a entrada e, então, quando encontra o que procurava, detém-se.

— Não sei se deveria dar os dados dela sem consultá-la primeiro — afirma.

— Talvez possa lhe telefonar agora e pedir permissão? — Julie sugere.

Ela gosta da ideia. Deixa a porta aberta, conosco do lado de fora, enquanto vai pegar o celular.

— Alô, Trisha? Aqui é Angela Mortimer, que comprou de você a casa em Manor Lane.

Ela explica a situação e assente com a cabeça algumas vezes.

Julie ergue a mão, pedindo permissão para falar e, sem recebê-la, fala mesmo assim.

— Talvez possamos falar com ela agora mesmo, no seu celular, em vez de nos dar o número?

Angela parece um tanto indignada, mas entrega o telefone, sem nunca tirar os olhos de nós. Ela acha que isso é uma farsa mirabolante para roubar seu celular?

— Alô, aqui é Julie Reynolds. Sim, sim. Não, não morei aqui. É a minha amiga Mabel, não, ela também nunca morou aqui, era a amiga dela... Dot, ou Dorothy, Brightmore? Pois é, ótimo nome. Você nunca deparou com algo sobre ela? Bem, até que época sua pesquisa chega? Ah, entendo. Sim. Bem, não custava tentar, acho. Posso deixar meu número com você, caso pense em algo que possa nos ajudar? Sim, claro, tenho certeza de que será um prazer para Mabel contar a você o que ela sabe sobre a família. Certo, ótimo, obrigada. Então é Julie Reynolds... — ela fala seu número, agradece e se despede.

Ela devolve o celular a Angela, também agradecendo-a. E assim estamos de volta à estaca zero, na calçada, olhando para a casa na qual passei tanto tempo.

— Ela não obteve nenhuma informação que fosse além de trinta anos atrás. Quatro ou cinco proprietários, pelo jeito — Julie explica.

Caminhamos de volta para minha casa, e parece que o vento está mais agressivo do que na ida. Há um cheiro de fumaça no ar, resquício das fogueiras do fim de semana. Olly ficou apavorado com os fogos de artifício, como sempre. Tive que deixá-lo na cama comigo.

— Por que ela estava pesquisando a respeito da casa? — Patricia pergunta. — O mais comum não é pesquisar sobre a própria família?

— Não faço ideia — Julie diz. — Talvez ela já tivesse feito isso com a família e ainda houvesse tempo sobrando.

Gosto da ideia, mas não digo nada. De saber um pouco sobre as pessoas que dividiram um espaço com você. Pessoas que se lavaram em seu banheiro e cozinharam em sua cozinha. Não me surpreende que Patricia não entenda. Nenhuma das casas nos Estados Unidos tem muita história, tem? Não são velhas o suficiente.

De volta à minha casa, onde Julie preparou uma xícara de chá para cada uma de nós, faço a pergunta que está na minha mente desde que deixamos Manor Lane.

— E agora?

Julie e Patricia parecem pensativas. Julie é a primeira a falar.

— Você contou que foi a mãe de Dot quem lhe disse que ela foi embora. Ela disse para que lugar em Londres?

É aí que me dou conta. Escrevi cartas para Dot. Tinha o endereço. Talvez ainda o tenha, em algum lugar. Digo isso, e Julie parece deleitar-se.

— Você lembra qual é? — pergunta.

— De cabeça, não. Mas o anotei em algum momento.

— E acha possível que ainda o tenha?

É quase certo que sim. Eu jogo as coisas fora, mas Arthur era um acumulador. Especialmente de papéis. Blocos de anotação e agendas de endereço, não é possível que ele fosse deixar qualquer coisa assim se perder. Ainda bem.

— Sim — respondo. — Em algum lugar.

— Bem, vamos procurar — Julie afirma. — E depois iremos até o endereço.

— Até Londres? Faz anos que não vou à capital. Às vezes, Arthur e eu íamos para ver uma apresentação ou caminhar nas ruas movimentadas, mas já faz tempo.

— Até Londres — Julie confirma.

É nesse momento que Olly vai até a porta, protestando.

— Ele saiu para passear hoje, Mabel? — Patricia pergunta.

Não saiu. A verdade é que tenho tido dificuldade em fazê-lo andar o quanto precisa, e sei o que significa, mas ainda não estou pronta para encarar esse fato.

— Ainda não. Não queria levá-lo à casa de Dot, no caso de que fôssemos convidadas a entrar, e não estou em condição de sair mais de uma vez por dia.

— Eu o levo — ela oferece, e pega a coleira do gancho próximo à porta. Ela se vira para mim. — Quero dizer, se não tiver problema para você, Mabel.

Há algo um pouco estranho no modo como ela fala meu nome. Ênfase demais na segunda sílaba. Mas não faço comentários.

— Ele não gosta muito de pessoas — aviso.

Ela dá seu riso borbulhante, como se eu tivesse contado uma piada, e deve ter entendido que isso foi um "sim", porque sai da casa antes que eu consiga dizer qualquer outra coisa.

Devo ter tirado um cochilo, e quando acordo há um aroma delicioso vindo da cozinha. Julie aparece, com luvas térmicas na mão e o rosto corado.

— O que está fazendo aí? — pergunto.

— Pensei em fazer uma torta de peixe para o seu jantar.

Não como torta de peixe há anos. Arthur não gostava; não gostava de nenhum peixe que não fosse empanado. E dá muito trabalho fazer torta, levando em conta que há apenas uma pessoa. Mas Julie fez.

— Espero que não tenha se esforçado demais por minha causa.

— Imagina, Mabel.

— Escute — Patricia começa, entrando na casa, como se já estivéssemos no meio de uma conversa —, se os passeios estiverem exigindo demais de você, posso falar com a minha vizinha, a Kirsty. Ela sempre sai por aí com a bebê e falou para mim um dia desses que cresceu com cachorros em casa e sente falta de ter um. Estou certa de que ela não se incomodaria de levar Olly para passear às vezes. Seria um prazer para mim também, é claro.

— Você lembrou de pegar os saquinhos para o cocô? — perguntei.

— Lembrei.

Ela não diz mais nada sobre caminhar com Olly, e não leva muito tempo para que as duas digam que precisam ir embora.

— A torta ficará pronta em vinte minutos — Julie avisa. — Dará três ou quatro porções, imagino. Você pode servir com ervilhas. Vi que tem algumas no congelador.

É como se ela achasse que nunca preparei uma refeição antes. E por que ela ficou xeretando meu congelador?

— Sou perfeitamente capaz de fazer meu próprio jantar — digo.

— Sei que é, mas às vezes é bom não precisar. Volto amanhã e podemos começar a procurar endereços, está bem?

Sei que deveria agradecê-la, agradecer as duas, mas me sinto um pouco tomada por emoções e não quero que ambas notem isso.

— Cuidado com a porta, ela anda emperrando — é o que digo.
— Talvez você possa me ajudar com isso também.

14

Patricia havia dito dez horas e a campainha toca exatamente no horário. Ela está na entrada com aquela jovem que encontrei na rua anteriormente, a que tinha adorado o Olly. A toda perfeita. Qual era mesmo o nome da vizinha de Patricia? Kirsty?

— Olá! — a jovem cumprimenta. — Meu nome é Kirsty, e nós já nos vimos, não é?

Patricia parece surpresa. Ela estava pronta para fazer as apresentações.

— Entrem — digo para elas. — Onde está a neném?

Kirsty ri.

— Ah, está em casa com o pai, pra variar. Me sinto estranha sem o carrinho para me apoiar, é quase como se tivesse desaprendido a andar. Você tem filhos, Mabel?

É uma pergunta tão inocente, mas também tão espinhosa. Durante toda a vida, detestei essa pergunta. Pois, quando a resposta é "sim", as pessoas podem perguntar nomes e idades, quantos são e se são meninos ou meninas. Mas, se a resposta é "não", isso leva a um silêncio constrangedor, independentemente de quem pergunta. Tive diferentes fases ao longo dos anos. Dizer "não, mas...", como se isso pudesse mudar no futuro, embora eu soubesse que não era o caso. Dizer que ainda estava pensando e, depois, quando obviamente era tarde demais, que nunca tinha conseguido me decidir a respeito. Afinal, a sociedade não gosta de mulheres que se decidiram e não querem filhos, não é? É algo que aprendi bem rápido.

Estamos paradas no saguão estreito, desconcertadas.

— Venham — falo. — E não, não tenho filhos.

— Ah — Kirsty diz; sua pele impecável fica um pouco rosada e sei que ela gostaria de estar com a bebê para servir de distração.

Por sorte, Olly aparece.

— Olly! — ela o chama, como se fosse um amigo que ela não via desde 1976. Que deve ter sido antes de ela nascer, paro para pensar. A mulher agacha-se, e o cachorro se aproxima saltitante; e fico de queixo caído, como da outra vez, com sua reação diante daquela mulher.

— Você quer uma xícara de chá? — pergunto; Patricia insiste em preparar, então fico parada, vendo essa estranha formando uma conexão com meu cachorro normalmente antissocial. Há algo nela que não consigo saber o que é. Sotaque cristalino, roupas que parecem ter sido feitas sob medida. Hoje, ela veste uma calça preta justa que vai até o tornozelo e um suéter verde-água que claramente vale mais que todo o meu guarda-roupa. Ela tem dinheiro, é evidente. Patricia também tem, mas é americana, o que dificulta minha avaliação.

— A Patty disse que as caminhadas têm sido muito difíceis — Kirsty começa, levantando-se. — Eu ficaria feliz em passar aqui e pegá-lo para passear sempre que você quiser. A Dotty só dorme no carrinho, então estou sempre caminhando pela rua. — Ela ri, com um tom ligeiramente histérico. Privação de sono, imagino.

Olho de relance para a cozinha, onde Patricia está cantarolando e a chaleira, apitando.

— Você pode ficar com ele? — pergunto. — Quero dizer, em definitivo?

Ela parece um pouco aterrorizada, e só então percebo quanta compostura ela tem comumente. É um pouco madura demais para ter menos de trinta, mas não pode ser muito mais velha. Como eu era com essa idade? Parece distante demais para me lembrar; no entanto, meus dias com Dot, ainda mais distantes, estão frescos e nítidos em minha mente.

— Ficar com ele? Você quer dizer adotá-lo?

— Ele era do meu marido. Ele nem gosta de mim, e estou achando tudo muito trabalhoso. E você parece ter um jeito natural com Olly. Além disso, a Patricia falou...

— O que eu falei? — Patricia pergunta, chegando com uma bandeja.

— Que quero ter um cachorro, aparentemente — Kirsty afirma.

Não consigo dizer ao certo se ela está irritada, não sei interpretar o relacionamento das duas. Se são próximas ou há quanto tempo se conhecem.

— Deixe-me levá-lo para passear algumas vezes primeiro — Kirsty pede. — Assim nos conheceremos melhor. E descobriremos se vamos nos dar bem.

Não é o que eu esperava. Esperava que ela o levasse hoje, agora. Seria doloroso, mas rápido, como arrancar um curativo metafórico. Desse jeito, ficarei digerindo o processo por semanas. Não que eu tivesse outra pessoa se oferecendo para adotá-lo, portanto, não cabe a mim contestar.

— Certo — concordo. — Como preferir.

Sentamo-nos para tomar nosso chá e Olly trota em sua direção, deixando-a fazer carinho, e a vejo se apaixonando por ele em tempo real. Ela ficará com ele, tenho certeza. É só questão de tempo.

— Mabel está procurando uma velha amiga — Patricia diz para romper o silêncio que eu não havia notado, por estar tão acostumada com ele.

De novo isso. Parece que está virando um projeto de auxílio comunitário.

— Ah, é? — Kirsty indaga, bebendo seu chá.

— O nome é Dot, não é?

Patricia sabe que é Dot. Está tentando me envolver na conversa.

— Isso — confirmo.

— Ah, você mencionou sua amiga Dot quando nos cruzamos na rua. Quanto tempo faz que não a vê? — Kirsty pergunta. Ela está com a mão em volta de sua caneca e noto o brilho dos anéis. Mas não há nenhuma aliança.

Consulto minha memória.

— Sessenta e dois anos.

— Uau, e o que fez você querer procurá-la agora?

— Bem, meu marido faleceu...

— Sinto muito pela perda.

Todo mundo sente muito. Já me acostumei a desconsiderar isso. É só um entrave na conversa.

— Tudo bem, Kirsty. Ele tinha oitenta e nove anos; não foi exatamente um choque.

— Ainda assim, é difícil se adaptar, imagino. Especialmente se não tiveram filhos e havia só os dois o tempo todo. Por quanto tempo foram casados?

— Sessenta e dois anos.

Ela me lança um olhar um pouco estranho, e imagino que seja porque dei a mesma resposta às duas últimas perguntas.

— É tempo pra caramba — Patricia interrompe.

— Sim. Enfim, ele faleceu e isso me fez pensar nela, e em como nos divertíamos, antes de eu me casar com ele. Não há mais ninguém na minha vida agora: nem família, nem marido, nem amigos propriamente ditos. Sendo assim, por que não fazer isso agora?

Há um silêncio, e sinto que estão sentindo pena de mim. Dizer às pessoas que você não tem ninguém causa esse efeito. Mas é a verdade.

— Então a última vez que a viu foi nos anos 1960? — Kirsty pergunta.

— Isso, algumas semanas antes do meu casamento, em 1961.

— Como era a aparência dela?

Julie e Patricia não haviam feito essa pergunta. Provavelmente porque pensam que ela, hoje, não se parecerá nada com como era antes. Mas é agradável lembrar.

— Ela tinha cabelo louro e cacheado.

— Como eu — Kirsty diz.

É verdade que ela tem cachos louros, mas seu cabelo não é nada parecido com o de Dot. O dela é liso nas raízes e depois fica ondulado, do jeito que todas as jovens parecem deixar o cabelo hoje em dia, ao passo que Dot tinha cachos grandes e volumosos típicos de quem usa bobes, exceto que os dela eram naturais. Vem a mim uma imagem dela esperando no ponto de ônibus e segurando um batom vermelho em uma mão e pó compacto na outra, fazendo biquinho com a boca. Nossos pais não gostavam que usássemos maquiagem, por isso improvisávamos no meio do caminho, enquanto Bill e Arthur esperavam fumando e nos dizendo que não precisávamos nos maquiar.

— Espere — digo. — Tenho uma foto.

Não guardei os álbuns de fotos; ainda estão na mesa de jantar. Pego o que tem a foto de nós quatro e entrego para elas.

— Esta é ela? — Kirsty pergunta, apontando.

— Sim.

— Uau, ela é tão bonita. E esta, Mabel? Esta outra é você? — Ela alterna os olhos entre mim e a fotografia, como se mal conseguisse acreditar.

— Isso mesmo.

— Nossa, Mabel, que foto linda. Um desses homens é o seu marido?

Aponto para Arthur, e depois digo que Bill era meu irmão. E devo tê-las alertado com o olhar para não perguntar o que aconteceu com ele, ou talvez tenham lembrado que falei não ter mais ninguém, pois elas não dizem nada. Kirsty tira a foto do plástico, e tenho vontade de dizer para ela tomar cuidado, mas noto que ela está sendo cuidadosa; quando vira a fotografia, há uma anotação no verso que não me lembro de ter visto.

— Bill, Dot, Mabel e Arthur, junho de 1957 — ela lê em voz alta.

Levanto-me e gesticulo para que ela me entregue. É a letra da minha mãe, e revê-la é como ver um fantasma. Ela tinha um jeito peculiar de fechar o "L". Eu a reconheceria em qualquer ocasião. E então parece que sinto o aroma dela no ar, rosas, creme e grama recém-cortada. Deve ser o perfume de uma delas.

— É melhor eu ir — Kirsty diz, terminando sua bebida. — O Ben vai para uma despedida de solteiro em Londres daqui a umas horas. Devo levar Olly para uma caminhada breve agora, Mabel? Tenho meia hora.

Afirmo que isso seria ótimo e Patricia avisa que irá com ela, já que não se exercita o suficiente desde que as netas se mudaram e não tem mais que correr atrás das meninas pelo parque. E é só depois que vão embora e estou de volta em minha poltrona que percebo que não estava pronta para me despedir delas. Que queria que ficassem mais um pouco.

Arthur fazia piadas sobre como eu era com visitas. Como nunca convidava ninguém e como ficava desesperada para me livrar de qualquer pessoa que ele trouxesse. Ele era feito para comitês, o Arthur, adorava ser parte de um grupo. Vigilância comunitária, clube de boliche e tudo o mais. Também adorava ser anfitrião. Mas dizia que eu estava sempre andando de um lado para outro, praticamente enxotando-os com meu espanador. E é verdade que não gosto de ter um monte de quase desconhecidos indo e vindo, sem limpar os pés direito e colocando as mãos gordurosas nos braços do meu sofá.

O que mudou agora, com Patricia e Kirsty? E Julie, parando para pensar. Às vezes ela avisa que é hora de ir e não acredito, parece fazer só vinte minutos desde sua chegada, e quero lhe pedir que fique para tomar mais uma xícara de chá, mas sei que isso para Julie é um trabalho e que ela tem de ir à casa de outra pessoa idosa.

Fico sentada, olhando para a janela, até que as vejo voltando. Conforme viram a esquina, o vento bate nos cabelos de Kirsty, os quais cobrem seu rosto, fazendo com que ela entregue a coleira a Patricia e tente tirá-los dos olhos; as duas riem, e quase me sinto parte do momento. A campainha toca mais ou menos um minuto depois e me levanto com bastante calma. Não quero que pensem que as estava esperando, que não tenho nada melhor para fazer.

— Como ele se comportou? — pergunto.

— Ah, ele foi um doce — Kirsty conta, levando a mão para o lado de dentro da casa para me entregar a coleira. — Devo pegá-lo amanhã? Dez horas está bom?

Sou um pouco mais vagarosa de manhã. Às vezes não estou de pé às dez, mas não quero dizer isso. Sei como essas mães jovens são. Provavelmente ela já tomou o desjejum e lavou várias roupas nesse horário.

— Está ótimo — afirmo.

Ela se vira para ir embora, com Patricia em seu encalço, quando repito seu nome.

— O que foi, Mabel? Esqueci algo?

— Obrigada — digo.

— Ah, não é nada. — Ela faz um gesto com a mão, um tapa no ar.

— É algo, sim — afirmo, para minha própria surpresa. — É mais do que nada. E quero que saiba que é algo que aprecio.

Ela então se aproxima e me dá um rápido abraço. Ela cheira a campos na primavera, e seu cabelo é macio na pele do meu pescoço. Depois disso, ela parte, acenando e mandando beijinhos para Olly, falando que nos vê amanhã. E é uma sensação boa, saber que ela voltará. Parece que sua jovialidade e energia liberaram algo na casa, e talvez em mim.

15

— Acho que ninguém mais conhece outras pessoas na vida real hoje em dia — Kirsty diz.

— Então como se conhecem? — pergunto.

— Na internet. Aplicativos de encontro. — Ela gesticula com o telefone para mim.

Julie chega com uma bandeja com chá e fatias do bolo de cenoura que Patricia fez. Estão todas aqui, na minha sala de estar, e mal consigo acreditar. Virou um evento comum. Julie vem todo dia, é claro, e Kirsty vem pegar Olly para passear e devolvê-lo, e muitas vezes fica para tomar chá e conversar, e Patricia quase sempre vem visitar com um bolo ou para perguntar se quero algo do mercado. Quando tudo isso coincide, como agora, poderia imaginar que me sentiria um pouco exaurida, mas não me sinto.

Julie vem dizendo que quer conhecer alguém para mostrar ao ex-marido o que está perdendo, e Kirsty mergulhou na ideia.

— Vamos fazer um perfil pra você — Kirsty sugere, pegando o telefone da mão de Julie. — Tudo bem se eu der uma olhada nas suas fotos?

Julie faz que sim com a cabeça, mas parece um pouco em dúvida. Tenho vontade de dizer algo, falar que qualquer homem em um desses aplicativos teria muita sorte de sair com ela, mas não sei a forma certa de dizer isso.

— Você já usou? Aplicativo de encontro? — Julie vira-se para Patricia.

— Não, mas também quase nunca fui a encontros. — Ela ri, mas é um riso vazio. — Foi assim que minha filha, a Sarah, conheceu o novo rapaz, é claro. Aliás, ela telefonou hoje de manhã e parece que nem tudo são flores por lá.

— Ah, é? Por quê? — Julie pergunta.

— Bem, esse tal de Geoff nunca morou com uma parceira...

— E ele tem mais de quarenta? Sinal de roubada — Kirsty diz.

Não sei o que significa "roubada", mas consigo imaginar, então continuo ouvindo. Estou aprendendo muita coisa.

— E ele não tem filhos — Patricia continua. — Então acredito que ele está achando tudo um pouco... demais, sabe? As meninas não se cansam, isso eu garanto. Nunca param. Além disso, tem uma ex à espreita...

— Não! — Julie exclama.

— Ele jura que está tudo acabado entre os dois, mas acho que Sarah está um pouco preocupada.

— Acho que elas voltarão para cá logo, logo — Julie afirma, dando uns tapinhas no braço de Patricia, e a vejo ficar esperançosa com isso.

— Achei! — Kirsty exclama. — Essa seria uma ótima foto de perfil. — Ela mostra o telefone para nós, uma de cada vez. — Não acham? Tudo bem se eu cortar esta outra mulher?

— Não. — Julie pega o telefone da mão de Kirsty e sua voz fica mais ríspida do que nunca.

Todas nos viramos para ela, que não sabe para onde olhar.

— Não estou pronta para isso — ela diz, colocando o telefone no bolso da calça. — Em outro momento, talvez.

Em seguida, retira-se da sala e vai para a cozinha, de onde a ouço fazendo barulho, pegando uma tábua de corte, depois abrindo a torneira. Está fazendo o almoço.

Kirsty parece encabulada.

— Não quis aborrecê-la.

— Tenho certeza de que não foi sua culpa — Patricia diz. — Ela vai ficar bem.

— Ela quer o marido de volta — falo. — Essa é a questão. Não está interessada de verdade em encontrar outra pessoa.

Fica tudo tão silencioso que pego o controle remoto e ligo o televisor. Está passando o *Top of the Morning*, e Michael Silver fala com uma mulher vistosa sobre casacos de inverno. Há modelos desfilando pelo estúdio com expressões taciturnas. Penso em meu casaco cor de ervilha, longo e com cinto, e me pergunto se está na hora de trocá-lo. Ele já me acompanhou por dois invernos, ou será que foram três? Arthur me ajudou a escolhê-lo na Marks & Spencer de Overbury, pedindo que eu girasse no provador a fim de me ver de todos os ângulos. Ele era bom em fazer compras, para um homem. Ficava feliz em esperar, em segurar sacolas e em dizer como as roupas ficavam. Se não gostasse de algo, não falava nada negativo; dizia que a peça não realçava todas as minhas qualidades.

— Você se incomoda? — Patricia pergunta, pegando o controle da minha mão e desligando o televisor. — Não suporto esse programa.

Não suporta o *Top of the Morning*? É uma tradição aqui em casa. Mas, antes que eu possa reagir, Julie volta à entrada da sala.

— Desculpem-me por sair assim — ela diz. — Quero fazer o perfil, sim, para o aplicativo de encontros. Mas posso escolher a foto?

— É claro — Kirsty fala, levantando as mãos como quem se rende. — A decisão é sua.

Volta a sensação de que Kirsty não é exatamente quem parece ser. De que ela tem algo escondido sob a superfície. Por outro lado, não somos todos assim?

— De onde você é, Kirsty? — pergunto.

Ela parece surpresa com a mudança de assunto, mas não hesita.

— Cresci perto de Cheltenham.

— Sua família ainda mora lá? Você, o Ben e a Dotty a visitam com frequência?

Ela se remexe, desconfortável, e Patricia me lança um breve olhar de alerta, que finjo não notar.

— Não somos muito... próximos — ela responde.

— Aqui — Julie fala, dando o telefone para Kirsty —, esta.

— É ótima — Kirsty diz, sorrindo. Seus dentes são perfeitos. — Certo, vamos lá.

Meia hora depois, o perfil de Julie está pronto e ficamos passando o telefone de mãos em mãos para dizer "sim" ou "não" a uma lista aparentemente sem fim de homens de meia-idade. É divertido, mas parte de mim quer perguntar a Kirsty se ela pretende levar Olly para passear hoje. Ele está no canto da sala, deitado no tapete porque não há assentos disponíveis, e levanta a cabeça esperançoso de tempos em tempos antes de voltar a pousá-la em suas patas. Em certo momento, Julie ri tão alto do texto no perfil de um homem, algo sobre pescar tanto peixes como mulheres, que Olly se levanta e marcha para os fundos da casa.

O que Arthur acharia disso tudo? Provavelmente não saberia o que achar, saberia? Todos esses anos sem me socializar direito com ninguém além dele e agora, apenas algumas semanas após ele falecer, uma casa cheia de mulheres. Aplicativos de namoro. Piadas de pesca. Camaradagem. É tudo tão inesperado. E às vezes é um pouco demais.

— Estou sentindo um cansaço — falo.

Todas viram-se para mim ao mesmo tempo.

— Céus — Kirsty diz. — Acabamos ocupando a manhã com essa história, não é? É melhor eu levar o Olly para passear logo. A Dotty não vai dormir para sempre.

Havia me esquecido do carrinho, deixado no cômodo dos fundos para que Dotty tivesse um pouco de paz.

— Também é hora de eu ir — Patricia avisa. — Tenho coisas a fazer.

Ela é sempre vaga em relação ao que faz, e suspeito de que não seja muita coisa, quando se desconsideram a creche na qual faz trabalho voluntário e as aulas de dança semanais. Faço uma anotação mental de falar mais com ela a respeito de Sarah da próxima vez. Ela ficaria bem mais feliz com sua família novamente por perto. Talvez isso seja algo em que eu possa ajudar.

— E eu — Julie começa, olhando para o relógio — deveria ter saído há dez minutos. Perdi a noção do tempo. Há algo de que precise, Mabel, antes que eu vá? Fiz um sanduíche para você; está em um prato na cozinha coberto com plástico filme.

— Está tudo certo — afirmo.

Com isso, todas estão de saída. Kirsty manobra o carrinho e Patricia segura a coleira para ela enquanto não estão na rua. Vejo-as pela janela de minha poltrona. Julie está ao lado de seu carro, mas não entra de imediato. As três se reúnem ali, com Kirsty puxando e empurrando o carrinho de leve, provavelmente para impedir que Dotty acorde. Ainda conversando, ainda olhando perfis no telefone de Julie, rindo. E, inexplicavelmente, visto que acabei de sugerir que fossem embora, desejo que ainda estivessem aqui e eu fizesse parte daquele momento.

Elas parecem um grupo um pouco atípico. Kirsty é uma jovem mãe — 32 anos, acho que foi o que disse —, articulada, sempre imaculada e por algum motivo o único ser humano que meu cachorro parece disposto a tolerar no momento. Julie, com quase cinquenta, ousada e ligeiramente impetuosa, mas com toda uma insegurança por trás da fachada criada por ela. E por último Patricia, que disse recentemente que tinha setenta anos e não acreditei, com aqueles pernões e a forma elegante como caminha. Deve ser de tanto dançar.

Não sei muitas coisas sobre grupos de amigas, mas sei que em geral eles são definidos por idade. Há algo revigorante nesse grupo, o modo como tudo isso foi deixado de lado e as relações apenas funcionam.

Devo ter caído no sono, porque o que me lembro em seguida é de ouvir baterem à porta e me sentir assustada, com um pouco de frio e um gosto rançoso na boca. Levanto-me devagar e vou até a porta, e é Kirsty, devolvendo Olly.

Ela entrega a coleira com um sorriso, mas que não está tão radiante como de costume.

— Está tudo certo? — pergunto.

Ela entraria se eu a convidasse? Tomaria mais uma xícara de chá e me diria o que a está incomodando? Mas não, vejo que Dotty está desperta e parece estar prestes a chorar.

— Você perguntou sobre minha família — ela disse. — Ben nunca os conheceu. Não os vemos. Eles nunca viram a Dotty.

É uma informação significativa, a qual não estava esperando. Penso em Patricia, morrendo de saudades das netas, e dessa família perto de Cheltenham que ou não sabe que tem uma neta ou que sabe, mas nunca a viu. Ela é uma coisinha adorável, a Dotty. Uma vez, quando vieram, ela ficou sentada no colo de Patricia por uns vinte minutos batendo um bloco de brinquedo no outro. Ela tem cabelos espessos e escuros, que deve ter herdado do pai, mas os olhos são os mesmos de Kirsty.

— Por quê? — pergunto.

Ela dá de ombros.

— Ben não entende. Ele quer que nos casemos, mas não posso fazer isso sem envolvê-los e ainda não estou pronta para fazer as apresentações.

Talvez a questão seja Ben, penso. Talvez ele não esteja à altura das expectativas da família e ela saiba disso.

— Enfim, fiquei pensando nisso enquanto passeávamos e achei que eu deveria responder à sua pergunta. — Ela se vira para ir embora.

— Espere, Kirsty. — Quero perguntar se ela está feliz, porque sem dúvida é o que importa, mas olho para seus olhos úmidos e me faltam palavras. Por que não consigo dizer o que quero? — Te vejo amanhã — acabo dizendo.

Ela dá um aceno de cabeça apressado e vai embora, empurrando o carrinho até a calçada.

E, pelo restante da tarde e da noite, penso nela. Imagine só ser tão bonita, ter dinheiro, uma neném e tudo o mais e ainda assim não ser feliz. Porque, embora eu não tenha perguntado, está claro que ela não é, no fundo. Perguntarei a Patricia a respeito do parceiro dela. Ben. Só pode ter a ver com ele. E Patricia é vizinha deles; talvez tenha escutado algo. Brigas, coisas assim. Rogo para que não seja nada mais grave que isso. Para que ele não bata nela. Nem sempre se sabe. Havia uma datilógrafa — Sheila — que uma vez confiou isso a mim e a Dot, puxou as mangas para mostrar os hematomas. Dot ficou furiosa, insistiu para que ela o deixasse e disse que faríamos o que fosse necessário para ajudá-la. Até hoje me lembro da fúria em seus olhos. Será que Kirsty estava passando por algo similar? Pego minha lista.

1. ~~*Entrar em contato com amigos e parentes.*~~
2. ~~*Falar com a casa funerária.*~~
3. ~~*Ir ao supermercado.*~~
4. ~~*Limpar a casa.*~~

5. *Procurar por D.*
6. *Ajudar Julie a recuperar o marido.*
7. *Descobrir por que Patricia está sozinha.*

Ajusto a sétima linha para dizer "Ajudar Patricia a recuperar a filha." e incluo um oitavo item ao final.

1. ~~*Entrar em contato com amigos e parentes.*~~
2. ~~*Falar com a casa funerária.*~~
3. ~~*Ir ao supermercado.*~~
4. ~~*Limpar a casa.*~~
5. *Procurar por D.*
6. *Ajudar Julie a recuperar o marido.*
7. *Ajudar Patricia a recuperar a filha.*
8. *Garantir que Kirsty esteja em segurança.*

Por um lado, parece que não estou chegando a lugar nenhum. Mas, por outro, parece que estou avançando rapidamente, como não avançava há anos.

16

Estou procurando o endereço de Dot. Uma gaveta aqui, uma caixa ali. Julie ofereceu-se para ajudar, mas não quero que ela revire minhas coisas pessoais, então falei que preferia procurar por conta própria.

Não saia revirando todos os armários da casa, ela disse na ocasião. *Caso contrário, vai parecer impossível colocar tudo de volta no lugar.*

Ela tem razão, por isso sigo devagar e sempre. Encontrei tantas coisas. O ingresso de quando Arthur e eu fomos ver *Ao balanço das horas* e dançamos no saguão do cinema. Todas as cartas e cartões-postais que Arthur me enviou ao longo dos anos — todos assinados do mesmo jeito: "Um brinde à eternidade à nossa frente". É como se eu vivesse no passado. Não, não é bem isso, porque tenho intercalado isso com outras coisas. Na verdade, é como se eu estivesse vivendo um presente mais vibrante do que estou acostumada enquanto coloco um pezinho no passado. Hoje estou encarando uma caixa que ficou sob a nossa cama desde que me recordo. Pedi a Julie que a pegasse e a levasse ao andar de baixo antes de ir embora ontem, e tenho pelo menos três horas antes que ela chegue aqui.

Preparo uma xícara de chá, ajeito-me na poltrona com a caixa aos meus pés e abro as abas de papelão. A primeira coisa que pego é um caderno que me parece vagamente familiar. É do tamanho de um livro de bolso, com capa de couro preto. Folheio-o e a caligrafia me faz perder o fôlego. É a letra de Bill. Fecho o caderno de novo; ainda não estou pronto para lê-lo. Por que temos algo assim? Então, lembro-me de minha mãe dizendo para Arthur dar uma olhada no quarto de Bill para ver se havia algo que ele queria. Ele deve ter pegado esse caderninho como lembrança. Abro-o novamente e a mera forma das letras o trazem de volta. O jeito como ele ria quando eu tentava caçoar dele, como comia qualquer coisa que colocassem à sua frente e ainda pedia mais. Até o aroma dele, de creme modelador e talco. Não há nada significativo no caderno, creio. Só anotações e ideias esboçadas. Listas. Provavelmente é o mais próximo que ele teve de um diário, mas não o preenchia com segredos ou pensamentos dos recônditos mais profundos de seu coração. Estou prestes a deixá-lo de lado quando dou uma última folheada e noto uma letra diferente. A de Arthur.

É uma troca de mensagens entre os dois.

Vou pedir Dot em casamento. O que você acha que ela dirá, Arthur?
Você é um homem de sorte, Bill. Ela dirá sim, tenho certeza.
E você e a Mabel?
Acha que tenho chance? Você a conhece como ninguém.
Ela pode ser um pouco enigmática, mas diria que sim. Não há mais ninguém.

Não há mais ninguém. Ele tinha tanta certeza. E estava tão errado. Quanto tempo antes da morte de Bill eles tinham escrito isso? Não pode ter sido muito antes, mas não há data. Os dois tinham tudo planejado. Éramos um excelente quarteto, e queriam manter isso. Não os culpo; eu também queria. Até que ponto as coisas teriam sido diferentes se não tivéssemos perdido Bill? Será que teríamos permanecido como um grupo, nos casado e ficado juntos pelo resto da vida? Será que eles teriam filhos? Será que nós teríamos? Então, leio de novo as primeiras palavras de Arthur. "Você é um homem de sorte." E isso faz com que eu me sinta quase como um prêmio de consolação.

Fecho o caderninho e o coloco no braço da poltrona, sem querer guardá-lo ainda, depois de tantos anos escondido debaixo da cama. E, quando volto a mexer na caixa, encontro outro caderninho, dessa vez muito familiar, embora eu não teria sido capaz de descrevê-lo se me pedissem. É minha agenda de endereços, a qual Bill comprou para mim quando fiz dezoito anos. Em tom rosado, com rosas brancas na capa. Eu o folheio e eis ali, na letra B: Dot Brightmore, e um endereço em Hammersmith, na região oeste de Londres. Agora que o vejo escrito, sinto como se me lembrasse de escrevê-lo em um envelope branco dentro do qual coloco uma carta.

Penso nas viagens que fiz a Londres ao longo dos anos. Visitas a pontos turísticos com Arthur. A ocasional ida ao teatro. Nunca fui a essa região, não sei nada a respeito dela. Não consigo nem começar a imaginar Dot lá. Iremos mesmo para lá, como Julie disse? Simples assim?

Quando haviam se passado semanas e ela não tinha respondido às minhas cartas, falei com Arthur sobre a possibilidade de ir até lá para vê-la.

Simplesmente aparecer lá?, ele perguntou.

Por que não?

Bem, porque ela foi embora sem se despedir, sem ir ao nosso casamento, e agora não respondeu às cartas que você mandou, então eu diria que o recado é bem claro, não acha?

Pensei muito nisso. Ela não gostava mais de nós? Ou era doloroso demais nos ver casando e seguindo com nossa vida juntos sendo que o conto de fadas dela desmoronou com a morte de Bill? Será que ela precisava de um novo começo, uma vida do zero? Será que tinha esquecido o que significávamos uns para os outros? Ou será que nosso casamento em particular era um problema para ela? No fim das contas, nunca fui até o endereço, e passei a falar menos dela. Quando ela era mencionada em uma conversa, geralmente era junto a Bill, com nós quatro, e foi como se ela tivesse deixado de ser uma entidade própria.

E agora, mais de sessenta anos depois, vou até lá com essas mulheres que conheci e que parecem tão destemidas? Sei que não a encontrarei lá, que ninguém fica em um mesmo lugar por tanto tempo em Londres, ou qualquer outra cidade, mas talvez encontremos uma pista, algo que nos leve para mais perto de seu paradeiro. Estou pronta para isso? Consegui perdoá-la por ter desaparecido?

Quando Julie chega, cantando uma música do Abba, estou decidida.

— Encontrei — digo a ela.

— O endereço de Dot em Londres?

— Sim. — Ergo a agenda como se fosse uma prova.

Ela dá um gritinho. Não compreendo por que parece tão envolvida nisso. Por que isso importa para ela? É só curiosidade humana? Parece ser algo além disso.

— Vejamos. Hum, daqui a pouco arranjo um mapa do metrô e planejo uma rota. Quando gostaria de ir?

Sou pega de surpresa. Sabia que ela iria sugerir ir até lá, mas pensava na ida como algo que faríamos em algum momento no futuro, e agora ela já está me perguntando quando exatamente, e não sei o que dizer.

— Semana que vem? — ela pergunta. — Posso tirar um dia de folga.

— Talvez — respondo. — Deixe-me pensar a respeito.

Ela ri.

— Você teve sessenta e tantos anos pra isso, Mabel. Não vamos desperdiçar mais tempo!

É ridículo, eu sei, mas não sei se estou pronta.

Quando Kirsty chega para pegar Olly, Julie abre a porta para ela e a primeira coisa que diz é sobre o endereço.

— Vocês já deram uma olhada no Google Streetview? — Kirsty pergunta.

Não sei o que é isso, mas, depois de tirar Dotty do carrinho, Kirsty pega seu telefone, digita o endereço dado por Julie e, quando me dou conta, ela está me mostrando a tela e vejo lojas enfileiradas.

— Deve ser um apartamento sobre as lojas — ela diz.

Faço um esforço mental, tento lembrar se a mãe de Dot havia dito algo a respeito de sua irmã e de onde ela morava, ou se Dot havia mencionado alguma vez esses tios que moravam em Londres, mas nada me vem à mente. A minha memória está falhando, ou é só que foram tantos anos, tantas conversas banais e dias comuns acumulados, que é impossível guardar tudo?

— Vocês vão lá? — Kirsty pergunta.

— Esse é o plano, mas Mabel está enrolando — Julie diz, dando um toque afetuoso em meu ombro para deixar claro que não dizia isso com maldade. — Quer um chá, Kirsty?

— Ah, sim, por favor, se não for só pra mim.

Com Julie na cozinha, assoviando enquanto a chaleira esquenta, Kirsty vira-se para mim. Ela está no sofá, vestindo um macacão azul-marinho impecável. Dotty está no seu colo e os olhos dela estão sérios.

— O que está fazendo você hesitar? Achei que quisesse encontrar a Dot.

— Você acha que vamos mesmo? Quero dizer, encontrá-la?

— Bem, acho que temos uma boa chance, se ela ainda estiver...

— Viva.

— É. Então, se não quiser vê-la, ou não tiver certeza, talvez seja melhor pararmos, pelo menos por um tempo.

— Eu quero, sim — afirmo. — É só que faz tanto tempo, e não sei por que ela foi embora, ou se ficou brava comigo por algum motivo.

Kirsty me perscruta. Envolve os pés de Dotty com as palmas das mãos. Há algo tão natural nas duas juntas, a forma como Kirsty sabe do que a filha precisa e a forma como Dotty sente-se em segurança nos braços da mãe. É assim para todas as mães? Tenho vontade de lhe dizer que notei isso, mas não sei se significaria muita coisa vindo de alguém que nunca foi mãe.

— Como você soube que queria ter um bebê? — pergunto.

Ela fica um pouco desorientada pela mudança de assunto, mas se recompõe bem.

— Não tenho muita certeza. Tinha chegado à casa dos trinta e sempre achei que teria um filho, então conheci o Ben e ele parecia pronto, e as coisas foram dando certo.

— Está feliz pela sua decisão?

Ela sorri, depois cobre as orelhas de Dotty.

— Na maior parte do tempo.

E percebo que também estou sorrindo. Quando perdi amigas minhas, amigas da minha idade, para a maternidade, me ressenti do fato. Parecia injusto que todas tivessem seguido por um rumo que eu não queria para mim, e que eu tivesse sido deixada sozinha com Arthur, que também queria seguir esse rumo. Mas, agora que se passaram tantos anos, descubro que há uma alegria em se estar perto de uma mãe e seu bebê. Em ver como as duas partes atuam juntas, como se amam.

— Sempre imaginei Dot sem filhos, como eu. E se eu a encontrar e ela não for nem um pouco como imaginei?

Kirsty pensa nisso por um tempo, não tenta responder com pressa, e gosto disso. Julie chega com o chá e em seguida retira-se novamente, falando em arrumar a cozinha, embora ela estivesse bem limpa quando preparei meu desjejum. A sala de estar está silenciosa, conosco bebericando chá e Kirsty tomando cuidado para manter sua xícara longe do alcance de Dotty. Passa tanto tempo que acho que ela deve ter se esquecido da pergunta.

— Acho que ninguém é de fato como você imagina, mesmo se for alguém que conheceu a vida toda — ela fala depois de um tempo.

— Como assim?

— Bem, acho que todos temos segredos, coisas das quais temos vergonha, coisas que exageramos porque são mais lisonjeiras assim. E se Dot tiver filhos, ou seis maridos, ou fugiu com o circo? E daí? Ela ainda será a Dot.

É verdade, penso. Independentemente de como for sua aparência e do que tiver feito na vida, ela ainda será a Dot. E ainda desejarei ouvir tudo, e ver se os seus olhos ainda dançam quando ela conta uma piada ou se os anos arrancaram parte da sua vitalidade.

— Julie — chamo.

— Sim, Mabel? — Ela surge na entrada da sala tão rápido que me pergunto se estava nos escutando.

— Acho que deveríamos ir semana que vem, como você sugeriu. Se estiver disponível.

— Sem dúvida — ela afirma. — Que ótima notícia.

— Excelente — Kirsty diz, levantando-se e erguendo Dotty até ela dar um risinho. — Vamos dar um passeio, está bem, mocinha?

Olly vem trotando dos fundos da casa e Kirsty pega a coleira.

17

Se Julie percebeu que me arrumei bastante, ela não teceu nenhum comentário, e sou grata por isso. Estou acordada desde as cinco, pensando no que pode acontecer durante o dia. Provei três conjuntos de roupa diferentes, decidindo-me por uma saia e uma blusa que havia comprado para um casamento anos atrás, complementadas por um cardigã amarelo vibrante. Sei que não importa muito o que vestirei, que hoje não será o dia em que a encontraremos, mas há algo latejando dentro do meu peito e tenho certeza de que quero estar bem-vestida.

— Gostei do cardigã — Julie elogia. — A cor é bonita.

Dou um sorriso, mas sem muito ânimo.

— Você mudou de ideia? — ela pergunta.

— Não. — Disso eu sei. Se voltar atrás agora, nunca mais tentarei. — Que horas Patricia chega?

Julie balança o braço até o relógio escorregar para fora da manga.

— A qualquer momento.

— Bem, então entre. Eu estava arrumando minha bolsa.

Só depois que Patricia chega e Julie nos leva de carro à estação é que menciona o encontro que teve.

— Ontem à noite — ela diz —, foi horrível. Ele parecia tão normal nas fotos.

— Qual era o problema dele? — Patricia pergunta.

— Era um lunático. Disse que não podia ser acorrentado, que saía com um monte de mulheres e que, se eu não gostasse disso, ele não era o homem certo para mim.

Estávamos na plataforma, sentadas em um banco.

— Não parece ter nada a ver com você — Patricia fala. — Como escapou dele?

— Só fui embora — Julie contou. — E ele veio atrás; quis que eu pagasse pela bebida que ele havia pedido para mim!

As duas começaram a rir, e tentei sorrir, mas não era como me sentia.

— Está tudo bem com você, Mabel? — Julie pergunta após recuperar o fôlego.

— Por que não estaria?

— É só que você está um pouco quieta.

— Bem, faz bastante tempo que não vou para além de Overbury.

— É um dia significativo — Patricia afirma.

Ela deve me achar louca. Pegou suas coisas e se mudou para outro continente, e cá estou preocupada com uma viagem de trem de 45 minutos. Observo os pombos comendo migalhas à beira da plataforma, a maneira como brigam e se empurram. A maneira como vão atrás do que querem, sem pensar duas vezes.

— Diga de novo qual é a rota — peço.

Julie pega o telefone do bolso para consultá-lo.

— Vamos até Waterloo, depois pegamos a linha Jubilee para o Green Park, depois a linha Piccadilly até Hammersmith. O endereço fica a dez minutos a pé da estação, então vamos conferir como estaremos ao chegar a esse ponto e, se preferirmos, podemos pegar um táxi.

É gentileza da parte dela fingir que se trata da condição geral do grupo e que não sou eu que ficaria cansada demais para caminhar. O trem chega; Julie se levanta e me oferece o braço. Após embarcarmos e nos sentarmos a uma mesa, ela me encara com um de seus olhares sérios.

— Podemos dar meia-volta e tomar o rumo de casa a qualquer momento — ela diz.

Patricia concorda com a cabeça.

— A decisão é toda sua, Mabel. Só nos mantenha informadas. Hoje é seu dia. Estamos apenas fazendo companhia.

Sinto lágrimas querendo sair dos olhos. Porque elas sabem que estou com medo e querem me oferecer a oportunidade de desistir. Seria tão fácil aceitá-la. Mas não aceitarei. Olho pela janela para os limites da cidade afastando-se e sinto algo dentro do meu peito. É esperança, dou-me conta. É expectativa.

Não falo muito durante a viagem de trem. Julie e Patricia conversam um pouco mais sobre o encontro de Julie e o homem da aula de dança de Patricia que sempre vai conversar com ela no fim da aula, mas que ainda não teve coragem de chamá-la para sair. Fico apenas observando pela janela, deixando a conversa entrar por um ouvido e sair pelo outro, e mergulho nas memórias de outras viagens de trem. Após o casamento, passamos alguns dias em Christchurch, e Arthur não soltou minha mão em nenhum momento enquanto estávamos no trem. É como se ele não conseguisse acreditar que estava comigo e tivesse medo de me soltar. Eu queria ler meu livro, mas parecia grosseria quando ele estava feliz em passar o trajeto inteiro com um olhando nos olhos do outro. Lembro-me de sentir no meu âmago que tinha feito a coisa errada, mas de me justificar para mim mesma com a felicidade que ele demonstrava. Como se a felicidade dele fosse anular meus receios.

Waterloo é um caos, como sempre. Anos atrás, teria simplesmente me lançado à multidão. Mas não desta vez. Esperamos até quase todos saírem do trem para que não precisemos nos digladiar para caminhar pela plataforma e pelas catracas. A estação cheira a suor e carne assada, e o ruído é ensurdecedor. Julie faz um bom trabalho ao nos levar até onde precisamos ir sem me apressar. Se eu tentasse fazer isso sozinha, o que jamais faria, teria me perdido um monte de vezes só tentando encontrar a linha certa do metrô. No subterrâneo, esperando um trem, meu casaco grande me deixa com calor, mas não quero me dar ao trabalho de tirá-lo. Um trem para na plataforma com um rangido, e fico aliviada ao ver que ele está relativamente vazio. Conseguimos assentos, três lado a lado.

— Vocês vêm bastante a Londres? — pergunto às duas.

— Quando me mudei dos Estados Unidos para cá, eu morava e trabalhava em Londres. Mas aí tive Sarah e mudei de cidade — Patricia conta.

— Que tipo de trabalho você fazia? — Julie pergunta.

— Eu era modelo.

— Espere um pouco — Julie avisa, erguendo um dedo. — Precisamos fazer a baldeação.

Trocamos de trem, e eu só as sigo, pois a sinalização e o barulho me confundem.

— Você era modelo — Julie continua, depois que conseguimos nos sentar novamente.

Não tinha me dado conta de que Julie não sabia disso. Faz todo sentido ela ter sido modelo. Aos setenta, as maçãs do rosto de Patricia ainda são incríveis, e ela tem aquelas pernas tão, tão longas. Ela aquiesce, com o rosto corado.

— Estamos falando de catálogo de loja de departamento ou desfiles na passarela? — Julie pergunta.

— Um pouco de tudo, na verdade. Mas muitos desfiles, durante uma época.

Julie tinha me contado que Patricia mora em uma das maiores casas do novo conjunto residencial, e dava para perceber que ela gostaria de saber como Patricia havia conseguido tanto dinheiro sendo mãe solteira durante a maior parte da vida. Agora as coisas começavam a fazer sentido.

— Você conheceu muitas celebridades? — Julie pergunta.

Patricia revira os olhos.

— Muitas. A maioria é insuportável.

— E aí abriu mão de tudo isso para ter a Sarah?

Patricia desvia o olhar para acima das cabeças do lado oposto, para o mapa, e finge estar conferindo nossa rota, quantas paradas faltam, mas consigo perceber que está juntando coragem.

— Conheci um sujeito, comecei a sair com ele e descobri que teria Sarah. Mas depois soube que ele não queria ter nada a ver com isso. E que era casado.

— Que canalha — Julie diz. — Esses homens são todos iguais. Tirando o seu Arthur, Mabel.

Patricia dá de ombros.

— Queria ter o bebê, queria ser mãe. Então, peguei o dinheiro que tinha ganhado e arranjei um lugar para nós em Broughton, para começar uma nova vida.

É corajoso, penso. Ela é corajosa. Fazer tudo isso sozinha, sem família por perto.

— Você já pensou em voltar para casa? — pergunto. — Quero dizer, para os Estados Unidos?

— Pensei, mas não era tão próxima dos meus pais, e eles já tinham sido contra eu me mudar para cá. Eu não queria voltar para casa grávida e pedindo ajuda. Não queria dar a oportunidade de dizerem que tinham razão no fim das contas.

Isso é teimosia, pergunto-me, ou estupidez? De qualquer modo, ela ainda é corajosa.

— E quem era ele, o pai? — Julie pergunta. — Ele era famoso?

Patricia fica um pouco vermelha e não responde. Mas depois esqueço tudo isso, porque chegamos ao nosso destino, Hammersmith, e dessa vez sou eu que percebo isso; Patricia me pega pelo braço e ri, dizendo que talvez acabássemos em Heathrow se dependesse dela, que estava se perdendo no passado; em seguida estamos ao ar livre, na rua, e conseguimos, realizamos a jornada que eu temia.

— Agora — Julie começa, após encontrar um banco para nos sentarmos e discutirmos nosso plano —, como você está, Mabel? Lembre-se de que também temos a viagem de volta. Não quero que se esforce demais.

Sinto-me bem. Sinto-me viva e animada e também com medo, mas não cansada. Penso na minha poltrona, em Olly passeando sozinho pelos cômodos da nossa humilde casa, em como seria fácil ficar lá e não fazer nada disso. Em como estou feliz por ter feito essa viagem. Ainda assim, não gostaria de ultrapassar meus limites e acabar me sabotando.

— Vamos pegar um táxi — falo. — Eu pago.

Saquei dinheiro no supermercado ontem especificamente para isso. Erin me viu contando as notas e perguntou se eu pretendia ir a um cassino.

— Deixe disso — Patricia disse.

E penso na sua carreira de modelo, desfilando na passarela, tendo muito dinheiro agora porque ela era bonita e alta. É um mundo curioso.

Julie chama um táxi, entramos e damos o endereço ao motorista. Ele aquiesce, não diz nada e chegamos lá em questão de minutos, voltando para a calçada após uma breve discussão sobre quem pagaria, a qual consegui vencer.

Estamos paradas na rua, olhando para o prédio. É uma loja, como Kirsty tinha dito. É uma em uma fileira de lojas. Uma banca de jornais, uma casa de apostas e um bazar beneficente. E a que corresponde ao endereço escrito em minha agenda antiga é uma confeitaria, com pães doces e quitutes na janela. Olho para o apartamento acima dela e a fachada é de chapisco, com duas janelinhas brancas cuja pintura branca está descascando. Ela esteve aqui, a Dot? Ficou onde estou agora, entrou por aquela porta e subiu um lance de escadas oculto? Será que trabalhou na loja? E será que na época sequer havia uma confeitaria ali?

— Vamos entrar? — Julie pergunta, e me dou conta de que estava no meu próprio mundo, parada na calçada. As pessoas passam por nós com pressa, e Julie segura meu braço; sua voz é gentil e sinto que tenho sorte de tê-la comigo.

— Sim — respondo. — É claro que vamos entrar. Não viemos até aqui para ficarmos do lado de fora, não é mesmo?

Um sininho soa quando abrimos a porta e um sujeito atrás da bancada levanta o olhar do seu telefone. Não há mais ninguém na loja. Ele tem trinta e tantos anos e parece ter ascendência mediterrânea. Espanhol, talvez.

— Do que as senhoras gostariam? — ele pergunta, e sua voz é genuinamente londrina.

— Ah, não viemos comprar doce — Patricia diz.

— Fale por você — Julie acrescenta. Todas rimos, mas o homem não.

— Ainda tem um apartamento no andar de cima? — Patricia pergunta.

— Quem quer saber?

— Bem, eu quero. Minha amiga aqui, a Mabel, está tentando encontrar uma amiga de muito tempo. E achamos que ela chegou a morar no apartamento do andar de cima em 1961.

Ele olha para nós com o rosto impassível.

— Queríamos saber — Patricia prossegue — se você sabe algo a respeito dos proprietários anteriores.

O sino toca de novo, nos viramos e vemos uma mulher jovem e atraente entrar na loja.

— Do que você gostaria? — o homem pergunta.

— Espere, ainda não tínhamos terminado nossa conversa! — Julie exclama.

— Minha senhora, isto aqui é um negócio, e ela — ele gesticula para a jovem cujo rosto fica vermelho — é uma cliente. O cliente é prioridade.

Nem mesmo Julie sabe como responder.

A mulher veio fazer um pedido para seu escritório e passa uma eternidade escolhendo diferentes rosquinhas e bombas, o que me faz sorrir, pois ela é tão magra que parece nunca ter comido um doce na vida. Vou até a parede para apoiar as costas. O aroma do lugar é doce, como glacê. Lembro-me de Dot e eu preparando um bolo certa vez, para o aniversário de sua mãe, da névoa fina de açúcar de confeiteiro no ar, que tentávamos capturar com a língua.

— Você precisa se sentar? — Julie pergunta. Ela parece preocupada, com o cenho franzido.

— Você parece mais velha quando faz isso — digo.

Ela ri.

— Assim é melhor. Estou bem, só precisava me recostar um pouco.

Quando a mulher vai embora, Julie vai à bancada.

— E então? Tem como nos ajudar?

— Olha, senhora, assumi este ponto três anos atrás. Já era uma confeitaria. Antes disso, não faço ideia. Eu nem era nascido em 1961. Caramba, nem minha mãe era nascida em 1961!

— E o apartamento? — Julie pergunta. Admiro sua persistência.

— Faz parte do imóvel. Eu moro nele. É uma porcaria, para ser sincero. Talvez não fosse na época, é claro.

— Obrigada — Julie agradece. — Vamos escolher um doce, amigas?

Há um ligeiro tremor em sua voz, e percebo que essa busca passou a significar algo para ela. Que virou algo importante. Escolho um mil-folhas de creme e Julie e Patricia pedem rosquinhas com geleia, e encontramos um parque com banco por perto para comer.

— Que pena — Patricia diz. — E ele não foi muito prestativo, não é?

— Faz tanto tempo — digo. — Foram tantos anos. Uma vida inteira, quase.

— Talvez devêssemos ter apenas telefonado em vez de fazer essa viagem toda — Julie diz.

Telefonar. Por que não pensei nisso?

— É que eu tinha a ideia — ela prossegue — de que ela talvez ainda estivesse aqui. Não cuidando da loja, mas recolhida no andar de cima, talvez com uma filha ou neta atendendo clientes. Acho que fui tola.

Mas não soa como tolice para mim. Não soa nem um pouco tolo. Acho que um pedacinho de mim imaginava a mesma coisa.

18

No trem de volta, decido mencionar algo que estava em minha mente.

— Você acha que a Kirsty é feliz? — pergunto.

Eu podia não estar cansada antes, mas agora estou. Sinto que podia me encolher e dormir aqui, nesse assento de tecido sujo, com embalagens de salgadinho amassadas, garrafas de plástico esmagadas e chutadas para os cantos e janelas borradas e com respingos de terra. A atmosfera é diferente neste trajeto de volta, por causa da esperança que foi arrancada de nós, imagino.

— Feliz? — Patricia pergunta. — Como assim?

— Esse tal de Ben, ele é um bom parceiro? Ela me passa a sensação de que algo não está certo.

Patricia senta-se e pensa a respeito.

— Sabe de uma coisa? Eu nunca o conheci de fato. Eles moram na casa ao lado, mas ele sempre está trabalhando. Já o ouvi no jardim, e já o vi entrando em seu carro chique e partindo, mas nunca fomos apresentados. Mas nunca me senti preocupada. E não passo pouco tempo com ela.

Talvez não seja isso, o relacionamento. O que mais pode ser? Lembro-me do que ela disse quando falávamos de Dot, de todos terem segredos e não serem exatamente quem você imagina. É um enigma, mas estou decidida a solucioná-lo.

Julie está mexendo no telefone, olhando possíveis homens para seu próximo encontro.

— E quanto a este? — ela pergunta, virando o telefone para nós.

A foto é de um homem de meia-idade, com cabelo grisalho e rosto enrugado. Não há nenhum brilho nele, nada de especial.

— Não — afirmo. — Este não.

— Você parece ter bastante certeza — Julie pontua, soando um pouco ofendida. — Você o conhece ou algo assim?

— Não, só não acho que ele é a pessoa certa, só isso. Acho que seria melhor você descobrir quando seu marido sai com os amigos, se arrumar bem e encontrar-se com ele por acidente, de propósito. Ele verá como você está bonita, como está levando a vida bem sem ele e *voilà*: voltará pra você.

Ela estuda meu rosto.

— É sério? É isso mesmo que acha que devo fazer?

— Bem, você está completamente infeliz sem ele, não está? E sei que ele traiu você, mas tantos homens traem.

Há um silêncio por um ou dois minutos, com todas nós ruminando a ideia.

— Arthur não era exceção — acrescento. — Pensei em dizer isso antes, quando você falou de homens e infidelidade.

— Arthur traiu você? — Julie pergunta. Ela soa pessoalmente ofendida.

— Três vezes — respondo. — Quero dizer, três casos. Elsie Maybrook em 1966, Sheila Turner em 1975 e Annie James em 1988.

É engraçado como esses nomes ficaram na memória. E os anos também. A primeira vez, com Elsie, estávamos casados havia sete anos e não fiquei surpresa. Se algo me surpreendeu, foi ele não ter tido um caso antes. Dei as costas para ele na cama tantas vezes. Ainda assim, quando descobri — quando Helen, do trabalho, chamou-me de lado e me contou que tinha visto os dois juntos, que estavam rindo, com os lábios próximos e as mãos se tocando —, senti-me mal. Eu o levei a isso e esperava que acontecesse, mas a confirmação fez a situação assumir outro aspecto. Quando o confrontei, ele chorou. Disse que sentia muito, que me amava, que não amava a outra. Só a mim. E eu não podia culpá-lo, podia? Afinal, sabia que ele dizia a verdade e que eu não havia feito o que tinha prometido quando caminhei até o altar, não tinha acolhido o amor dele e retribuído com o meu.

— E você sabia? Sabia os nomes e tudo? — Julie soa completamente chocada.

— Digamos que ele não era um mestre das sutilezas — explico.

É verdade. Ele deixou pistas para eu encontrar, voltava tarde para casa sem explicações. Nas três vezes, ele queria que eu descobrisse. Queria que o confrontasse, para que ele pudesse me confrontar acerca da solidão que sentia em nosso casamento. E então penso na conversa que tivemos, na última vez. O mais próximo que chegamos de falar a verdade um para o outro. Quando ele disse que só estava tentando fazer com que eu reagisse, fazer com que eu mostrasse que o amava. Que estava tentando me deixar com ciúme.

— Nossa, eu nunca teria imaginado isso dele — Julie fala.

E isso me faz sorrir, porque ela nunca o conheceu. Embora eu tenha falado bastante sobre ele. Imagino que seja o mesmo que acontece em relação ao seu Martin. Também sinto como se o conhecesse.

— Sinto muito, Mabel — Julie diz. — Os homens não prestam.

Um homem sentado do outro lado do vagão levanta o olhar, e Julie o encara até ele o desviar.

— Algo nessa linha — falo, perguntando-me se algum dia serei capaz de lhes contar a história completa. A que nunca contei para ninguém. Nem para ele. Nem para mim mesma.

Estamos quietas, e sei que nós três estamos revisitando nosso passado. Os homens que foram parte de tudo que nos trouxe até este momento.

— Você estava apaixonada pelo pai de Sarah? — pergunto.

Patricia olha para mim.

— Foi tudo tão rápido. Ele me fez sentir como a única mulher no mundo. Sabe como é. Entrega diária de flores, uma viagem a Veneza como segundo encontro.

Julie fica boquiaberta.

— Definitivamente, não sabemos como é isso, não é mesmo, Mabel?

Patricia ri, e fico de novo surpresa com sua beleza. Também percebo que ela não respondeu à pergunta original.

— Nunca fui a Veneza — falo.

— Ah — Patricia diz —, é linda. E, se você está lá com alguém que ama, bem, é praticamente perfeita.

— Então você o amava? — Julie pergunta.

— Ah, sim. Amava.

Os olhos dela mudaram, e sei que ela voltou àqueles tempos, revivendo-os. E depois ela rapidamente recupera a compostura e está presente conosco mais uma vez.

Julie faz um movimento repentino, pegando o braço de Patricia.

— Era um Beatle, Patty?

Ela ri. Todas rimos.

— Não, Julie. Não sou tão velha assim.

Após um momento de silêncio, ela volta a falar.

— Quando descobri que estava grávida, fiquei tão feliz. Achei que era só o começo da nossa história juntos, que seríamos uma família. Eu era tão jovem e ingênua. No fim, ele já tinha uma família. Uma esposa e dois filhos que nunca considerou mencionar.

Julie balança a cabeça. Pergunto-me se ela está pensando na própria situação, dando a Patricia o papel de Estelle. Enxergando que nem sempre a outra mulher é a vilã da história.

— E você criou Sarah sozinha? — Julie pergunta.

— Criei.

— Não é à toa que sente tanta falta dela — Julie pontua. — Se foram só vocês duas, durante todos esses anos.

— Sim, sua infância inteira fomos eu e ela. Ela morou em casa até conhecer Mark, quando tinha pouco menos de trinta anos. E depois voltou, após ter as meninas e Mark abandoná-las. Estava insegura, inicialmente, de voltar a ter crianças em casa o tempo todo, mas foi maravilhoso. Elas rejuvenescem, as crianças, não é?

Julie e eu devemos estar com expressões perdidas, pois ela ri.

— Mas é claro, às vezes esqueço que nenhuma de vocês teve filhos. É algo que bagunça tanto, ter crianças em casa, mas é incomparável. São histórias, danças, pintura e correria. Tudo é possível.

Por um minuto ou dois, tento imaginar. Como teria sido para nós, Arthur e eu. Ele não teria tido aqueles casos, imagino. Talvez eu tivesse me tornado um pouco... o quê? Mais leve? Mais divertida? Imagino-me, jovem novamente, com uma bebê nos braços. A casa está uma bagunça, com brinquedos para todo lado. Depois, um pouco mais velha, com uma menininha segurando minha mão na calçada. Mas isso é faz de conta. Não é algo que eu um dia tive, ou mesmo quis. Pensar em como isso teria mudado as coisas é um exercício inútil.

— Como elas estão? — Julie pergunta. Sua voz é firme, mas há algo nela que chama atenção, e me pergunto se estava mergulhando nas próprias memórias, imaginando como as coisas seriam sob outras circunstâncias.

— Não tenho certeza — Patricia responde. — Um dia desses, ela soava bem estressada. Disse que Geoff estava com dificuldade em se acostumar com a presença delas. E é terrível, mas, depois de terminarmos a conversa, me peguei torcendo para que tudo desse errado, pois assim elas voltariam.

É uma confissão pesada, e a deixamos assentar. Olho pela janela enquanto passamos tão rápido por uma estação que não dá para ler a placa. Não sei como dizer a ela que a entendo. Que também torci para que coisas horríveis acontecessem de modo a trazer para mim o que eu mais queria.

Patricia pega seu telefone e encontra fotos das netas para nos mostrar. Elas têm carinhas de anjo, com cabelo escuro brilhante e covinhas. As duas estavam combinando, com vestidos de verão amarelos.

— Isso foi em maio. Levamos as duas para a Grécia.

Em seguida, mais uma foto, na praia. As duas meninas com maiôs listrados, a mais nova com um balde e uma pá nas mãos e a mais velha fazendo estrela no fundo. Consigo sentir a energia que emanam, mesmo dessa imagem estática capturada na tela de um telefone celular. Quase consigo ouvir os risos.

Para mim está claro que o lugar dessas meninas é com Patricia. Não sem a mãe, é claro, mas com as duas. Ela se transforma quando fala das netas, e posso ver com mais clareza a mulher que ela foi na juventude. A modelo. Confiante e feliz.

— Talvez elas voltem — digo, e ela ergue os olhos para olhar nos meus. — Talvez sintam saudade demais para continuarem longe.

Ela parece esperançosa por um momento e depois muda de assunto.

— Enfim, quais são os planos para Dot? Qual é o próximo passo?

Penso de novo naquela loja, naquele apartamento malcuidado. Seria ridículo dizer isso, mas sinto que Dot era grande demais para ficar contida em um lugar assim. Não consigo imaginar que ela ficaria ali por muito tempo.

— Ela pode estar em qualquer lugar — falo.

É verdade. Mesmo se tivesse ficado em Londres durante todos esses anos, ela seria uma em meio a quase nove milhões. E, se não estivesse, poderia ter se mudado para qualquer lugar, até para outro país. Poderia estar em uma praia na Grécia, no fundo de fotografias de férias em família como as mostradas por Patricia, ou levando uma vida silenciosa na zona rural da França, ou agitada em um apartamento em Nova York ou Chicago. Ela poderia estar morta. E se passássemos semanas ou meses procurando e descobríssemos que ela tinha morrido? Seria pior do que ficar sem saber?

Certa vez na escola, na aula de Geografia, fizemos um projeto em duplas. Tínhamos que escolher uma cidade onde gostaríamos de viver, em qualquer lugar do mundo, pesquisá-la e apresentar o que tínhamos descoberto à sala. Dot e eu formamos uma dupla, mas passamos a maior parte do tempo discutindo a escolha da cidade. Eu queria optar por algum lugar dentro da Inglaterra e ela estava interessada em lugares muito mais distantes.

Não é realista, eu dizia. *Você nunca vai morar em Nashville ou em Hong Kong.*

Dot dava de ombros, com os olhos arregalados como se eu a tivesse insultado.

Por que não?

No fim, escrevemos sobre Manchester.

Julie e Patricia olham uma para a outra e vejo que algo ocorre entre elas. Talvez já tivessem discutido isso privadamente. Dito que, se eu demonstrasse sinais de que queria desistir, ambas deveriam apoiar a decisão. Talvez não acreditassem, no fundo, que era possível encontrá-la.

— Não sei onde procurar — digo, e sinto uma lágrima escorrer pela bochecha.

Julie estende o braço e coloca a mão em meu joelho.

— Não precisamos saber sempre qual é o passo seguinte. Às vezes é preciso esperar um pouco para a inspiração vir. Não perca as esperanças.

Esperanças. Tenho certeza de que Julie não perdeu as esperanças de colocar seu casamento nos trilhos. E Patricia não perdeu as esperanças de que sua filha volte para ela. Então talvez ela tenha razão. Talvez eu precise esperar um pouco, continuar acreditando, e ver o que acontece.

19

Enquanto espero algo acontecer, decido meter meu nariz onde não sou chamada, como Arthur diria. É algo que eu nunca teria feito alguns meses atrás, mas, quanto mais interajo com o mundo, mais encontro fontes de interesse e curiosidade. Começo com Erin. Vou ao supermercado e pergunto quando é sua próxima pausa, e ela diz que em meia hora terá dez minutos livres e que, se eu não me incomodar de esperar, ela me encontrará no banco do outro lado da rua. Pego Olly e nós dois esperamos. Trouxe uma garrafa térmica com chá. Poderia esperar o dia inteiro, se o banco não fosse tão desconfortável. Vejo as pessoas passando, todas envolvidas em uma conversa ou usando fones de ouvido ou olhando para os telefones. Sempre que alguém abre a porta da cafeteria logo atrás de onde estou, sinto um sopro com aroma de café.

Em seguida, dois homens param ao lado do banco, e ouço um deles chamar o outro de Martin. Observo-os discretamente. Sou invisível para esses homens, sei disso. Ele tem a idade certa. Será que consigo vê-lo com Julie? Talvez.

— Qual é, Mart — o outro homem diz. — Faz uma eternidade desde a última vez que tomamos cerveja juntos.

— Eu sei, eu sei, mas estou tentando não deixar a Estelle brava comigo...

Estelle! Esse sem dúvida é o nome da mulher pela qual Julie foi trocada.

— Diga que tive uma crise. Na sexta. Sexta parece um bom dia para se ter uma crise. Diga que você é o único que pode ajudar. E aí me encontra no Carpenters às oito, combinado?

O sujeito vai embora, confiante. Martin levanta uma mão para acenar.

— Oi, Mabel. — É Erin, atravessando a rua entre carros.

Anoto mentalmente o dia e a hora que Martin estará no bar e em seguida sorrio para Erin.

Ela se senta ao meu lado e me entrega um saco de papel marrom.

— Um *croissant* — ela diz. — Se quiser. É de ontem. Eles deixam na sala dos funcionários por um tempo antes de jogar fora.

— Achei que essas comidas fossem doadas — digo.

Erin revira os olhos.

— Hannah e eu sempre falamos isso pro Kev. Mas ele diz que é perigoso. Se estiverem vencidos e alguém passar mal e culpar o mercado, blá-blá-blá. Ao mesmo tempo, ele não liga se os funcionários comerem.

— Bem, obrigada — agradeço, abrindo o saco como se fosse um presente.

Não lembro qual foi a última vez que comi um *croissant*; fecho meus olhos e dou uma mordida. Está um pouquinho seco, mas continua amanteigado, folhado e quase perfeito.

— Sobre o que gostaria de falar comigo? — Erin pergunta, trazendo-me de volta a Broughton, ao banco, ao assunto em questão. — Desculpe por apressá-la, é que só tenho dez minutos e a senhora sabe o que meu chefe acha de atrasos.

— Certo — digo. — Estava pensando no que me disse a respeito dos seus pais. Não é certo que alguém tenha que esconder quem é. Não agora, nos dias de hoje.

Ela se remexe, um pouco desconfortável.

— Você está falando sobre eu ser lésbica?

Faço que sim com a cabeça.

— Sim, isso. Era algo em que não se falava quando eu era jovem, mas agora está em toda parte. Paradas do orgulho, todas aquelas pessoas celebrando o seu amor, a sua liberdade. E olhe pra você, bem no meio disso tudo, sentindo que não pode ser você mesma diante da sua família. Não está certo.

— Mas o que posso fazer?

Pensei nisso por bastante tempo, e acredito que o que direi a ela é verdade. Espero, acima de tudo, que seja verdade.

— Seja completamente sincera com eles — sugiro. — Não faça só alusões ou fale de pessoas que conhece. Fale que é você, e que é quem você é. Eles te amam, Erin, é impossível que não te amem. E vão aceitar. Uma coisa é ter objeções a um conceito, mas é difícil ter objeção a alguém que você ama.

Afasto a voz dentro de mim que pergunta o que aconteceria se eles não a aceitassem. Mas ela faz a pergunta de qualquer forma, como sabia que faria.

— E se não aceitarem?

— Não consigo acreditar que não aceitarão — digo-lhe. — Preciso acreditar que aceitarão. — Termino o *croissant* e dobro o saco até transformá-lo em um quadradinho.

Ela assente, com uma expressão séria.

— Eu acredito que eles me amam. Mas religião é algo forte, sabe?

— O fundamento do cristianismo é amar os outros — explico. — Ajudar os outros. Ter caridade. Pense nisso, Erin: você poderia fazer isso e tudo poderia dar certo. E depois? Você ficaria totalmente livre.

Ela desvia o olhar e tenho vontade de perguntar no que está pensando, mas, embora nosso relacionamento tenha avançado muito em um curto tempo, não acho que ainda sejamos próximas o suficiente.

— Preciso voltar — ela diz. — Obrigada pelo conselho.

— Obrigada pelo *croissant* — respondo.

Vejo-a atravessar a rua correndo, entre carros, sem esperar o sinal de pedestres abrir. Há tanta coisa que quero falar para ela. Para não desperdiçar um segundo daquela juventude preciosa. Para manter a família por perto enquanto a tem. Para correr atrás do amor como se fosse uma guerra e ela estivesse perdendo. Mas o que eu teria dito se alguém me dissesse essas coisas quando eu tinha a idade dela? Tento imaginar: eu caminhando sem rumo pela cidade com Dot, e uma idosa aparecendo para partilhar sua sabedoria. Nós teríamos dado risada e ido embora, sem pensar muito no ocorrido. Afinal, os jovens acham que já sabem tudo, não é? Não sabem como se sentirão no futuro. Quanto ficarão solitários e melancólicos. Essa é a grande ironia.

Algumas horas depois, estou em casa e Julie chega com seus cumprimentos alegres de sempre. Olly levanta a cabeça, vê que não é Kirsty aparecendo para levá-lo para passear e volta a dormir.

— Andei pensando — falo. — Faz tempo que não saio à noite.

E como isso era verdade. Por anos, eu saía todas as noites de sexta-feira e sábado. Um cinema ou bar às sextas, e os bailes aos sábados. Isso moldava os meus dias de semana. Passávamos de segunda a quarta fofocando acerca dos eventos do fim de semana anterior e a quinta e a sexta planejando o que estava por vir.

Julie está na entrada, e sua aparência está diferente. Um novo corte de cabelo, que está liso e brilhante.

— Sair? — ela pergunta.

— É, um jantar ou só beber um pouco. Não sei. Pensei que podíamos ir a algum lugar. E talvez chamar Patricia e Kirsty. Gostei do seu cabelo, aliás.

Ela coloca a mão nele.

— Ah, obrigada. Kirsty achou uma foto em uma revista para eu levar como referência. Gostei bastante.

— Que bom. Que tal sexta-feira?

— Esta sexta?

— Sim, por que não? A não ser que esteja ocupada fazendo as unhas, organizando a geladeira ou coisa do tipo.

Ela ri, jogando a cabeça para trás.

— Engraçadinha. Certo, então. Vamos. Eu mando uma mensagem para a Patty e a Kirsty.

— Kirsty deve vir aqui hoje — Olly levanta a cabeça de novo ao ouvir o nome dela —, então não precisa escrever para ela. O que pretende vestir?

Julie senta-se no braço do sofá e pega seu telefone.

— O que vou vestir? Não sei, Mabel, isso é importante?

— Bem, é bom estar com a melhor aparência possível, não é? Talvez pudesse comprar algo novo. Pedir a opinião da Kirsty.

— Patty está livre — ela diz. — Certo, o que preciso fazer?

Na maioria dos dias, penso em uma ou outra coisa para ela fazer, mas sei que a cesta de roupas está vazia e que ela trocou minha roupa de cama ontem. Poderia pedir que passasse o aspirador, mas ela não é faxineira, e eu preferiria que ela se sentasse e conversasse.

— Adoraria uma xícara de chá — digo. — Faça pra você também.

— Acho que às vezes você esquece que estou aqui a trabalho — pontua, desaparecendo na cozinha.

Tenho vontade de dizer que nunca esqueço. Que estou gostando mais dela do que de qualquer pessoa com quem eu tenha passado meu tempo nos últimos anos e que estou ciente até demais de que ela é paga para vir aqui.

Surge um zunido, e tento descobrir do que se trata.

— É o seu telefone, Julie? — pergunto.

— Não, não é o meu. Será que é o seu? Espere, vou ver.

Às vezes esqueço que tenho um telefone celular. Deixo-o nos fundos da casa, na gaveta de um aparador, e Julie o coloca para carregar regularmente. Ela chega apressada, com o aparelho em mãos.

— É para mim? — pergunto.

— Bem, só vamos saber se você atender, não é mesmo?

Olho para a tela, sem saber o que fazer; ela reage e passa o dedo pela tela, depois gesticula para que eu coloque o telefone no ouvido.

— Alô? Aqui é Mabel Beaumont.

— Alô, Mabel, aqui é Trisha Smith. Falei recentemente com a sua amiga, Julie, sobre a casa em que sua amiga morava.

— Ah, sim — digo. — Olá. Você descobriu algo?

— Achei que valeria a pena mencionar que andei conversando com um senhor em Broughton que é interessado pela história local e que talvez possa ajudá-las. Ele mora na Upper Street.

E, de repente, sei o nome que ela dirá antes que o diga de fato. Reg Bishop.

— Reg Bishop, o nome dele.

— Sim — repito. — Sim. Reg Bishop.

— Ah, você o conhece?

— Não. Bem, mais ou menos. De muito tempo atrás. Entrarei em contato.

— Você gostaria do número de Reg? Ele disse que eu poderia repassá-lo.

Será que ela falou o meu nome? Será que espera que eu fale com ele?

— Sim, por favor.

Julie pega rápido meu caderno e uma caneta e anoto o número ditado por Trisha; depois, agradeço-a e desligo.

— E então? — Julie pergunta, trazendo nossas bebidas. — Ela me ligou hoje de manhã e dei o seu número porque achei que seria empolgante ouvir a notícia diretamente dela.

— Eu já o conheço. Quero dizer, já o conheci.

— Esse tal de Reg Bishop?

— Isso.

Que estranho, ficar sem dizer ou ouvir um nome por décadas, para que ele então seja repetido várias vezes, no telefone, na sua casa, pela sua própria voz.

— Era um amigo seu? — ela pergunta.

Sei que ela só está sendo simpática e demonstrando interesse, mas a sensação é que está me cutucando com uma vara.

— Não exatamente — respondo. Em seguida, olho para a janela e tomo um gole do meu chá, determinada a não falar mais nada a respeito disso.

Só depois de algumas horas após ela partir, com meu chá já tomado e a televisão ligada para me fazer companhia, que me viro e vejo Arthur sentado no sofá.

— Reg Bishop — digo em voz alta. — Lembra-se dele?

Arthur não responde. Não pode responder, dou-me conta. Ele não está ali. No entanto, consigo vê-lo.

— Ele pedia para ser chamado de Reggie, não é? Achava que era um galanteador. Bill gostava dele, mas acho que você nunca gostou. Mesmo antes do que ele disse no funeral de Bill.

É tristeza que vejo em seu semblante? Não acho que o nome "Reg Bishop" tenha sido dito em voz alta nessa casa antes do dia de hoje.

— Vou falar com ele — digo. — Mas é só para encontrar Dot, nada mais. Não quero que se preocupe.

Havia me virado durante a fala e, quando olho por sobre o ombro, o sofá está vazio. O que eu esperava? Olly se levanta e começa a farejar, e me pergunto por um segundo se ele consegue sentir alguma presença, ou se só ficou perturbado ao me ouvir falando sozinha. Ele vem até mim e acho que talvez finalmente deixará que eu faça um pouco de carinho nele, mas, quando levo a mão para afagar embaixo de seu queixo — onde mais gosta de carinho, segundo Arthur —, ele recua.

Olho para a página do caderno na qual escrevi seu nome e número de telefone. É possível que ele saiba algo sobre Dot, sobre o paradeiro dela? Duvido, mas estava esperando algo acontecer, e talvez isto seja esse algo.

20

— Eu pago a primeira rodada — Kirsty diz, indo até o barman antes que alguém possa contestar. Ela nem perguntou o que queríamos.

O Carpenters está cheio e barulhento. Quase consigo ouvir Arthur perguntar: *E o que você esperava?* Embora eu ache que ele ficaria tão chocado com essa situação — eu, saindo para beber em uma sexta-feira com três amigas novas — que não consigo de fato prever o que ele diria. Quase voltei atrás quando vieram me buscar, quase disse para irem sem mim. As três estão tão glamorosas e, embora eu tenha passado bastante tempo escolhendo minha roupa, sei que pareço velha e sem graça perto delas. Kirsty deve ter percebido minha hesitação, pois perguntou se eu tinha algum batom e pintou meus lábios com um vermelho forte, o que não me deixou mais jovem, mas me deu confiança para sair, por algum motivo. E foi estranho; enquanto ela estava ali, a alguns centímetros do meu rosto, concentrada, com o seu hálito de menta chegando às minhas narinas, com Julie e Patricia conversando ali perto, senti-me tão feliz de fazer parte de algo. Mas agora estamos aqui, não encontro nenhuma mesa livre e me pergunto novamente se essa foi uma boa ideia.

Nós vínhamos aqui — Dot, Bill, Arthur e eu. Não se chamava "Carpenters" na época. Era o "Boot". Não há nada que revele que os dois são o mesmo lugar. Dot e eu pedíamos uma gim-tônica cada e fazíamos durar a noite toda, e os rapazes tomavam dois ou três copos de cerveja. Não era muito do agrado de Dot passar a noite assim. Ela dizia que dava a sensação de que estávamos esperando para ir a outro lugar e fazer outra coisa, e não que o bar era o evento principal. Ela adorava dançar, essa era a questão. Gostava de se movimentar, conversar, caminhar. Achava que ficar parada em um bar era entediante. Olho ao redor, como se houvesse uma chance de vê-la, ali perto do caça-níqueis que antes era uma *jukebox*, escolhendo uma canção do Elvis ou do Buddy Holly, pegando alguém pelos braços e começando a dançar no meio do bar.

Julie avança em marcha e logo acena para Patricia e para mim: ela achou uma mesa em um cantinho, e fico aliviada, mas torço para que não fiquemos sem ver Martin. Pensei em contar o segredo a Patricia ou a Kirsty, mas acho que será mais genuíno se eu for a única a saber. Sou boa em fazer cara de paisagem e não revelar segredos. Fiz isso a vida toda.

Kirsty chega com uma bandeja contendo quatro taças de coquetel chiques. As bebidas são transparentes e decoradas com azeitonas. Faz tempo que não bebo nada que não seja xerez, mas decido que um ou dois drinques não farão mal.

— O que é? — Patricia pergunta.

— Martíni — Kirsty diz, deslizando a bandeja pela mesa e tirando as taças. — Com os clássicos, não tem erro.

— Bem, um brinde! — exclama Julie, erguendo a taça. — À amizade.

— À amizade — repetimos.

Isso me faz pensar no que é amizade. Em Dot, em Arthur, nessas mulheres à mesa comigo agora. Ela pode ser todas essas coisas. Pode salvar sua vida.

— Que cheiro estranho deste lugar — falo.

— É cheiro de quê? — Julie pergunta.

Tento identificar.

— Principalmente suor e urina. Os bares antes tinham cheiro de fumaça, o que já era ruim, mas acho que o de agora é pior.

— Ah, meu Deus — Julie diz.

Ela o viu. Seu rosto empalideceu, mas ela está ótima. Esse novo corte de cabelo e um vestido de oncinha que Kirsty ajudou a escolher e que realça suas curvas. Um toque de batom vibrante. Ela é uma nova mulher. Não que houvesse algo de errado com a versão antiga, mas os homens às vezes são fúteis e puramente visuais.

Kirsty e Patricia giram nas cadeiras, mas, como não o conhecem, é claro, tudo o que veem é uma multidão.

— É o Martin — Julie diz.

— Martin? O seu Martin? Ele está com ela? — Kirsty indaga. Ela faz a palavra "ela" soar como o pior insulto possível.

— Não, está com um amigo, o Jamie. Ah, meu Deus, que coincidência!

Nesse momento, viro-me e olho para ele. Ele não é feio. Só é bastante banal.

— Eu vou até lá — Julie diz. — Não posso passar a noite me escondendo, posso? É melhor ser proativa.

Nenhuma de nós diz nada, e ela se levanta e vai. Fico impressionada com sua determinação.

Olhamos os dois em silêncio, tentando ser discretas. É bem óbvio que ele fica surpreso em vê-la, mas lhe dá um abraço que parece afetuoso.

— O que vocês acham? — Kirsty pergunta. — Boa ou má notícia?

— Ela quer voltar com ele — digo. — Está sempre falando disso. E não dá para voltar com uma pessoa sem nunca a ver, não é mesmo?

Kirsty estreita os olhos para mim, como se achasse que eu tivesse algo a ver com isso, mas não conseguisse saber o quê, e eu apenas sorrio com educação e lhe pergunto se está pronta para outra rodada.

Depois que já estamos com a segunda taça em mãos, Julie volta. Ela está corada e um pouco alegre, como se já tivesse bebido um pouco mais do que deveria.

— E aí? — Kirsty pergunta, e aproximamos nossa cabeça para que nos conte, como se ele tivesse alguma chance de ouvir nossa conversa estando do outro lado de um bar lotado.

— Ele não falou dela — Julie conta. — Mas acho que não falaria mesmo. Ele se ofereceu para me pagar uma bebida. Foi bem amigável.

— E não houve nenhuma conversa de vender a casa ou qualquer coisa do tipo, houve?

Julie soa um pouco espantada com a pergunta.

— Não. Nossa, eu detestaria sair daquela casa.

— Bem, com sorte você não vai precisar.

— Como assim? Você acha que...? — Ela não é capaz de dizer aquela que é sua maior esperança.

— Acho que vocês dois estarão juntos de novo antes do Natal — afirmo.

Patricia balança a cabeça brevemente, mas finjo não ver. E Julie parece um pouco incerta, um pouco perdida. Empurro a bebida em sua direção e ela sorri em gratidão.

Hora de voltar minha atenção a Kirsty. Ainda não sei o que acontece em sua vida, mas acho que tem a ver com a família que ela não vê.

— Você tem irmãos ou irmãs? — pergunto.

Ela parece um pouco evasiva.

— Uma irmã — responde.

— Ah, que bom, sempre quis ter uma irmã — respondo. Não é verdade. Estava mais que satisfeita com Bill. — Você a vê com frequência?

— Não.

Acho que ela dirá algo mais, mas não diz.

— Também sempre quis uma irmã — Patricia fala, e sei que ela achou o silêncio constrangedor e sentiu necessidade de preenchê-lo. — Sou filha única. E você, Julie?

Acontece algo que não esperava: quando me viro para olhar para Julie, vejo toda a dor do mundo em seus olhos. Ela abre a boca para falar, mas fica sem palavras. Patricia está ao seu lado, então aproxima a cadeira e coloca um braço em volta dos ombros dela.

— Desculpe — ela diz. — Não teria perguntado se soubesse que era um assunto difícil.

Julie faz um aceno de mão.

— Está tudo bem. Mas não consigo falar a respeito.

A mesa fica quieta, por isso rompo o silêncio.

— Acho que vocês sabem que eu tinha um irmão, o Bill. Ele morreu jovem. Foi repentino. Uma condição cardíaca sem explicação. É até engraçado, ele tinha algo de errado com o coração e acabou partindo o nosso.

Kirsty coloca as mãos sobre a minha, e tenho vontade de lhe perguntar como ela consegue ter uma irmã com a qual não se importa.

Cá estou eu, ainda em luto pelo meu irmão após sessenta e tantos anos, e Patricia, sem irmãos. E sabe-se lá qual é a história de Julie, mas com certeza é desagradável.

— Você deveria tentar voltar a falar com sua irmã — sugiro a Kirsty. — E se acontecer algo com ela? Talvez você nunca se perdoe.

— Não quero falar sobre isso — ela afirma.

— E eu não consigo — Julie comenta.

— Então vamos mudar de assunto — Patricia diz. — Quais as novidades sobre Dot, Mabel?

Quando são nove horas, estou exaurida, e Patricia deve ter percebido, pois diz que está pronta para ir e se quero ir com ela. Julie tomou quatro coquetéis e passou a noite indo e vindo entre nossa mesa e a de Martin, e fico bem contente com o que fiz.

— Sim, estou pronta — respondo, e depois viro-me para Kirsty e Julie. — Vocês podem ficar mais tempo se quiserem.

Elas fazem que não com a cabeça.

— Eu acordo cedo com a Dotty — Kirsty explica, levantando-se. Ela boceja, quase como se fosse de propósito, e cobre a boca como se estivesse terrivelmente constrangida.

— Só vou me despedir do Martin — Julie diz. — Encontro vocês lá fora.

Ficamos ali no frio, nos encolhendo em nossos casacos. Nossa respiração solta pequenas nuvens que parecem fumaça.

— Foi uma ótima noite — diz Kirsty.

Quando olho para ela, a luz sobre a porta do bar ilumina seu rosto, e ela parece prestes a chorar.

— Eu saía o tempo inteiro, mas, desde que a Dotty nasceu, ficou difícil. Não tenho muito tempo pra mim mesma, minhas amigas moram todas em Londres e não tem sido fácil conhecer outras pessoas por aqui. Então obrigada por me convidarem.

Patricia mexe em sua bolsa e tira dela um pacotinho de lenços.

— Esses primeiros anos são difíceis.

O que posso comentar a respeito? Não sei nada sobre os primeiros anos de maternidade. Nesse momento, Julie sai do bar com Martin a tiracolo, e sorrio.

— Olá, senhoras — ele diz. — Vamos levá-las para suas casas?

Ele chama um táxi e nós cinco entramos, e Julie fala para o motorista ir a cada uma de nossas casas. Quando Kirsty e Patricia saem do carro, Julie as chama.

— Era o Rod Stewart, Patty?

Ela se vira sorrindo.

— Ele não é meu tipo.

— Entendido.

Fico horas sem conseguir dormir. Deve ser a empolgação de fazer algo diferente, de sair de casa. Quando cheguei em casa, Olly olhou para mim com repulsa, como se fosse um pai decepcionado com a filha que voltou tarde para casa, e não consigo deixar de rir. Foi estranho, rir alto em uma casa vazia. Vim direto para a cama, mas já passou da meia-noite e ainda estou desperta. Desço as escadas, encontro minha lista e uma caneta.

1. ~~*Entrar em contato com amigos e parentes.*~~
2. ~~*Falar com a casa funerária.*~~
3. ~~*Ir ao supermercado.*~~
4. ~~*Limpar a casa.*~~
5. *Procurar por D.*
6. *Ajudar Julie a recuperar o marido.*
7. *Ajudar Patricia a recuperar a filha.*
8. *Garantir que Kirsty esteja em segurança.*

O item cinco ainda está em andamento, mas o item seis parece estar bem encaminhado. Contudo, ainda não ouso riscá-lo. Risco o número oito e o modifico.

1. ~~*Entrar em contato com amigos e parentes.*~~
2. ~~*Falar com a casa funerária.*~~
3. ~~*Ir ao supermercado.*~~

4. ~~*Limpar a casa.*~~
5. *Procurar por D.*
6. *Ajudar Julie a recuperar o marido.*
7. *Ajudar Patricia a recuperar a filha.*
8. ~~*Garantir que Kirsty esteja em segurança*~~ *Reunir Kirsty com a família.*

É muita coisa para se fazer. Fecho o bloco de papel e o coloco em minha mesa de cabeceira. E fico ali deitada até depois das duas, fazendo planos.

21

Julie não chegará antes da uma da tarde, então acordo cedo e tão pronta quanto possível para visitar Reg Bishop. Vi-o pela cidade ao longo dos anos. Nunca falei com ele, mas sabia que ainda estava nas redondezas. Ele envelheceu exatamente quanto eu esperava. Tem um pouco de gordura demais na barriga, como a maioria dos homens ao envelhecer. Por anos, ele usou um penteado ridículo para esconder a careca, mas agora parece ter desistido disso e passado a aceitar a calvície. Sua casa não é muito longe de onde Dot morava, e passo pelo acesso à sua rua no caminho. O que ela acharia disso?

Está um frio terrível, com um vento de congelar, e as pessoas começaram a colocar decorações de Natal. Quantos Natais ainda verei? Não podem ser muitos mais. E isso provavelmente não é algo ruim, visto que de agora em diante serão datas que passarei sozinha.

Perco-me em meus pensamentos e quase não vejo a casa de Reg. É uma casa de um andar no balão de retorno de uma rua sem saída. Uma pintura que um dia provavelmente foi branca, mas que agora é sem dúvida cinzenta. Alguns arbustos perto da entrada. Respiro fundo e bato à porta, e ele a abre tão rápido que não tenho tempo para me preparar.

— Mabel Mansfield — ele diz.

— Ah — digo. — É Beaumont.

— Beaumont, é claro. — É desprezo que vejo perpassar seu semblante?

— Vim falar com você porque estou procurando uma amiga, e soube que é interessado na história da cidade e talvez tenha alguma ideia de onde posso encontrá-la.

Ele aquiesce, sorrindo.

— É melhor você entrar.

O interior da casa é absurdamente quente. Aquecedor ligado e uma lareira a gás na sala de estar à qual ele me leva.

— Aceita um chá? — ele pergunta.

Digo como prefiro que meu chá seja preparado e ele se retira. Este deve ser o assento dele — há pantufas ao lado e um livro no braço da cadeira. Sento-me à poltrona de frente a ela, após tirar meu casaco e meu cardigã.

— Você parece estar bem à vontade! — ele exclama, sobressaltando-me. Ele gesticula para as roupas que tirei e coloquei no braço da poltrona.

— Estava com um pouco de calor — digo.

— Então, essa amiga... — ele diz, pegando meu casaco e batendo-o um pouco antes de levá-lo ao corredor, supostamente para pendurá-lo. Há algo estranho na forma como ele diz "amiga", mas não o suficiente para deixar um gosto ruim na boca. — Por acaso não seria Dot Brightmore, seria?

Não olho para ele.

— Isso mesmo.

— Foi o que pensei. Então você perdeu contato com ela ao longo dos anos?

— Ela saiu da cidade, logo antes de eu e Arthur nos casarmos. Nunca mais tive notícias dela.

Ele reage com um assovio.

— Isso faz, vejamos, mais do que sessenta anos?

— Sessenta e dois — respondo, ainda sem manter contato visual.

— E por que agora?

Não sei como responder e não acho que eu deva, então não respondo.

— Fui à antiga casa da família dela, aqui perto. E fui a um endereço que tinha dela em Londres, mas nada. Estou apenas procurando recomendações ou qualquer coisa que saiba sobre a família dela.

Ele ergue um dedo, como se pedisse que eu esperasse, e volta à cozinha. Sinto vontade de me levantar e ir embora; detesto essa sensação, de que preciso me socializar com ele. Queria ter recusado o chá. Sinto-me com calor, formigamento e a sensação de que não quero estar em minha própria pele. Para me acalmar, levanto-me e passo os olhos pelo cômodo. Há algo estranho nele, mas não consigo determinar o que é. Não é a televisão no canto ou a estante que parece bamba. Não é a pintura a óleo de um campo de papoulas sobre o sofá, nem o sofá em si, por mais que esteja velho e com o estofamento desgastado.

— Eu tinha amizade com o seu irmão, o Bill — ele fala, colocando as xícaras na mesa de centro sem descanso sob elas. Estão cheias demais, e a minha transborda e escorre de um lado, mas ele não faz esforço nenhum para limpar. Não gosto de ouvir o nome de Bill na boca dele, ou do fato de ter dito o nome de Bill depois de "o seu irmão", como se eu pudesse não lembrar.

— Eu me lembro — respondo.

— Tenho certeza de que se lembra de muita coisa.

— Escute — falo, finalmente tendo coragem de encará-lo —, você acha que pode me ajudar em algo ou não?

Ele fica um pouco surpreso. Sem dúvida porque a Mabel de 22 anos jamais o teria confrontado dessa forma, mas não é ela que está com ele nesta sala de estar, fingindo civilidade. Sou eu, mais velha e corajosa. Sei quanto o tempo é precioso, sei que não posso desperdiçá-lo. Sem dúvida sei que não quero passar mais tempo que o necessário sentada neste cômodo sufocante com este homem amargurado. E é aí que me dou conta do que me incomoda neste lugar. Não há fotografias. Não há retratos de casamento, filhos, netos. Também não há bugigangas. Podia ser a sala de qualquer um. Poderia ser tudo parte de um mesmo conjunto na loja de móveis.

— Verei o que posso fazer, o que consigo descobrir — ele afirma. — Aqui, escreva seu nome e seu telefone para mim, talvez o endereço também.

— Obrigada — digo, levantando-me e pegando minhas coisas. Faço o que ele diz e escrevo minhas informações de contato. Meu chá ainda está na metade, mas não sou capaz de engoli-lo.

De volta à porta de entrada, faço uma última pergunta.

— Você chegou a se casar?

Ele baixa o olhar até o tapete.

— Não, eu... bem, acho que nunca encontrei a mulher certa.

Aquiesço e ele levanta a cabeça, me olhando nos olhos.

— Muito bem — digo. — Adeus, então.

Durante todo o caminho de volta, fico grata pelo ar fresco, apesar do frio e do vento. Abro a porta de casa e Olly vem até mim e rosna. Está bravo por eu ter saído sem ele.

— Kirsty chegará em breve — aviso, e confiro se ele tem comida e água suficiente nas tigelas.

Na meia hora antes de Julie chegar, faço um sanduíche e assisto ao final de *Top of the Morning*. Ouço Michael Silver discorrer sobre servir uma ceia de Natal para um grupo grande de pessoas. Queria eu ter um problema desses. Por outro lado, talvez pudesse ser libertador passar o Natal sozinha. Nenhum presente, nenhuma pressão. Só um dia como qualquer outro, mas com alguns mimos aqui e ali. Ainda estou pensando nisso quando Julie chega. Ela tem ânimo nos passos desde a noite em que saímos.

— Como vai aquele seu marido? — pergunto.

Ela sorri, um pouco maravilhada. Parece uma adolescente.

— Sabe de uma coisa? Talvez consigamos nos reconciliar.

No dia seguinte ao bar, ela me contou que ele voltou para casa com ela e passou a noite lá. E, desde então, saíram juntos algumas vezes. Ele disse que seu caso com a tal Estelle nunca foi tão sério.

— Você acha que consegue perdoá-lo, então, pela traição?

Julie senta-se no braço do sofá.

— Levará um tempo, claro, mas acho que sim. Acho que foi uma crise de meia-idade.

Ela fala como se isso já estivesse no passado, como se já estivessem juntos de novo. Que bom.

— Você perdoou Arthur, não perdoou? Três vezes, não foi? Devo dizer, deixarei bem claro que essa foi a primeira e será a última. Não acho que conseguiria perdoá-lo de novo.

O que posso dizer? Que não culpo de fato Arthur por procurar em outros braços o amor que não recebia de mim? Isso levaria a perguntas demais. Só sorrio e concordo com a cabeça, e logo ela se levanta e voa pela casa, cumprindo tarefas.

— Julie — falo quando ela reaparece na sala —, você acha que tem algum jeito de eu usar o telefone de Kirsty por alguns minutos quando ela vier pegar o Olly para passear?

Ela franze o cenho.

— E por que quer fazer isso?

— O aniversário dela é semana que vem. Pensei que poderíamos fazer uma festinha-surpresa para ela. Quero arranjar os números de algumas das amigas que ela mencionou para mim.

Os olhos de Julie brilham.

— Ótima ideia! Mas precisaremos do telefone e da senha. Deixe-me pensar.

Quando Kirsty bate à porta, Julie ainda não tinha me dito nada, por isso imagino que precisaremos esperar para fazer isso outro dia. Mas, assim que abro a porta, Julie aparece atrás de mim.

— Oi, Kirsty. Alguma chance de eu pegar seu telefone emprestado por alguns minutos? Acabaram meus dados e o Wi-Fi daqui é um pouco ruim, e prometi para Mabel que faria algumas pesquisas com ela para tentar encontrar a Dot. Você não precisa dele enquanto passeia, precisa?

Kirsty não parece suspeitar de nada. Ela o entrega enquanto Olly corre até seus pés, desesperado pelo seu passeio.

— Vejo vocês em breve — ela diz por sobre o ombro enquanto empurra o carrinho até a calçada. — A senha é 6082.

Julie esfrega as mãos.

— Bem, essa foi fácil. Quais são os nomes das amigas?

— Deixe isso comigo — digo. — Você não ia tirar o lixo?

Ela parece um pouco desapontada, mas vai para a cozinha mesmo assim. Digito a senha que Kirsty nos disse e consigo encontrar sua lista de contatos após um pouco de tentativa e erro. Há um número listado como "Casa", mas é com o código da nossa região, então provavelmente trata-se da casa que ela divide com Ben, não a casa dos pais. Ah, aqui está. "Mãe". Escrevo o número em um caderno espiralado. Terá que ser uma mensagem de texto, creio eu. Se eu telefonar, ela se perguntará por que uma senhora de idade está organizando o aniversário da filha dela. Vou ao aparador, abro a primeira gaveta e pego o telefone que quase não uso. Vou à função de mensagens. Levo uma eternidade para digitar a mensagem, mas no fim consigo.

Olá, aqui é uma amiga da Kirsty. Estou organizando uma festa para o aniversário dela semana que vem e adoraríamos que vocês viessem.

Envio antes que eu mude de ideia. Depois pensarei em onde podemos realizar a festa. Não há espaço suficiente aqui em casa. A casa de Patricia seria o ideal. Nunca entrei lá, mas Julie diz que é enorme, e fica bem ao lado da casa de Kirsty, portanto, é mais fácil de levá-la até lá. Quando meu telefone emite um bipe, tomo um susto.

Olá, obrigada pelo convite. Tem certeza de que ela quer nossa presença?

Meu estômago se revira um pouco diante disso. Não sei há quanto tempo eles não se veem, se têm um relacionamento de fato ruim ou se só não são o tipo de família que mantém contato constante. Julie aparece na sala, trazendo uma xícara de chá e se sentando.

— Conseguiu tudo de que precisava? — ela pergunta, apontando a cabeça na direção do telefone de Kirsty.

— Sim, tudo certo. Você acha que Patricia se incomodaria se fizéssemos a festa na casa dela?

Ela dá de ombros.

— Acho que não custa perguntar.

Observo-a atentamente pela primeira vez desde sua chegada. Ela ganhou um pouco de brilho desde que Martin reapareceu em sua vida, mas no fundo ainda está triste. Achei que a nova situação iria desfazer isso. Talvez seja só porque ele ainda não está de todo comprometido. Ainda não voltou. Esperarei reatarem de vez e depois verei como ela está.

Quando Kirsty volta, pergunta se pode entrar. Ela deixa o carrinho no hall e tira Dotty dele, e tiro Olly de suas mãos. Julie sai para fazer mais chá.

— O que foi? — pergunto.

Ela parece tão séria que por um momento acho que vai me contar algo terrível. Penso na mensagem que mandei à mãe dela, perguntando-me se isso teve algum efeito colateral. Mas não, isso não seria possível. Ela não estava com o telefone.

— Adorei passear com o Olly essas últimas semanas — ela diz.

Ah, ela vai dizer que não pode mais passear com ele. Não é o fim do mundo. Quero que ela pare de parecer sempre prestes a chorar.

— Tudo bem — digo.

— O quê?

— Se não puder mais.

— Ah, não é isso. Eu ia dizer que adoraria ficar com ele, se ainda quiser. Me apaixonei por ele. E falei com Ben. Mas mal posso imaginar quanto deve ser difícil abrir mão dele.

Ela está com Dotty no colo, de frente para ela, e, enquanto fala, brinca com a filha. Erguendo um dedo para que Dotty o agarre, depois afastando-o dela. Batendo palminhas para que Dotty a imite. Ela sabe que está fazendo isso ou é completamente automático? Mesmo no meio de uma conversa, está sendo mãe. Acho isso extraordinário.

— Ele ficará melhor com você — falo, surpresa em ouvir o tremor em minha voz. — Ele adorará ser parte de uma família. Mas... você pode só me dar alguns dias, para me acostumar?

Ela faz uma careta para Dotty, deixando os olhos vesgos e colocando a língua para fora, e a bebê ri; em seguida, Kirsty a puxa para mais perto para afagá-la.

— É claro — ela diz para mim. — Leve o tempo que precisar.

Só depois que ela e Julie vão embora que volto ao meu telefone, à mensagem da mãe de Kirsty. Olho para ela.

Olá, obrigada pelo convite. Tem certeza de que ela quer nossa presença?

Detesto mentir, sempre detestei. Mas isso é pelo bem maior, não é? Famílias devem ficar juntas. Kirsty pode ficar surpresa a princípio, mas me agradecerá depois. Tenho certeza. Escrevo uma resposta.

É claro. Ainda estamos acertando os detalhes, mas será terça-feira que vem à tarde. Espero que tenham como vir.

A resposta vem em um minuto.

Nós iremos.

Pergunto-me quem é "nós". O pai e a mãe, provavelmente. Talvez também a irmã que Kirsty mencionara? Imagino-os se abraçando, gritando de surpresa diante de Dotty, vendo como Kirsty está fazendo um bom trabalho como mãe. E penso: posso não ter muito mais tempo nessa vida, mas pelo menos estou fazendo algo bom. Corrigindo problemas. Depois de tantos anos pensando que nada que eu fizesse poderia causar alguma diferença. Será que Arthur teria orgulho de mim? Quero acreditar que sim.

22

Certa tarde, quando Patricia e Julie estão na cozinha, vejo o celular de Patricia no braço do sofá e, quando toco a tela, não há senha de bloqueio. Por impulso, pego-o, atentando para qualquer som de uma das duas vindo para cá, e acesso seus contatos. Encontro Sarah. Anoto o número e coloco o telefone onde o encontrei, com o coração latejando. O que estou fazendo?

— Martin vem pra casa passar o Natal — Julie fala, chegando de repente.

É como se eu não pudesse ter demorado um segundo a mais. Viro algumas páginas do meu caderno para esconder os números que acabei de anotar.

— Parece um avanço positivo — Patricia diz.

— Serão só vocês dois? — pergunto.

— Sim, como sempre. Eu gostaria que ele viesse na véspera para acordarmos juntos, mas ainda não acertamos os detalhes.

Vejo, de repente, a possibilidade de ela ser magoada novamente. Já faz um tempo, a essa altura, e ele ainda não voltou para casa, ou sequer mencionou voltar, pelo que sei. E se ele estiver enrolando as duas?

— Por que está demorando? — pergunto. — Por que ele simplesmente não volta?

Julie parece um pouco chateada.

— Não é tão simples assim, é? Precisamos reestabelecer a confiança, fazer as coisas devagar. Estamos saindo como namorados. Ele diz que é um pouco como quando nos conhecemos. Empolgante. Sem discussões sobre de quem é a vez de levar o lixo para fora. — Ela cutuca Patricia com o cotovelo. — A resposta é sempre ele, aliás. Enfim, vamos cuidar da questão da festa. Você teve notícias dos amigos que convidou?

Ela olha para mim com expectativa.

— Não — respondo. — Acho que seremos só nós.

Sinto meu estômago revirar sempre que penso na ideia de estar na festa e a família de Kirsty aparecer. Gostaria de dividir esse fardo com Julie e Patricia, obter a opinião delas. Mas receio que ambas dirão que fui longe demais, e receio que teriam razão.

— Ah, mas que pena — Julie diz. — Bem, vamos tentar fazer com que seja uma ótima tarde, certo?

— Sim, e chamei algumas das outras mães da creche — Patricia diz.

Patricia ofereceu sua casa no momento em que mencionamos a festa; nem precisamos lhe pedir. Quando ela pede meu caderno para fazer uma lista, meu coração acelera um pouco. Mas duvido de que ficará virando páginas. Entrego-o e ela escreve "Festa da Kirsty" em uma letra pequena e bonita, depois sublinha duas vezes. Falamos de comida e decorativos. Patricia fará um bolo. Não escuto com muita atenção. Estou pensando no que Patricia disse, sobre a ex de Geoff estar à espreita, sobre como Patricia sente falta das meninas. Quando Julie vai ao andar de cima para trocar a roupa de cama e Patricia pega as canecas para lavá-las na cozinha, digito rapidamente uma mensagem.

Tem certeza de que pode confiar no Geoff? Eu ficaria de olho se fosse você. Assinado: alguém que te quer bem.

Envio, segurando o fôlego. Eu sei — até espero — que essa mensagem pode criar uma crise nesse relacionamento de forma irreversível. Mas não conheço Geoff. Conheço Patricia, e sei quanto ela ama a filha e as netas. Quanto quer que elas voltem.

— E esse tal de Reg Bishop ajudou em alguma coisa, afinal? — Julie indaga, voltando à sala. — O que há entre você e esse telefone, Mabel? Nunca vi você usá-lo nas primeiras semanas que vim aqui, e agora parece colada a ele como uma adolescente.

Coloco-o de lado no sofá, mas não consigo deixar de relanceá-lo periodicamente, tentando ver se houve uma resposta.

— Reg Bishop continua como sempre foi. Arrogante e cheio de si.

— E qual a sua opinião sincera sobre ele, Mabel? — ela pergunta, rindo. — Qual é o próximo passo, na sua opinião?

Digo as palavras nas quais pensei por semanas. Desde que começamos isso, para falar a verdade. As que esperei nunca ter que dizer. As mesmas nas quais ela certamente também pensou.

— Registros de óbito? — sugiro.

Há um silêncio, e Julie parece um pouco constrangida.

— Na verdade, fui atrás disso quando começamos, e acho que não temos informações suficientes. Não sabemos o sobrenome dela, sabemos? Presumindo que não tenha continuado "Brightmore" pelo resto da vida.

— E se tiver continuado?

Ela vem e senta-se ao meu lado, e Patricia senta-se do outro.

— Posso usar o seu iPad? — Julie pergunta.

Digo que sim e ela vai pegá-lo.

— Aqui, deixa eu mostrar.

Ela acessa uma página chamada "Busca de Famílias" e entra em sua conta, e penso no fato de que ela tem feito isso em casa, em seu tempo livre. Isso faz eu me sentir muito grata. Vejo ela escrever o nome, Dorothy Brightmore, selecionar "falecidos" e fazer uma busca em todo o Reino Unido. Há quatro páginas de resultados. Quatro páginas de pessoas chamadas Dorothy Brightmore. É inacreditável, para mim, haver mais do que uma. Falo para ela incluir o ano de nascimento da Dot e isso reduz os nomes a uma só página. Ainda assim, é uma lista. Podemos descartar as que morreram ainda crianças. E o que nos resta? Ela pode ter morrido em 2002, em Lancashire; em 2015, em Nottinghamshire; ou em 1975, em Essex. Isso faz com que me detenha. Nunca cogitei que ela poderia morrer ainda jovem. Ela estaria na casa dos quarenta. Mas alguém com esse nome morreu ali, com essa idade, e pode ter sido ela. Se não foi, era o ente querido de outra pessoa.

— Ela pode ser qualquer uma dessas, ou nenhuma delas — afirmo.

Julie concorda com a cabeça.

— E não sei como faremos para descobrir — ela responde.

Também não sei.

Patricia manifesta-se nesse momento.

— Há mais alguém que a conhecia da época em que ela morava aqui?

Penso nisso. Há Reg Bishop, é claro. Quem mais? Fecho os olhos e volto aos salões de dança, à sala de datilografia, aos bares, às salas de chá. Vejo rostos, e alguns deles vêm com nome e outros não. Preciso seguir pensando, seguir mergulhando nos anos que se passaram.

— Não tenho certeza. Vou pensar.

Patricia aquiesce e surge um silêncio; sei que ninguém quer dizer que não temos para onde ir com a busca, então retomo o assunto da festa, e logo elas estão falando de música e comida, e eu me retiro — não fisicamente, mas em minha mente. Volto ao passado e caminho por ele. Tem que haver algo, não? Pela primeira vez, penso em como teria sido se eu tivesse tido coragem de começar essa busca enquanto Arthur ainda estava vivo. Se ele concordaria em ajudar. Ele sempre foi bom com desafios mentais. Palavras cruzadas e sudoku. Quebra-cabeças. Quais seriam seus primeiros passos? Que perguntas ele faria?

— Bem — Patricia diz —, é melhor eu ir. Hoje tem aula de dança. Vocês irão?

Julie olha para mim.

— Quer ir, Mabel? Posso dar carona.

Seria tão fácil dizer não. No passado, eu teria dito. E é quase um reflexo. Mas luto contra ele, porque descobri que, quando faço isso, coisas boas acontecem. E também descobri que às vezes gosto mesmo de fazer algo além de ficar sentada em casa.

— Sim — respondo. — Sim. Por que não?

Convenço Julie a ficar e tomar chá comigo. Não faz sentido ela ir para casa por uma ou duas horas e depois voltar para me dar carona. E ela não tem planos com Martin. Ela faz sanduíches de queijo com tomate e uma porção de salada, e comemos sentadas na sala de estar, rindo quando o queijo derretido escorre pelas laterais.

Quando estamos no carro a caminho da aula, vejo Erin de minha janela. Ela caminha no sentido oposto, com uma expressão abalada.

— Você pode parar aqui? — peço a Julie.

Ela franze o cenho, olhando para o retrovisor. Estaciona à beira da calçada. Aperto o botão que faz minha janela descer.

— Olá, Erin — chamo-a. — Aonde está indo?

Ela dá um pulinho de susto. Depois, inclina o tronco e me vê.

— Acabei de sair do trabalho. Não tenho planos. E você?

— Estamos indo para uma aula de dança em Overbury. Gostaria de vir?

Não sei o que me faz convidá-la. Pode ser porque ela sempre está sozinha quando a vejo, porque tenho uma imagem dela como solitária. Ela considera, com a cabeça inclinada ligeiramente para um lado.

— Está bem — responde, em seguida abrindo a porta de trás e entrando no carro.

— Tem certeza de que não se incomoda? — Essa pergunta é para Julie.

— Imagina, meu bem. Meu nome é Julie.

— Erin.

— Um prazer conhecê-la. Qualquer amiga da Mabel é amiga minha.

Ela volta a dirigir e seguimos nosso trajeto. Simples assim. Por que sempre dificultei tanto as coisas? Dizendo "não". Nunca perguntando nada a ninguém por medo de me entenderem mal. Às vezes, as pessoas dizem "sim", as coisas dão certo e é fácil e agradável.

Patricia recebe Erin como se a conhecesse há anos. Durante a aula, ela designa nós duas como dupla.

— O que faço? — Erin pergunta.

Estamos frente a frente e olho para cima, porque ela é mais alta que eu, ou talvez seja porque ela ainda tem postura ereta enquanto a minha é curvada, e coloco minhas mãos em posição para mostrar a ela.

— Patricia nos falará o que devemos fazer, mas para mim às vezes ajuda deixar que a música me guie.

Ela parece insegura.

— Nunca fiz nada assim.

Ela inclina a cabeça; em seguida, a voz de Patricia começa a dar instruções e passamos a dançar, ou a fazer algo próximo disso. Somos uma dupla desajeitada, pisando nos pés uma da outra e virando em sentidos opostos quando deveríamos nos mover como uma unidade. Ela não consegue parar de rir, e percebo que também estou sorrindo. Olho para nossos pés, eu com mocassins de couro preto e ela com tênis brancos desgastados. A pele de sua mão parece inacreditável de tão lisa em contato com a minha. Toda a vida que deixei para trás essa jovem tem pela frente. Pensar nisso me dá vertigem.

Quando a música para, Erin continua rindo. Há lágrimas em seus olhos.

— Está tudo bem com você? — sussurro.

Ela leva um tempinho para se recompor e falar.

— Que bom que eu vim.

Em seguida, a música começa de novo e Patricia olha para nós duas como se fôssemos estudantes malcriadas, então não tenho oportunidade de perguntar o porquê antes do fim da aula.

— É Hannah — ela diz, quando pergunto.

— Hannah?

— A garota no trabalho de quem gosto. A gente estava saindo juntas, mas eu achava que era um relacionamento sério, e ela achava que não tinha problema em dormir com um cara da escola dela enquanto isso. Brigamos feio, e estava indo para casa deitar na cama e ouvir música de raiva quando encontrei vocês.

Há alegria em sua expressão, mas vejo nos seus olhos que ela está magoada.

— Sinto muito — digo.

— Sente muito? Mas você salvou o meu dia me trazendo aqui.

— Quis dizer sobre Hannah. Você merece coisa melhor.

Ela concorda.

— É, mereço.

Fico feliz que ela saiba. Eu não sabia quando tinha a idade dela. Decido que mencionar novamente a ideia de falar com a sua família talvez seja demais, já diante do coração partido. Ficarei de olho nela. Adicionarei isso à lista quando chegar em casa.

1. ~~*Entrar em contato com amigos e parentes.*~~
2. ~~*Falar com a casa funerária.*~~
3. ~~*Ir ao supermercado.*~~
4. ~~*Limpar a casa.*~~
5. *Procurar por D.*
6. *Ajudar Julie a recuperar o marido.*
7. *Ajudar Patricia a recuperar a filha.*
8. ~~*Garantir que Kirsty esteja em segurança*~~ *Reunir Kirsty com sua família.*
9. *Ficar de olho em Erin.*

23

O meio de dezembro é uma péssima época para se fazer aniversário. Disso eu entendo. O aniversário de Kirsty coincide com o de Arthur, embora eu não tenha mencionado isso a nenhuma delas. Não quero que fiquem se preocupando comigo, perguntando se estou bem, quando é o dia dela.

E estou bem. Se não fossem elas, se não fosse passar o dia de hoje na festa de Kirsty, provavelmente eu ficaria um pouco deprimida. Pensando nos aniversários anteriores dele. Arthur não era muito interessado em bens materiais, não colecionava nada ou tinha hobbies que exigissem roupas ou equipamentos específicos. Geralmente saíamos para comemorar. Um almoço no bar e um passeio por outra cidade. Isso era o tipo de coisa que ele gostava. Passar o dia à toa. Encontrar uma feira ou um parque bem cuidado com belos canteiros de flores ou uma beira de rio pela qual se pudesse caminhar. É claro que o dia era frio e geralmente úmido, com pouco sol, mas ele dizia que gostava de ver as luzes de Natal quando escurecia, no fim da tarde, e que não havia ninguém com quem ele gostaria de passar o aniversário além de mim. Ele era bem romântico às vezes, especialmente depois de tomar umas doses com seu lanche de camponês.

— Você está em outro mundo — Julie diz. — No que está pensando?

Estamos em frente à casa de Patricia, o carro de Julie está cheio de comida e temos presentes embrulhados em mãos.

— Em nada — respondo. — Só que a Patricia deve usar um bom herbicida nesse caminho de pedras. Preciso perguntar qual é.

Do lado de dentro, parece que uma loja de decorações para festa explodiu. Patricia fez algo que chama de "arco de balões" e há uma faixa bem-feita de "feliz aniversário" suspensa sobre as janelas da sala de estar. Tudo combinando em tons pastel.

— Estou fazendo uma lista de músicas para tocar — ela diz, e nunca a vi tão próxima de ficar agitada. — Digam-me suas músicas de festa favoritas para eu incluir.

— Antes que as pessoas cheguem — Julie diz —, tenho algo para contar a vocês.

Patricia e eu literalmente inclinamo-nos em sua direção.

— É o Martin, ele vai voltar para casa. — Ela alterna o olhar entre mim e Patricia, para avaliar nossas reações.

— Que ótimo! — Patricia exclama, trazendo Julie para um abraço.

Também fico contente, mas não sei como dizer isso a ela.

— Espero que tenha estabelecido novas regras — digo, e na mesma hora me arrependo, porque não era o que eu queria dizer.

— Ah, Mabel, sei que não quer que eu me magoe, mas será que você pode ficar feliz por mim desta vez?

Ela não espera minha resposta; sai para começar a trazer a comida e vou à cozinha a fim de preparar um chá para todas nós. Quando tenho certeza de que estão ocupadas, pego o telefone em minha bolsa e olho novamente para a última mensagem que recebi da mãe de Kirsty.

Tudo certo para a festa. Chegaremos às três.

Olho o meu relógio. São quinze para as duas, e Kirsty chegará em breve. Patricia convidou-a para comer um bolinho, já que seu aniversário caiu em um dia de semana e Ben está trabalhando. Agora não há mais volta. Meu estômago se revira ainda mais — nem consegui comer meu desjejum hoje de manhã —, mas falta pouco para que eu possa me parabenizar por um trabalho bem-feito.

A campainha soa algumas vezes. São todas as mães da creche que Kirsty frequenta, e logo a casa está cheia de jovens e seus bebês.

O ambiente todo fica com aroma de loção infantil e leite. Depois todas nos escondemos na sala de estar e ficamos em silêncio enquanto Patricia deixa Kirsty entrar. Ela está na entrada da sala, com Dotty apoiada na cintura e uma mão cobrindo a boca quando gritamos "Surpresa!". Nunca participei de algo assim. Fui a muitas festas, mas nunca a uma festa-surpresa. Há uma verdadeira adrenalina dos momentos de expectativa, e depois ver a reação da pessoa. Kirsty agora está chorando, e Patricia pega Dotty, que está com as mãos nos ouvidos, pois não gosta de sons altos. Kirsty abraça todo mundo, Patricia coloca a música para tocar baixinho, e fico olhando para meu relógio porque sei que não sossegarei até que a última surpresa seja revelada.

— Mabel! — Kirsty grita, envolvendo-me em seus braços. — Você e os seus segredos! Muito obrigada, você é boa demais para mim.

— De nada — falo, com a voz um pouco embargada. — Não é nada de mais.

Ela dá um empurrãozinho gentil em meu braço.

— É, sim! Ninguém nunca fez algo assim por mim.

"Nem mesmo sua família?", é o que quero perguntar. E então ele vem: o pensamento que eu estava tentando evitar. E se forem más pessoas? E se houver um bom motivo pelo qual ela não os vê? E se cometi um erro terrível? Mas é tarde demais. O plano já está em ação. Tudo o que posso fazer agora é ver seu desenrolar.

Sento-me no sofá e fico de olho em Kirsty. Ela está tomando uma taça de *prosecco*, conversando, indo de um grupo ao outro. Patricia está cuidando de Dotty para que ela possa se divertir sem preocupações. Quando são quase três horas, sinto que tenho um peso de chumbo no estômago e ouço a voz de Arthur. *O que você fez, Mabel?* Então a campainha toca, Julie vai ao saguão atender e, ao voltar, está com os pais de Kirsty ao lado e uma expressão confusa no rosto.

Não são como imagino, os dois. Eles parecem destoar da casa de Patricia. O homem é alto, magro e curvado, e a mulher é baixa e rechonchuda, como se fossem personagens de desenho, um o oposto do outro. Nota-se pela postura desconfortável deles que se esforçaram para escolher as roupas, mas nada que estão vestindo combina. Vejo que ela tem um presente na mão. Uma caixinha, provavelmente uma joia.

Meus olhos vão deles para Kirsty. Quero ver a reação dela ao avistá-los. Julie a chama, alto o suficiente para se ouvir mesmo com a música, e ela levanta a cabeça e seu rosto desmorona. De imediato, ela se levanta e vai até eles no vão da porta.

Saio da sala de estar no encalço deles sob o pretexto de precisar de um copo d'água. Kirsty os leva para a cozinha e eu fico no corredor, escutando.

— O que estão fazendo aqui? — ela pergunta, com a voz estridente, como se estivesse juntando todas as forças para manter o controle.

— Sua amiga nos convidou — a mãe dela explica. Sua voz e postura cabisbaixa deixam claro que está decepcionada. — Ela disse que você estava sabendo.

— E você acha, pela minha cara, que eu estava sabendo?

— Trouxe uma coisinha para você — a mãe fala, e depois faz-se um silêncio. Imagino que seja ela entregando a caixa e Kirsty abrindo-a.

Quando estou prestes a me perguntar se o pai dela é capaz de falar, ele enfim se pronuncia.

— Kirsty, você tem que entender. Ficamos sem vê-la por quatro anos e de repente recebemos uma mensagem nos convidando para vir aqui. Achamos que talvez você tivesse mudado de ideia e quisesse nos ver.

— Não sei quem mandou a mensagem — Kirsty pontua.

Entro na cozinha. Não correu como eu imaginava, essa reunião, mas não vou deixar de assumir minha responsabilidade.

— Eu que mandei — afirmo.

Kirsty olha para mim, com choque nos olhos.

— Você, Mabel? Mas por quê?

Os três olham para mim, essa família que por algum motivo parece incongruente. Consigo quase ver a semelhança, de perfil, entre Kirsty e a mãe.

— Achei que fosse o que você queria — digo, tropeçando em minhas próprias palavras.

— Por quê? Se quisesse isso, eu mesma os teria chamado, não acha?

É um argumento justo.

— Achei que talvez tivesse ocorrido uma briga e vocês fossem teimosos demais para tomar a iniciativa. Famílias devem ficar juntas. Eu só queria dar um empurrãozinho nessa direção.

Em seguida, duas coisas acontecem. Primeiro, Patricia surge na cozinha com Dotty nos braços. Se ela percebe a tensão no ar, decide ignorá-la.

— Acho que ela precisa se alimentar, Kirsty — ela diz, entregando Dotty.

A mãe de Kirsty leva a mão à boca.

— Então ela é...? Você teve...? Essa é nossa neta?

Patricia olha de uma cara para outra. A de Kirsty, a dos pais dela, a minha. Ela não consegue entender muito bem o que está acontecendo, o que não é nenhuma surpresa.

— Esta é Dotty — Kirsty diz, e há lágrimas em sua voz. — Agora, se me dão licença, preciso alimentá-la.

Ela deixa o cômodo, e acho que Patricia está prestes a ir atrás dela, então pego-a pelo braço para que ela fique. Não sou capaz de encarar isso sozinha.

— Vocês são os pais da Kirsty? — Patricia pergunta. — Gostariam de uma bebida?

— Adoraria uma xícara de chá — diz a mãe de Kirsty, e o pai concorda com a cabeça. — Com duas colheres de açúcar, para nós dois, e leite. Aliás, me chamo Sandy e ele é o Tony.

Ainda consigo ouvir a música vindo da sala de estar, mas não há clima de festa na cozinha, onde Sandy, Tony, Patricia e eu nos encontramos sentados à mesa, com xícaras de chá diante de nós e rostos sombrios. Patricia ouviu sobre meu envolvimento neste incidente sem tecer comentários, e está fazendo um papel de mediadora, tentando esclarecer a situação.

— Sabia que vocês não eram próximos — ela diz. — Mas nunca perguntei por quê. Não se pergunta isso, não é? A vida das pessoas é complicada.

— A questão sou eu — Tony diz. — Sou o padrasto dela, e ela nunca me aceitou. Ou a minha filha, a Lou.

Lembro-me de Kirsty falar que tinha uma irmã.

Patricia faz uma careta de desconforto.

— Não parece do feitio dela rejeitar a família assim. Não parece com a Kirsty que conhecemos, não é, Mabel?

Um pensamento se impõe: quanto a conhecemos, de fato?

— Achei que talvez houvesse ocorrido uma briga por causa do Ben — falo. — Que vocês e ele não se davam bem, ou coisa do tipo.

— Nunca o conhecemos — Sandy diz. — Nunca fomos à casa deles. Nem sabíamos que ela tinha um bebê.

Ela desmorona em lágrimas e vejo Patricia estender a mão para colocá-la sobre a de Sandy. Ela é boa nisso, em oferecer conforto a todos. É porque ela é americana? Não sei se seria capaz disso.

Nesse momento, a segunda coisa acontece. Julie aparece na entrada da cozinha, olhando para nós de forma engraçada, sem dúvida se perguntando quem eram Sandy e Tony e por que tínhamos deixado a festa.

— Há algumas pessoas que vieram te ver, Patty — ela diz.

Patricia olha para mim como se perguntasse se eu sabia do que se tratava. Não sei se ela acredita que posso simplesmente fazer pessoas aparecerem do nada. Mas há um sorriso no canto dos lábios de Julie, então imagino que seja alguém que Patricia ficará feliz em ver.

Ela vai ao corredor, e ouço um grito e o barulho de corpos indo de encontro uns aos outros. Levanto-me para ir até lá e vejo que ela tem uma menina presa a cada uma de suas pernas, e uma mulher de meia-idade em seus braços. *Ah*, penso. *Sarah*.

— Desculpe por não ligar — Sarah diz. — Não imaginei que estaria tão... ocupada. Terminei com ele, mãe. Podemos voltar para cá?

24

Estou diante da porta da casa de Kirsty, com Olly ao meu lado, na esperança de que ela fique feliz em vê-lo mesmo que eu esteja em maus lençóis com ela. Quando ela vem à porta, vejo que parece cansada. Não é de surpreender, é claro, com uma bebê, mas nunca reparei nisso. É quando percebo que ela não está usando maquiagem, e que é a primeira vez que a vejo assim; ela parece linda como sempre, mas também vulnerável.

— O que você quer, Mabel? — ela pergunta.

Percebo que ela baixa o olhar até Olly e depois se obriga a continuar olhando para mim. Ela não quer fraquejar.

— Vim pedir desculpas.

Arthur dizia que eu era a pior pessoa em termos de pedir desculpas. Nos primeiros anos do nosso casamento, isso levou a algumas brigas, mas, depois que ele aceitou que eu era assim, geralmente conseguia achar graça nisso. Arthur também tinha seus defeitos, afinal. Uma vez, lavei por acidente sua melhor camisa branca junto com as roupas escuras, e a camisa saiu cinza da lavagem. O dinheiro era pouco na época e não teríamos como comprar uma nova. Ficamos cada um de um lado da cozinha: ele segurando-a com força, eu pensando que daria um trabalho enorme passar o ferro depois que ele terminasse de amassá-la com os dedos.

Por que você não pode admitir que fez algo errado e pedir desculpas?, ele perguntou.

Foi um engano! Todo mundo comete enganos!

Sim, mas se eu cometesse um engano e isso afetasse você, eu pediria desculpas.

Eu nunca pedia. Por que era tão teimosa? Meu instinto, nesse caso, era esperar as coisas passarem, mas Julie deixou bem claro que eu devia a Kirsty um pedido de desculpas, e, quando parei para refletir, a ideia não era tão repulsiva quanto antigamente.

— Por que fez isso? — Kirsty pergunta.

Ela não me convida para entrar e sinto frio do lado de fora, com o vento congelante.

— Achei que soubesse o que estava fazendo. Achei que o que os separava deveria ser algo banal e que vocês só precisavam de um empurrão no sentido certo.

Ela balança a cabeça.

— Eu estava bem — ela diz. — Eu estava indo bem sem eles.

Há dor em seus olhos, do tipo que estou mais acostumada a ver nos olhos de Julie. O que Julie faria? Ela não tentaria fugir das questões difíceis. Conversaria até que as coisas fossem resolvidas, ou chegassem perto disso.

— Quer conversar a respeito? — pergunto.

Ela suspira, e sei que ela quer me mandar passear, mas não consegue dizer isso.

— Pode entrar — ela diz.

— O Olly também?

— Sim, o Olly também.

Entramos e tiro meus sapatos. Ela tem um corredor de entrada no qual caberia minha sala de estar. Há pinturas emolduradas nas paredes, que parecem ter sido pintadas hoje mesmo. Há um único traço de cinza nelas, e isso me faz pensar novamente na camisa de Arthur. Se isso tivesse ocorrido hoje, provavelmente eu teria lhe feito um favor. Hoje em dia, tudo é cinza.

— Dotty está dormindo — ela diz. — Venha. — Sigo-a até um cômodo enorme que é uma mistura de cozinha, sala de jantar e sala de estar. Há um sofá em um canto, que é para onde ela me conduz.

É engraçado, antigamente as pessoas se vangloriavam de quantos cômodos as suas casas tinham, e agora parece que preferem ter o mínimo de paredes e portas possível. Como o aquecedor dá conta de um espaço assim?

— Não fica frio aqui dentro? — pergunto.

— Não, o aquecimento é pelo piso.

Isso, para mim, é novidade. Sento-me e Olly deita-se aos meus pés; ao sentar-se ao meu lado, Kirsty inclina-se e o acaricia de leve, e é nesse momento que sei que ela não guardará rancor.

— Pensei em trazê-lo para você — falo. — Se estiver pronta para ficar com ele.

— Ah, obrigada. — Os olhos dela lacrimejam.

Ela o ama de verdade. Também o amo, acho, mas ele ficará melhor aqui. Uma criança para brincar e dois adultos para levá-lo para passear. Não é como se nunca mais fosse vê-lo.

— Venho visitá-lo de vez em quando, se não for problema.

— Claro que não é problema.

Eu poderia ir embora, encerrar a conversa em um clima positivo. Mas, se fizesse isso, teríamos que retomar essa questão da família dela em outro momento. Não é algo que irá embora por conta própria.

— Você gostaria de falar sobre o que aconteceu com a sua família? — pergunto.

Ela pensa a respeito.

— Famílias são tão complicadas, você não acha? — ela indaga.

A minha não era. Não quando nós quatro estávamos vivos. Depois da morte de Bill, as coisas nunca mais foram as mesmas, nunca se acertaram, mas antes disso era um mar de tranquilidade. Ou será que isso é só como me lembro agora, tantos anos depois?

— Acho que às vezes podem ser.

Ela mexe o corpo um pouco, como se tentasse acomodar-se.

— Eu adorava o meu pai — ela diz. — Idolatrava completamente. Ele sempre me seguia pela casa engatinhando, me ajudava a subir em árvores e coisas assim. Era tudo bastante físico. E então de repente ele não fazia mais nada disso, e muitas vezes passava a manhã na cama. Parou de trabalhar. Ninguém me contou que ele estava doente, e eu sabia que estavam tentando me proteger, mas isso só me fez achar que ele não queria mais passar tempo comigo. E, quando ele morreu, foi um choque para mim. Levei meses para entender de fato que ele não iria voltar. Quando minha mãe conheceu Tony, pareceu tudo cedo demais para mim. Foi menos de um ano após a morte dele. Eu não estava pronta, e ela ficava perguntando se eu queria chamá-lo de "papai"; isso parecia uma traição imperdoável.

— Quantos anos você tinha? — pergunto.

— Sete, quando ele morreu. Provavelmente oito quando Tony surgiu na nossa vida. E ele tinha uma filha, a Lou, que tinha alguns anos a mais do que eu. A esposa dele também havia morrido, então ambos eram pais solo. Entendo, hoje, que encontraram conforto um no outro, mas na época fiquei com tanta raiva. Parecia que minha mãe o tinha escolhido em vez de mim e do meu pai. Além disso, ele nunca foi muito agradável comigo, nunca quis se envolver com nada do que eu fazia. Eu... nunca consegui perdoar os dois.

— Então, quando você cresceu, tirou-os da sua vida?

— Nunca foi uma escolha consciente tomar essa atitude. Mas, ao passo que a Lou morou com eles até os vinte e poucos, fui para a universidade e nunca mais voltei. E os via de vez em quando, mas Tony e eu discordamos em muitas questões e toda vez que os vejo parece que minha mãe passou a pensar um pouco mais como ele. Não parecemos ter muito em comum. Quando conheci Ben e decidimos começar uma família, queria que fosse um novo início, sem arrastar junto os problemas da minha família preexistente. Nunca senti que eu, minha mãe, Tony e Lou fôssemos uma família. Nunca deu certo.

Nesse momento, penso em meu casamento. É assim que ela teria nos visto também? Sem dar certo? Talvez eu esteja errada, e o que Kirsty fez é na verdade a atitude mais corajosa, mais honrada? Talvez às vezes seja melhor cortar laços.

O som de um choro me dá um susto, e vejo Kirsty pegar um aparelho de plástico branco no chão, ao lado do sofá.

— A babá eletrônica — ela diz, mostrando o aparelho. — Vou pegá-la.

Enquanto ela sai, levanto-me para esticar as pernas. A cozinha tem um estilo industrial, com um monte de superfícies de inox que pareceriam propensas a manchas de dedos, mas não há marca nenhuma nelas. Pergunto-me se Kirsty passa horas limpando ou se eles têm alguém que vem aqui para fazer isso. Arthur sugeriu que contratássemos alguém depois que nos aposentamos. Ele achava que tínhamos como pagar. Mas falei que faxineiras não são para pessoas como nós. O que faríamos enquanto ela estivesse em casa? Sinto que ela me julgaria. Não acho que sou boa demais para limpar minha privada.

Kirsty reaparece. Ela tem nos braços uma Dotty sonolenta, com rugas na pele avermelhada.

— Olá, Dotty — falo, pegando um de seus dedos e fazendo algo próximo a um aperto de mãos com ela.

Ela puxa a mão e se abriga no pescoço de Kirsty.

— Ela ainda não acordou por completo.

Penso no que sei a respeito de Kirsty, no modo como a vi cuidando de Dotty. Se soubesse primeiro de toda essa história com a família, provavelmente acharia que ela é insensível, mas não tenho como achar isso, porque já vi como o amor transborda dela quando está com a filha. É possível que algumas famílias apenas não devam ficar unidas? Será que esse é o caso de Erin? Pergunto-me se ela já conversou com seus pais, se a aceitaram.

— Preciso ir — falo.

— Obrigada por me escutar — ela diz. — E obrigada pelo Olly. Você quer ficar a sós com ele para se despedir?

Faço que sim com a cabeça, e ela vai com Dotty para outro cômodo da casa. Vou até o sofá onde estávamos sentadas. Olly subiu nele e deitou-se enrolado em si mesmo. Sento-me ao seu lado e me aproximo. Um ronco leve. É bom saber que ele já se sente tão em casa. Coloco uma mão em suas costas e ele se mexe ainda dormindo, então tento acariciar sua cabeça, mas ele abre os olhos e me encara com um olhar de aviso. É um olhar ao qual estou tão acostumada, mas hoje ele deixa meu coração pesado e triste.

— Você vai morar aqui agora — aviso a ele. — Kirsty cuidará de você e você poderá brincar com a Dotty. Se comporte, está bem?

Não digo que sentirei saudades. Ou que o amo. Ele já sabe disso, não sabe? Levanto-me e vou até a entrada, onde coloco meus sapatos novamente.

— Estou indo — falo em voz alta, e pela primeira vez me dou conta de que Kirsty não terá mais motivo para ir em casa. Será que só a verei de passagem, na rua ou no supermercado, de agora em diante?

— Estou trocando a fralda da Dotty, você consegue sair sozinha? — ela fala de onde quer que esteja na casa.

— Consigo.

— Vou cuidar bem dele, Mabel.

Eu sei que é verdade, e fico feliz que ela não veio até o corredor, porque estou em um estado deplorável. Me despeço, com a voz quase falhando. *É só um cachorro*, repito para mim mesma. *Só um cachorro*. Mas é como se ele fosse a última conexão com Arthur. E ele ficou comigo esses últimos meses. Passamos pelo luto juntos. É engraçado, pois eu nunca teria dito que me sinto próxima de Olly. Mas agora cortei esse laço, arranjei para ele uma vida melhor, e me pergunto o que será da minha vida.

25

Sem Olly em casa, vejo-me com frequência à espera de Julie. O fato de que Arthur previu minha necessidade de companhia me surpreende toda vez que penso nisso. Se os papéis fossem invertidos, não me teria ocorrido que era meu trabalho cuidar dele do além. Mas, quando Arthur decidiu cuidar de mim no dia do funeral de Bill, ele levou isso a sério. Para ele, foi uma promessa de vida toda. Para além da vida, até.

Ainda o vejo na casa. De pé na cozinha, apoiando as costas na bancada com os braços cruzados como se estivesse prestes a me perguntar se eu gostaria de um chá. Deitado ao meu lado na cama, imóvel e silencioso, mas não como no dia em que o encontrei. Mais como em todos os dias anteriores. Ali parado. Sentado no sofá, com as calças puxadas para cima e as meias aparecendo. É como se estivesse esperando. E às vezes não o vejo, mas acredito sentir seu cheiro, como se ele tivesse acabado de adentrar o cômodo em que estou. Seria ele querendo ver se sigo suas instruções: "Procurar p/ D"? Não saberei, imagino, até descobrir o paradeiro de Dot. Se ele continuar aparecendo depois disso, o que isso significará? Que não era o que ele queria dizer com "Procurar p/ D", afinal? Ou que ele sempre estará aqui, nessa forma? Ou que se trata apenas de meu cérebro envelhecido pregando-me peças? Não é assustador deparar com ele nesses cômodos pequenos que compartilhamos por tantos anos. Na verdade, é reconfortante. É como um adeus muito lento.

Ouço a chave de Julie na fechadura e preparo-me para a energia que ela traz ao ambiente.

— Olá, Mabel — ela cumprimenta do saguão.

Há algo diferente em seu tom de voz, embora eu sinta que ela esteja tentando soar normal. Espero seu rosto surgir no vão da porta e, quando surge, ela parece um pouco cansada e desanimada.

— Ele a deixou de novo? — indago.

Não sei por que perguntei. A ideia era fazer um gracejo, mas noto de imediato que errei o tom.

— Por que você faria uma pergunta dessas?

— É só que você não está parecendo normal, só isso.

Ela fica no lugar, desenrolando o cachecol e tirando as luvas, um dedo de cada vez.

— Está muito frio lá fora — ela diz.

Não tenho intenção de conferir isso até bem mais tarde. É tentador passar esses dias de pouco sol dentro de casa, perto da lareira, agora que não tenho mais que pensar em Olly, mas de fato me sinto melhor com uma caminhada durante a tarde.

— Então — falo. — Há algum problema? Você parece cansada.

Ela ri, mas não é sua risada alta de sempre, a que faz as pessoas na rua virarem-se para olhá-la. É um riso contido, e isso de algum modo é mais preocupante do que lágrimas.

— Não tive uma noite boa, só isso.

— As coisas com Martin estão bem?

Ela se detém por um momento antes de responder.

— Está tudo certo.

Não acredito nela, mas não insistirei nesse momento. A verdade é que nada ficou certo desde a festa de aniversário de Kirsty. Achei que tivesse resolvido tudo: Julie com Martin novamente em casa, Patricia com Sarah e as netas. Reunir Kirsty com a família com certeza não teve o resultado planejado, mas no geral sentia bastante orgulho do que tinha feito. *Nada mal para uma mulher de 86 anos*, pensei, arquitetando tudo aquilo. Isso me deu esperança de descobrir o paradeiro de Dot. E, na ocasião, ouvi a voz de Arthur na minha cabeça dizendo que nunca era tarde demais e que todo mundo podia fazer alguma diferença, algo que ele dizia bastante e que sempre ignorei.

Mas colocar o casamento de Julie de volta nos trilhos não teve nela o efeito que eu esperava. É evidente, eu não a conhecia antes. Mas, enquanto achava que ela ficaria despreocupada e feliz, ela ainda parece alguém carregando um peso de chumbo.

E Patricia desapareceu, basicamente, o que não acredito ser uma grande surpresa. Ela voltou à vida ocupada que tinha antes, ajudando a cuidar das netas. Passeios no parque, natação e sessões infinitas de esconde-esconde. Ela não tem muito tempo para nós, sendo que antes tinha uma imensidão. Que tolice minha não ter pensado nisso.

E Kirsty. Bem, ela não precisa mais me visitar, agora que Olly mora com ela, e não visita. O fato de que havíamos conversado — sobre o meu motivo para convidar os pais dela e o motivo dela para deixá-los para trás — não significava termos chegado a um consenso, ou a uma resolução.

Quando Julie me traz uma xícara de chá, vejo-me fazendo uma pergunta que eu mesma não esperava.

— Vamos à aula de dança da Patricia hoje à noite?

Ela faz uma careta.

— Não posso. Prometi ao Martin que pediríamos *curry* e assistiríamos a um filme.

Aquiesço, tentando não mostrar minha decepção. Porque fui tola, não fui? Era quando essas mulheres estavam sozinhas, como eu, que tinham tempo para fazer coisas comigo. E agora as coisas estão diferentes, e elas não têm o tempo que tinham antes. Tentei deixá-las felizes e me privei da amizade delas no processo. Só há uma solução, a meu ver. Preciso lançar-me novamente à busca por Dot, pois assim terei minha própria questão para me concentrar. Terei algo para ocupar meu tempo e energia. Serei eu a falar que não posso, que estou ocupada. Quero dizer, se alguém me perguntar.

Depois que Julie vai embora e estou tentando avançar em um livro de que não estou gostando tanto, Reg Bishop me liga. Ainda não estou acostumada a ouvir meu telefone celular tocando e tomo um susto; em seguida, encontro o aparelho, olho para a tela e vejo o nome dele, e não quero atender, mas sei que preciso.

— Mabel — ele diz —, aqui é Reg Bishop.

Até a voz dele me irrita, e tenho vontade de dizer que sei quem é, porque ele me viu cadastrar seu número no meu telefone, mas não digo.

— Olá, Reg.

— Estou ligando para tratar do desafio que você criou para mim.

Preferiria que só dissesse logo o que tem para dizer, mas vejo que ele me fará participar desse joguinho, então é o que faço.

— Ah, é?

— É. Bisbilhotei um pouco e acho que descobri alguém que pode ser útil para você. O nome dela era Catherine Emmett, antes Milton. Ela morava ao lado dos Brightmore aqui em Broughton e disse que manteve contato com a família por muitos anos.

Levo um minuto para identificar o nome, mas me lembro. A pequena Cathy Milton. Três anos mais nova que nós e sempre tentando participar de nossas brincadeiras. Lembro-me dela com uma corda de pular, o nariz escorrendo e o vestido rosa manchado.

— Ela ainda mora em Broughton? — pergunto.

— Overbury.

— Você pode me dar o telefone dela ou o endereço?

Ele faz uma pausa.

— Achei que poderia levá-la até lá. Você está livre amanhã de manhã?

Por que ele está se envolvendo nisso? Isso faz com que Reg se sinta poderoso ou só não tem coisa melhor para fazer com seu tempo? Preciso manter uma relação amistosa com ele, já que até agora foi a única pessoa a ter informações úteis, e ir com ele pelo menos significaria não precisar andar de ônibus. Então, embora não seja o que eu queira, concordo.

Decido sair para minha caminhada, para desanuviar a mente. Assim, aproveito os últimos momentos de luz do sol. Agasalho-me como se fosse para uma missão no Ártico, mas ao sair vejo que o frio está menos opressivo do que o esperado. O vento deve ter parado depois da manhã. O tempo só está cinzento e um pouco úmido.

Passo por um parquinho perto do cemitério quando ouço meu nome. Ao me virar, vejo Patricia empurrando uma das netas em um balanço, enquanto a outra está sentada na ponta de uma gangorra, tentando fazê-la sair do chão. Vou até a grade de metal verde.

— Há quanto tempo! — ela exclama, alegre. — Tem sido uma loucura desde que essas duas voltaram.

Ela parece cansada, e espero que a filha não esteja se aproveitando de sua boa vontade.

— Você não deveria fazer muito esforço — digo.

Ela parece confusa com o comentário.

— Ah, você me conhece. Gosto de me manter ocupada. E minhas meninas sem dúvida me mantêm ocupada, não é?

A menor das duas, a que está no balanço, abre um sorriso enquanto Patricia pega o assento, o segura por alguns segundos e o solta.

— A vovó tá feliz, mas a mamãe tá triste.

Não tenho certeza, inicialmente, de quem disse isso, mas em seguida vejo que a outra menina saiu da gangorra e se aproximou.

— Por que a mamãe está triste? — pergunto.

— Por causa do Geoff. Ele liga todo dia pra pedir desculpa.

Olho do rosto solene da menina para o rosto corado de Patricia.

— Não sei ao certo o que aconteceu entre eles — Patricia explica, me olhando. — Eles estão no telefone agora. É por isso que viemos aqui ficar um pouco ao ar livre.

— E porque eu precisava mostrar para você o que consigo fazer aqui na escalada — diz a menina mais velha.

Ela vai até a escada horizontal, sobe alguns degraus e em seguida se pendura em uma fileira de barras metálicas brilhantes, balançando de uma até a outra com facilidade, e suas calças listradas brilham em contraste com o dia sem vida. Um dos sapatos cai e sua irmã, ainda no balanço, começa a rir descontroladamente, e a menina mais velha se solta e saltita um pouco antes de pegar o sapato e ir até o banco para calçá-lo de novo. Durante todo esse tempo, Patricia fica radiante, e tento me colocar em seu lugar. Uma avó. Cheia de amor por esses seres pequenos e irrefreáveis, orgulhosa pelas conquistas das netas e feliz em passar tempo com elas. Entendo, claro que entendo. Não sou uma desalmada, um monstro. Só gostaria que ela ainda tivesse um pouco de tempo para mim.

— Você gostaria de vir em casa tomar uma xícara de chá uma tarde dessas? — pergunto. — Talvez quando Julie também estiver lá?

— Sim, adoraria — ela diz, mas não sugere um dia, e sinto que não deveria impor o assunto, então me despeço e vou embora; quando estou quase longe demais para ouvir, escuto seu riso e, embora saiba que provavelmente é fruto de algo que uma das meninas disse ou fez, não consigo deixar de sentir que talvez ela esteja rindo de mim. Velha e sozinha, e achando que éramos amigas.

O final do trajeto de volta é como caminhar sob o pôr do sol, e me ocorre que não saía de casa para contemplá-lo havia semanas. E essa descoberta faz com que me sinta distante de Arthur. Ele nunca deixava de vê-lo, gostava das cores no céu e de se despedir do dia. Era algo que fazíamos juntos, quando possível. Ele me dava a sua mão e assistíamos em silêncio.

Certa vez, alguns anos atrás em uma primavera, quando vimos o maior espetáculo de tons rosados e avermelhados, e parecia ridículo que houvesse pessoas dentro de casa, sem contemplá-lo, ele disse: *Eu não escolheria nenhuma outra vida, Mabel. Você e eu, e o Olly, e o pôr do sol. É isso o que me faz satisfeito.*

Ainda no mesmo dia, depois de tomar meu chá da tarde, lembro-me de outro: um pôr do sol que parecia uma pintura. Dot e Bill estavam mais à frente, a caminho do salão de baile, e o vejo levando sua mão à dela. Arthur estava ao meu lado, sem falar muito. Então indagou: *Quem seria capaz de ficar farto de um mundo como esse?*

Virei-me para olhar para ele, e alguns fios de cabelo grudaram em meu batom, obstruindo minha visão. Ele apontou para o céu, os braços fazendo um gesto amplo.

Essa vista, ele disse. *Poderia olhá-la para sempre.*

Achei romântico. Acrescentei-a à minha lista mental da época de razões para ficar com Arthur Beaumont, se ele me pedisse. E fui tomada por algo, algo que quase certamente era afeição, mas que se parecia mais com amor.

Então vamos, falei. Foi baixo, mas ele ouviu.

26

Estou pronta meia hora antes do horário combinado com Reg e, quando ele bate seu *toc-toc* seco à porta, já enchi e esvaziei minha bolsa três vezes. Tenho tudo de que preciso. Todas as coisas de sempre, como carteira e chaves, além de meu caderno e caneta para o caso de Cathy ter informações que preciso anotar. Abro a porta com meu casaco todo abotoado, na esperança de que isso deixe claro que não o convidarei para entrar.

— Ah, Mabel, você já está pronta. Vamos, então?

Ele oferece o braço e gesticula para o carro vermelho, um Honda, estacionado na rua. É um desses carros ambiciosos demais para sua categoria: elevados de forma que é difícil subir neles e com espaço no banco de trás para muitas crianças, equipamento esportivo ou malas. Por que Reg Bishop tem um carro assim? Não preciso de seu braço para me guiar dez passos até o carro, então não o pego.

— Onde ela mora? — pergunto quando estamos os dois sentados e com os cintos afivelados. O carro cheira a aromatizante sintético, e vejo uma daquelas arvorezinhas penduradas no retrovisor. Assim como sua casa, o carro de Reg é insuportável de quente, e eu na mesma hora penso que deveria ter levado o casaco na mão em vez de vesti-lo.

— Sabe aquelas casas conjugadas antigas atrás do Red Lion? — ele pergunta. — É em uma delas.

— Sozinha ou…

— Viúva — ele diz.

Não consigo imaginar Cathy Milton adulta, muito menos velha o suficiente para ser uma viúva. É engraçado, como você envelhece e vê as pessoas ao redor envelhecerem, mas, ao deparar com alguém que não vê há décadas, tem dificuldade em imaginar que isso também aconteceu com elas.

Só levamos mais ou menos dez minutos para chegar a Overbury, mas estou desesperada para sair do carro abafado, e quase morro de ter que ficar quieta durante as três tentativas de manobrar para estacioná-lo ao meio-fio em frente à casa dela.

Cathy Milton está à nossa espera. Vejo sua cortina se mexer durante a longa manobra, e ela abre a porta antes que tenhamos a chance de bater.

— Catherine! — Reg Bishop cumprimenta-a como se fossem velhos amigos, indo correndo para beijá-la nas duas bochechas. Ela parece um pouco alarmada, e logo simpatizo com ela.

— Olá, Cathy — cumprimento.

Ela franze o nariz de leve.

— Hoje em dia prefiro Catherine.

Enquanto ela nos recebe em sua casa e pergunta o que gostaríamos de beber, tento enxergar a criança que conhecia no rosto dessa mulher idosa, e lá está ela, logo ali. Mas não a teria reconhecido se cruzasse com ela na rua. O meu caso é igual? Mudei tanto em relação a quem era que estou quase irreconhecível? A casa de Cathy é morna e aconchegante, cheia de fotos e bugigangas que parecem lembranças de viagens ou coisas que crianças pequenas talvez tenham feito. Provavelmente netos. Há um leve cheiro de pão assado, como se ela tivesse feito uma fornada de *scones* logo após o desjejum. Se fez, não nos ofereceu. No canto de uma sala, há uma árvore de Natal cheia de decorações caseiras que não combinam entre si.

— É uma bela casa — Reg afirma, pegando a caneca indicada por ela com uma mão e servindo-se de um biscoito com a outra.

— Obrigada, estamos aqui há mais de trinta anos.

Noto o verbo no plural, e tenho certeza de que Reg notou também, mas nenhum de nós diz nada. Por um tempinho, não há som no cômodo além de chá sendo bebericado. Ou sugado, no caso de Reg.

— Então — digo, querendo conduzir a conversa a seu destino —, creio que Reg tenha dito que eu gostaria de encontrar Dot Brightmore, e ele me disse que você manteve contato com a família por bastante tempo.

Cathy faz que sim com a cabeça.

— Sim, mantive. E é Dot Black.

Sinto algo perpassar meu corpo. Essa é uma informação nova, da qual ela parece ter certeza.

— Dot casou-se? — pergunto, estupefata.

— Sim. Em 1962. Com um homem chamado Thomas Black.

— E você tem certeza disso?

Ela parece um pouco ofendida.

— Fui ao casamento.

Quero lhe perguntar todos os detalhes, como eram o vestido de Dot e as flores, onde foi realizado e, mais importante, queria saber mais sobre o noivo — esse tal Thomas Black. Se ele era gentil, bondoso e digno dela. Mas não imagino que Reg esteja disposto a ficar ouvindo isso.

— Você sabe se ela morava em Londres na época?

Cathy recosta-se e coloca um dedo na lateral dos lábios. Está pensativa.

— O casamento foi perto daqui. Em Trenton. Mas acho que estavam morando em Londres, sim.

Dot casou-se em Trenton, a oito quilômetros daqui, e eu não soube. Não recebi nenhum convite. É muita informação de uma vez só.

— Você sabe se ela ainda está viva? — pergunto.

Porque, acima de tudo, é o que preciso saber. Será que toda essa busca, na qual investi tanto e que me trouxe alegria, companhia e decepções, foi em vão? Será que estamos procurando uma mulher que foi enterrada ou cremada? A ideia faz com que eu me arrepie. E é nesse momento que percebo que não guardo rancor dela por não responder às minhas cartas ou por não me convidar ao seu casamento. Ela devia ter seus motivos. Eu conhecia Dot. Conhecia de verdade. Ela não era do tipo que abandonava uma amizade sem olhar para trás.

Cathy balança a cabeça em negativa.

— Lamento dizer que não sei. Sabe, eram a minha mãe e a mãe dela que eram próximas. Estavam sempre indo na casa uma da outra, as duas. Depois que Dot foi embora, os Brightmore moraram naquela casa por mais vinte anos. Mas depois se aposentaram, os pais de Dot, e foram morar no litoral. Em algum lugar em Hampshire. Era o sonho da vida deles, aparentemente. Compraram um barco. E nossas mães ainda mantiveram contato. Meus pais foram até lá algumas vezes e os dois vieram nos visitar também. Eu sempre ouvia o que Dot e o seu irmão Charles andavam fazendo. Mas minha mãe adoeceu e morreu, de repente, e me lembro de ouvir que a mãe de Dot faleceu pouco tempo depois. Os homens não mantiveram contato; eles não costumam manter, não é? E foi isso.

Olho para Reg, que parece um pouco insultado com o comentário de que homens não mantêm contato com velhos amigos, e volto minha atenção para Cathy.

— Quando foi isso? — pergunto. — Quando sua mãe faleceu?

— Em 1998 — ela diz, sem hesitar.

— Então Dot estava viva e bem nessa época, até onde você saiba?

— Ah, sim. Ela não morou em Londres para sempre, devo dizer, não depois que ela e Thomas tiveram filhos. Mudaram-se para alguma cidade de Hampshire para ficarem mais perto dos pais dela. Portsmouth, talvez.

Quero insistir, pedir que ela pense mais e tenha uma resposta mais certa. Depois de tantas buscas que não deram em nada, enfim estou chegando a algum lugar. Mas dependo de Cathy Milton para continuar avançando. Quem imaginaria, tantos anos atrás, quando eu e Dot brincávamos de boneca e Cathy resmungava querendo participar, que estaríamos nesta posição agora? Há também mais uma informação para digerir. Ela disse que tiveram filhos.

— Quantos filhos ela teve? — pergunto.

— Dois. Dois meninos. John e William, acho que eram esses os nomes.

— E há algo mais que possa me contar? Algo que me ajudaria a encontrá-la?

Há um tom de súplica em minha voz, porque parece que descobri muitas coisas e, de certa forma, descobri mesmo. Sei agora que Dot casou-se, qual era seu nome de casada e que ela teve dois filhos. Sei que ela saiu de Londres e estava viva há vinte e cinco anos. Mas alguma dessas coisas me deixa mais próxima de encontrá-la agora? Não tenho certeza de que sim ou não.

— Sinto muito, acho que não há mais nada — ela afirma.

Mas me oferece seu número de telefone, eu o anoto e lhe dou o meu.

— Nem sempre tratamos você bem quando éramos crianças — falo.

Ela inclina a cabeça, como se nunca tivesse pensado nisso.

— Obrigada por sua ajuda — agradeço.

Levanto-me, ela levanta-se e então nós duas estamos olhando para Reg, que estava terminando o chá. Ele dá um resmungo indecifrável e se levanta, e nos arrumamos para sair.

À porta, Cathy tem uma pergunta para mim.

— Por que a está procurando agora, depois de tantos anos? Sei que vocês eram muito próximas, mas imaginei que tivessem brigado quando não a vi no casamento.

É uma pergunta difícil de se responder. Penso com calma, enquanto coloco meus sapatos.

— Não sei por que ela foi embora — digo. — Ou por que não manteve contato. E agora provavelmente não tenho mais tanto tempo, e gostaria de descobrir, se puder.

Cathy aquiesce.

— Ela era a minha melhor amiga — acrescento. E não sei por quê.

— Sim — ela diz. — Sim. Eu me lembro. E sei que ela ficou perdida depois que seu irmão morreu...

— Todos ficamos. — "E ainda estamos", penso em dizer.

— Não é possível conhecer alguém por completo, não é mesmo? — ela pergunta.

Isso me faz lembrar do que o pároco disse a respeito de Arthur nos primeiros dias após sua morte, e não soube o que responder na ocasião, mas acho que agora sei.

— É — respondo. — Não é possível.

— Bem, entro em contato se lembrar de mais alguma coisa — ela diz.

De volta ao carro brilhante de Reg, ele se vira para mim.

— Um passo adiante.

E então ele estende o braço e coloca sua mão esquerda no meu joelho direito, e os dedos de linguiça o apertam; fico tão espantada que demoro para reagir, e ele tira a mão antes que eu insista para que faça exatamente isso.

Não falo uma palavra sequer no trajeto de volta para minha casa, e, quando ele estaciona, abro a porta antes de ele puxar o freio de mão.

— Calma, Mabel! Olha, sei que é frustrante que Catherine não tenha levado você diretamente a Dot e não tenha confirmado se ela ainda está... conosco, mas acho que ela ajudou bastante, não acha?

Mas já saí do carro e estou atravessando o caminho de pedras até a porta de casa. Ele também sai, e mexo nas chaves quando ouço sua porta bater.

— Mabel, fiz algo que te aborreceu?

Viro-me e ele está bem atrás de mim.

— Nunca mais coloque suas mãos em mim.

Ele ri e ergue as mãos.

— Ora essa, não que eu estivesse flertando com você. Somos um pouco velhos demais para isso, não? Não foi nada, Mabel. Só um encorajamento.

— Não somos amigos, Reg. Nunca fomos amigos, e isso não mudou só porque estamos velhos. Não preciso que me leve de carro a lugar nenhum e definitivamente não preciso que me toque.

Ao dizer essas últimas palavras, vejo Julie virando a esquina.

— O que foi, Mabel? Você está bem?

Reg começa a recuar, mas Julie precisa passar por ele, e lhe lança um olhar severo.

— Você tenta fazer um favor pra pessoa... — ele resmunga.

— Quero que vá embora — digo.

— Você escutou — Julie reforça.

Ele vai. E, depois que não está mais ali, Julie me envolve em seus braços e é só então que percebo que me sinto um tanto trêmula.

— O que ele fez a você? — Julie sussurra no meu cabelo, e me sinto tão segura assim, com ela, e é isso o que me impede de não começar a chorar.

— Não é nada — falo.

— Não me parece ser nada. Vamos, vamos entrar e pôr a chaleira para esquentar.

E é exatamente do que preciso. Deixo que ela me conduza para dentro de casa e me acomode. E depois ela se senta e me escuta contar sobre todas as vezes que lidei com Reg Bishop, tanto recentemente quanto no passado.

27

Quando acordo na manhã de Natal, Arthur está deitado ao meu lado.

— Feliz Natal, Arthur — digo, como disse nos últimos sessenta e dois anos.

Preciso esvaziar minha bexiga logo, mas sei que quando fizer isso ele sumirá, por isso seguro enquanto posso. Penso em outros Natais.

— Você lembra o ano em que estávamos com pouco dinheiro e decidimos não dar presentes um para o outro? — pergunto em voz alta. — Você saiu de última hora na véspera de Natal e me comprou uma lata de bombons, disse que não suportava a ideia de não me dar nada, e fiquei tão brava com você porque segui a regra que fizemos juntos, e fiquei parecendo a vilã. Ficamos sem nos falar por metade do dia, mas já tínhamos esquecido na hora do jantar e comemos os bombons juntos no sofá enquanto assistíamos a um filme do James Bond.

Não adianta, preciso ir. Quando volto, a cama está vazia, como eu sabia que estaria.

Desço as escadas e faço um bule de chá, digo a mim mesma que é um dia como qualquer outro. Porque é, não é? É só uma data. Julie ajudou-me a montar a árvore artificial há mais ou menos uma semana. Não ia me dar ao trabalho, mas ela perguntou se eu tinha uma e admiti que tinha. Ela subiu no sótão para pegá-la. Esse era o trabalho de Arthur. Antes arranjávamos uma de verdade, anos atrás, porque não havia nada como o aroma de pinheiro, mas, quando Arthur sugeriu comprar "uma daquelas falsas", anos atrás, concordei. Ontem, quando Julie estava indo embora, após perguntar três ou quatro vezes se eu ficaria bem hoje sem a visita dela, ela colocou uma sacola de presente grande sob a árvore e disse que eu não deveria espiar o que era até hoje de manhã. Então levo meu chá à sala de estar e trago a sacola à minha poltrona.

Há três presentes dentro, cada um bem embrulhado com fitas, laços e enfeites. Um de Julie, um de Kirsty e um de Patricia. Coloquei cartões em suas caixas de correio, mas não pensei em presentes e agora me sinto mal. Talvez elas tenham ficado com pena de mim, por ser meu primeiro Natal sozinha. Abro primeiro o de Patricia, e é um belo cardigã azul, da lã mais macia que já toquei; quando confiro a etiqueta, perco o fôlego, porque é feito de casimira. Levo-o ao meu rosto. Isso deve ter custado uma fortuna. Sei que ela tem dinheiro, mas por que gastaria comigo? Fico um pouco surpresa, e termino meu chá antes de abrir os demais. O de Kirsty é um conjunto de calendário e agenda com um cachorro igualzinho a Olly na capa. Que presente carinhoso. E o de Julie, bem, inicialmente, não tenho certeza do que se trata. É um colar, isso é óbvio. Mas há pequenos discos prateados com letras gravadas e não consigo entender o que dizem. "M-A-B-D". Precisarei perguntar a ela quando vier em casa. Também precisarei pedir que o coloque para mim. O fecho é um pouco temperamental.

Fico um pouco em choque, sentada ali rodeada de embrulhos amassados. Eu sentia que essas mulheres estavam escapando de minha vida, mas talvez seja apenas um período de adaptação. Os presentes mostram que elas ainda se importam.

Comprei para mim uma seleção de folhados dinamarqueses para o desjejum, porque venho ansiando por outro *croissant* desde aquele que Erin me deu, então separo um prato, sirvo-me de suco de laranja, sento-me à mesa de jantar e saboreio cada mordida. Mas, depois que os folhados acabam, sinto-me um pouco desesperada. Parece que há muitas horas adiante e nada para se fazer com elas. Fiquei acostumada a ter Julie aqui por algumas horas todos os dias — e muitas vezes no fim de semana também —, então raramente tenho um dia inteiro sozinha, e quando isso acontece faço questão de sair, ir ao mercado e pelo menos ver algumas pessoas. Mas nada está aberto, é claro. Sinto um pânico começar a emergir e me dou uma bronca. Ligo o televisor, algo que geralmente nunca faço tão cedo no dia, e tento me esquecer da vida com um filme infantil.

De repente, há alguém batendo à porta. Olho meu relógio. Onze e quinze. Devo ter cochilado. Quem estaria aqui agora, em pleno Natal? Levanto-me, massageio minhas costas e vou até a porta da frente, o tempo todo me perguntando quem poderia estar do outro lado. Se for Julie, interrompendo seu Natal aconchegante com Martin para ver se estou bem, vou ficar brava com ela. Mas não é. É Erin. E ela parece pequena, e seu rosto tem lágrimas escorrendo.

— Desculpe por aparecer aqui no Natal — ela diz.

— Tudo bem, não tem problema — digo. — Você quer entrar?

Ela faz que sim e entra, tirando os sapatos. Com isso, parece ainda menor. Levo-a à sala de estar. Ela nunca esteve aqui, e por um segundo não consigo entender como ela sabe onde moro, mas depois me lembro da noite em que fomos à aula de dança de Patricia: Julie me deixando aqui primeiro e Erin despedindo-se de dentro do carro.

— Posso lhe trazer algo? — pergunto, lembrando-me de ser educada. — Um chá ou café?

— Só água, por favor — ela pede. — Posso me servir, se me disser onde ficam as coisas.

— Eu sirvo — digo. — Sente-se.

Trago para ela água e alguns biscoitos que encontrei no armário. Não parece muito festivo, mas não tenho outra coisa para oferecer.

— Aconteceu alguma coisa? — pergunto, depois que ela se acomodou.

Ela bebe um pouco da água, com os olhos arregalados.

— Não consegui continuar lá — ela conta, com a voz falhando. Pega um biscoito, e me pergunto o que lhe darei se ela ficar aqui o resto do dia. — O namorado da minha irmã veio fazer uma visita. Eles tiveram um bebê e estavam fazendo piadas sobre o que fariam se ele acabasse sendo gay, e minha mãe ficou tão horrorizada. Não aguentei ficar ali.

Balanço a cabeça. Como não enxergam, essas pessoas, o que estão fazendo com ela? Como podem ser tão obtusas?

— Você disse alguma coisa? Eles sabem por que você saiu?

— Só falei que saí porque queria um pouco de ar fresco, mas não vou voltar.

Devo ficar com uma aparência de pânico, porque ela logo acrescenta:

— Não se preocupe. Encontrarei um lugar para ir, é só que eu não sabia a quem podia recorrer durante o Natal e estava perambulando, então vi a sua casa e achei que talvez não se incomodasse.

— É — digo. — Não me incomodo.

Não lhe conto que ela melhorou o meu dia infinitamente — que estava me perguntando como aguentaria o resto do dia sem nenhuma companhia —, porque minha salvação é sua tragédia. Ela está magoada e precisa ser reconfortada.

— Pode ficar aqui — falo. — Há um quarto de visitas. Não é nada de mais, mas é um lugar para onde pode vir sempre que não puder ficar em casa.

Ela olha para mim por entre os cílios grossos e úmidos.

— Obrigada.

— O único problema é que não sei o que você pode comer. Quero dizer, hoje, com as lojas fechadas. Julie comprou para mim uma refeição pronta para uma pessoa. Não tenho muito mais do que isso.

Ela faz um gesto de mão.

— Não se preocupe comigo.

Quando ela vai ao banheiro lavar o rosto, penso no que posso fazer para desviar sua mente da mágoa que está sentindo. Pergunto a Arthur, silenciosamente. O que ele diria, ou faria, se uma adolescente surgisse em casa durante o Natal? Quase rio. Isso jamais teria acontecido. De formas estranhas e misteriosas, minha vida floresceu desde sua morte. Jamais teria imaginado isso.

Não podemos ficar sentadas de frente para o televisor o dia todo. E é nesse instante que me ocorre. Um jogo. Arthur e eu tínhamos nossas fases. Passávamos meses jogando Scrabble todo dia, depois ficávamos cansados do jogo e o guardávamos. Umas semanas depois, Arthur sugeria uma partida de Cribbage ou Bridge e mergulhávamos nisso por um tempo. Abro o aparador e dou uma olhada dentro dele. Gamão, Scrabble, algumas caixas de baralho e três ou quatro quebra-cabeças de mil peças.

— O que está fazendo? — Erin pergunta.

Não a ouvi descer as escadas e tomo um susto.

— Achei que poderíamos jogar alguma coisa. Distrair a sua mente um pouco.

Estou com as costas curvadas para olhar, mas ela se agacha, como se não fosse nada. Lembro-me de quando meu corpo se movia fácil assim. De quando nada era tão difícil fisicamente. De quando meu coração era aberto e sem fissuras.

— *Scrabble?* — ela sugere. — Faz anos que não jogo.

Montamos o tabuleiro na mesa de jantar, e Erin revira os armários da cozinha e encontra achocolatado. Sabe-se lá há quanto tempo isso está ali, mas não acho que esse tipo de coisa estrague de fato; ela prepara uma xícara para cada uma de nós, e é aconchegante. Dá menos a impressão de duas pessoas unidas ao acaso no dia do ano em que se deve passar com a família e mais a de algo planejado.

— Que dupla curiosa formamos — falo. — Eu não tenho família, e você, bem...

— Não posso passar um dia inteiro com a minha.

— Sim.

É uma situação lamentável, minha família toda no cemitério e eu sentindo uma saudade terrível, e sua família viva e saudável causando-lhe tanta dor.

Olho para ela analisando suas peças, reordenando-as. Com um pouco de hesitação, ela estende o braço e forma a palavra "fraterno". Uma palavra de oito letras na primeira jogada. Nunca vou conseguir pontos suficientes. Mas não importa, pois há um sorriso saindo do canto de seus lábios, e essa é a primeira vez que o vejo hoje.

— Quais são seus planos? — pergunto, posicionando minhas letras. Uso o "o" em fraterno para compor "ondas". — Quero dizer, no longo prazo, depois do Ensino Médio.

— Faculdade — ela diz.

Como teria sido minha vida se ir à universidade fosse tão normal como é hoje, quando eu tinha a idade dela? O que eu teria estudado e o que teria feito com a formação? Na escola, sempre fui boa em História. Lembrava datas e fatos e gostava de enxergar como diferentes partes do passado se encaixavam, o que impactava o quê, como uma fileira de dominós. Tento me imaginar em uma sala de aula, ou em uma biblioteca ou museu, ou conduzindo turistas por um local de relevância histórica. Talvez eu tivesse sido boa em algumas dessas coisas, mas nunca saberei. Erin tem todo o mundo aberto para ela, portas escancaradas. Sinto um pouco de inveja, mas tento deixar esse sentimento de lado.

— Arte é a única coisa na qual sou boa.

— Parece-me que você é boa no Scrabble — afirmo, enquanto ela compõe a palavra "dogma" com a letra "g" em um espaço de pontuação tripla.

Ela ri.

— Quero trabalhar em uma galeria, como curadora. Sabe, em algum momento.

— E não fazendo a própria arte?

— Isso me parece sonhar alto demais. É tão difícil conseguir.

Sento-me, tomo um gole do meu chocolate quente, olhando-a o tempo todo. Ela está analisando as letras, concentrada, um pouco curvada. Gostaria que enxergasse o que enxergo. Uma jovem capaz de enfrentar qualquer desafio e vencer. Que poderia fazer o que decidisse. Ela ainda está no começo, e nada está fora de cogitação.

— Não recomendo limitar seus sonhos tão cedo assim — digo. — Haverá bastante tempo para isso no futuro. Por enquanto, deveria almejar o maior sonho que puder imaginar.

Ela levanta o olhar para mim e, por um minuto, nenhuma de nós diz nada.

— Amor — ela afirma, com uma tênue falha na voz. — Esse é o maior sonho. Depois, a arte.

Aquiesço, pois a entendo. De verdade. Entre todos esses rumos profissionais que não tomei nem poderia tomar, nenhum deles teria me levado a um lugar tão maravilhoso como o amor.

— Vá atrás dos dois — digo-lhe. — Sempre os dois. Depois, se precisar, pode tentar fazer concessões ou escolher um no lugar do outro. Mas, neste momento, tente conseguir tudo.

Erin me olha intensamente, e não sei, mas espero que seja uma conversa da qual ela não se esqueça, que ela pense nisso quando eu não estiver mais aqui, quando tiver construído a própria vida, mais ou menos do jeito que deseja. Espero que ela não se contente com menos do que merece.

28

Terminamos de jogar Scrabble; Erin me derrotou por mais de cem pontos, e começo a sentir um pouco de fome, quando vejo Kirsty andando pela rua com Olly. Bato na janela e aceno, ela acena em resposta. Alguns segundos depois, batidas à porta.

— Eu atendo — Erin se oferece.

Ouço as duas se apresentando no saguão.

— Estava precisando sair de casa — Kirsty diz, vindo à sala de estar. — Olá, Mabel, feliz Natal. Espero que tenha recebido meu presente.

O clima da sala muda com sua chegada, e olho para além dela, para Olly, esperando para ver se ele irá me cumprimentar. Não cumprimenta. Só fareja por um tempo, como se tentasse se lembrar por que essa casa é familiar.

— Recebi, obrigada. Não sei como achou um cachorro tão parecido com o Olly.

Kirsty curva-se de tanto rir, com seu cabelo perfeito caindo para a frente.

— Mabel, é o Olly! Fizemos um ensaio fotográfico, não é, Oliver? E tínhamos fotos para colocar em tudo quanto é coisa: canecas, calendários, uma toalha de mesa. Ben adorou. — Ela se agacha, pega as patas dianteiras de Olly e dá um abraço desajeitado nele. Ele a faz feliz, creio eu. E vice-versa. O pelo dele parece até brilhar de tão saudável.

Pego a agenda e o calendário que ela me deu e os folheio. E de fato: há fotos de Olly em diferentes cenários e usando roupas engraçadas. Em outubro, há um Olly fantasma. Em junho, um girassol.

— Esse é um dos presentes mais adoráveis que já ganhei — afirmo.

E Kirsty ri de novo, colocando sua mão sobre a minha.

— E o que aconteceu em casa? — pergunto.

Kirsty revira os olhos.

— É a família do Ben — ela conta, em seguida virando-se para Erin para explicar. — É o meu parceiro. Estão todos lá, tanto os irmãos como as namoradas entediantes. Um é vegano e o outro não gosta de batata assada, então era "você se incomoda de fazer purê, Kirsty?" pra cá, "você tem algum substituto de leite, Kirsty?" pra lá; Ben e o pai estavam ocupados se embebedando e a mãe dele estava estimulando Dotty demais, se recusando a deixar que eu a colocasse para cochilar, tudo isso enquanto eu estava na cozinha correndo de um lado para outro como uma galinha decapitada, ou um peru decapitado, e aí o irmão do Ben aparece e pergunta que sobremesa tínhamos sem creme de leite, e não aguentei mais.

— O que você fez? — Erin perguntou.

— Só fui embora. Se tivesse ficado, teria colocado creme de leite nos sapatos deles ou cortado as mangas do casaco, ou algo assim. O peru estava pronto e só falei para Ben servi-lo; disse que ia passear com Olly, que não estava com fome e que não deveria voltar tão cedo.

Há um silêncio por um minuto, e em seguida ela começa a rir, e ao levantar a cabeça vejo que Erin também está rindo; nisso libero algo dentro de mim e junto-me aos risos. A sensação é boa, libertadora.

— Também abandonei minha família no Natal — Erin conta.

E isso é gentil da parte dela, é como uma oferenda.

— Por quê? — Kirsty pergunta.

— Homofobia — Erin fala, sem cerimônias, e o riso some da sala tão rápido quanto veio.

— Ah, sinto muito — Kirsty diz. — E você é...

— Lésbica. Sim.

— Que saco.

— Por sorte, Mabel me recebeu de braços abertos e com um tabuleiro de Scrabble.

— Ah, sou péssima nesse jogo. Vocês já comeram?

— Não — informo —, tenho uma refeição para uma pessoa e mais nada na geladeira. E as lojas estão fechadas — acrescento, embora não precisasse.

Kirsty franze o nariz e depois seu rosto se ilumina.

— Eu passo de volta em casa — ela diz. — Eles sempre dão uma caminhada após o almoço e tem comida suficiente para alimentar umas cinquenta pessoas. Trago um pouco para cá.

Então é assim que nós três acabamos sentadas à minha mesa de jantar com peru, batatas assadas, recheio e todos os complementos. Ela nos trouxe até umas garrafas de *prosecco* e um pudim de sobremesa.

— Eu temia por esse dia — digo, erguendo minha taça.

— Eu também — Kirsty diz.

— E eu também — Erin concorda.

— Por que nos sujeitamos a isso? Todo esse estresse e preocupação por causa de um dia?

— É tão ridículo — Kirsty pontua. — Passei a manhã inteira na cozinha, nem vi a minha filha, sendo que é o primeiro Natal dela.

Ela parece lacrimejar um pouco ao dizer isso, e sei que logo voltará para casa, fará as pazes com Ben e colocará a bebê para dormir. Mas tudo bem. É o que ela deveria fazer. Por ora, ela está aqui, e mudou meu dia para melhor.

— Pelo menos você pôde comer a comida que preparou — Erin diz. — E que está deliciosa, aliás.

Kirsty fica um pouco enrubescida.

— Este, só neste momento, não a parte da manhã, é o melhor Natal que tive em muito tempo — ela afirma.

Espero que Arthur não me julgue agora, porque concordo com ela.

Quando o telefone toca, vou à sala de estar para atender.

— Alô?

— Alô, Mabel, é a Julie. Feliz Natal.

— Ah, feliz Natal, Julie.

— Liguei para dar uma conferida em você, ver se está tudo bem com seu...

Ela para de falar, e sei que ela ouviu as risadas altas no fundo.

— Você está com a TV ligada, Mabel?

— Não, é que... tenho visita.

— Quem?

— Erin, minha amiga do supermercado que foi à aula da Patricia conosco aquela vez, e Kirsty.

— Estou indo para aí — ela fala, e desliga.

Kirsty e Erin riem quando conto sobre a conversa.

— Ela está vindo porque está brava com a gente ou porque quer participar? — Kirsty pergunta.

Dou de ombros. Imagino que seja o segundo caso. Embora espero que isso não signifique que o Natal com Martin não esteja correndo bem. Ela chega em casa dez minutos depois.

— Martin está dormindo no sofá, e eu estava comendo boa parte de uma lata de bombons. Me pareceu que aqui estava mais divertido — ela fala, indo até a sala de estar, onde Erin e Kirsty estão rindo de uma conversa relacionada a sapatos que deixei de acompanhar há uns dez minutos. Julie está ressentida. Como se a tivéssemos deixado de fora de propósito.

— O Olly voltou! — Julie exclama, agachando-se para acariciá-lo. Ele rosna.

— Não, não voltou, só está de visita, com a Kirsty — digo. — Sente-se. Quer uma taça de *prosecco*?

— *Prosecco*, é? Você pode tomar álcool com os seus remédios?

— É Natal — falo. — E só tomei uma taça. Essas duas beberam um pouco mais, como você deve notar.

Kirsty está sorrindo, mais relaxada e feliz do que já a vi. E a preocupação que envolvia Erin quando ela chegou desapareceu, pelo menos por enquanto. Agora só preciso acalmar Julie. Vou até a cozinha e ela vem junto.

— Há algo errado? — pergunto.

Ela dá um suspiro alto e profundo.

— É o Martin. Eu gostaria que hoje fosse muito especial, mas parece que já voltamos aos hábitos antigos. O que basicamente significa que faço toda a comida e limpeza e ele ronca no sofá. Achei que tivéssemos aprendido algo com a separação. Mas em vez disso estamos apenas fingindo que ele nunca me trocou por outra e voltamos às coisas como eram. E descobri, enquanto ele esteve fora, que eu não estava feliz com o modo como as coisas eram.

Sirvo a bebida e lhe entrego, olhando as bolhinhas subirem até o alto da taça e estourarem.

— Você tem que falar isso a ele — digo.

Quem sou eu para falar? Por todos esses anos quis contar a Arthur como eu me sentia de fato. Por todos esses anos fiquei com as palavras presas em minha garganta. E agora ele está morto e ainda não sou sincera por completo.

— Não sei o que dizer.

— Diga a ele o que acabou de me dizer. Diga a verdade.

Ela aquiesce, e fica sombria.

— Não vai falar nada, não é?

— Tenho medo — ela diz. — Tenho medo de que ele vá embora de novo se eu dificultar demais.

Não sei o que dizer em resposta. Voltamos à sala de estar e me sento em minha poltrona enquanto Julie divide o sofá com Kirsty e Erin. Pego a caixa com o seu presente e me viro para ela.

— Obrigada por isso, mas não entendi o que diz.

Julie o pega para mim e segura as letras, uma de cada vez.

— M de Mabel, A de Arthur, B de Bill e D de Dot.

É claro. Como não enxerguei antes? Pego-o novamente e o contemplo.

— Obrigada, é maravilhoso.

Ela se posiciona atrás de mim e me ajuda a fechar o colar. Em seguida, seu telefone celular toca; ela olha para a tela e diz que é Patricia.

— Feliz Natal, Patty. Ah, certo. Sim, claro. É só que estou na casa da Mabel. A Kirsty também está aqui, e a Erin. É uma longa história. Quer vir para cá? — Ela olha para mim para pedir aprovação e faço que sim, embora esteja começando a me sentir exausta. Penso em mais cedo, quando não sabia como iria suportar o dia inteiro sozinha, e me lembro de ser grata por ter tanta companhia. — Sim, ótimo, Patty, nos vemos em alguns minutos.

Todas nos viramos para olhar Julie, esperando que ela nos dê os detalhes antes que Patricia chegue.

— Uma briga das grandes com a filha — ela conta, usando as mãos para expressar o tamanho da briga. — Sobre o tal do Geoff. Sarah acha que Patty teve algo a ver com a separação dos dois, ou algo assim.

Penso na mensagem de texto que enviei, penso em meu telefone celular, escondido em uma gaveta. Ninguém pensaria em olhá-lo, pensaria? Julie levanta-se para abrir a porta quando Patricia chega, e tanto Erin como Kirsty acomodam-se no chão, quase como se tivessem combinado, para que Patricia tenha onde se sentar.

— Podemos pegar algumas cadeiras nos fundos — aviso, mas Erin diz que está bem no chão e Kirsty parece confortável. — Bem — digo —, esse não é o dia que eu esperava ter.

— Conte-nos qual foi o seu Natal mais feliz — Julie pede com os olhos um pouco turvos. Será que o *prosecco* já fez efeito?

Mergulho em minhas memórias, nos anos que Arthur e eu passamos só nós dois, e nos que passamos com nossos pais, nos primeiros anos. Há alguns que se destacam, como o ano em que nevou bem no Natal, e Arthur e eu caminhamos pela cidade enquanto a neve caía e as luzes piscavam, e parecia que estávamos em um conto de fadas, ou aquele no qual ele disse que cuidaria da ceia e se esqueceu de ligar o forno, então acabamos jantando um prato de legumes e comemos sanduíches de peru nos dias seguintes. Mas vou além, para a minha adolescência, para a minha infância.

— Eu tinha oito ou nove anos — começo. — Meu pai tinha acabado de voltar da guerra. Eu mal o conhecia, mas via como minha mãe estava feliz com seu retorno. Ela conseguiu juntar comida suficiente para uma ceia de Natal, de algum modo, e Bill me deu uma cópia de *Mulherzinhas*. Senti que eu era a menina mais sortuda do mundo. Minha família enfim reunida. Era como mágica.

Volto àquele Natal por alguns momentos e, quando retorno ao presente, percebo que todas estão em silêncio.

— Não sabemos a sorte que temos, não é? — Julie comenta.

Balanço a cabeça. Não é bem isso. Toda geração tem as próprias batalhas, as próprias dificuldades. Não tínhamos muito antigamente, em termos materiais, mas também havia bem menos coisas com que se preocupar. O mundo não era complicado como é hoje. Mas não sei as palavras certas para expressar tudo isso, então não falo nada.

Só ficamos todas juntas assim por cerca de uma hora. Pouco depois, Martin envia uma mensagem a Julie para perguntar aonde ela foi.

— Deve estar com fome de novo — ela fala, revirando os olhos. Mas se prepara para ir embora mesmo assim.

— É melhor eu também ir pro meu puxão de orelha — Kirsty diz, levantando-se do chão e se alongando.

— Eu também. — Patricia não disse muito sobre a discussão, mas sei que ela ficará arrasada por algo ter arruinado seu Natal com as meninas, e sei que, pelo menos em parte, sou responsável por isso. Achei que depois que elas voltassem tudo se resolveria, mas talvez tenha sido ingenuidade minha.

Só sobramos Erin e eu, e começamos outra partida de Scrabble, mas nenhuma de nós está muito empenhada; antes de o jogo terminar, digo a ela que preciso ir para a cama.

Ela guarda o jogo direitinho e depois pergunta se pode ficar.

— Ficaria ofendida se não ficasse, a esta altura — falo.

Subimos as escadas e pego para ela uma toalha do armário aquecido e uma escova nova do armário sob a pia.

— Não imagino que queira uma das minhas camisolas, não é?

— Durmo com as minhas roupas de baixo. Amanhã decido o que farei.

Ela vem até mim e me envolve em seus braços, apertando-me com força; eu não esperava isso, e fico sem fôlego.

— Obrigada, Mabel — ela agradece.

Em seguida, recua, vai para o quarto de visitas e me deixa ali parada ao fim da escadaria, ainda sentindo o calor de seu corpo.

29

Alguns dias depois, Julie está em meu sofá, mexendo no telefone.

— Por que ela tinha que se casar com alguém chamado Black? — ela pergunta. — Tem centenas de mulheres chamadas Dorothy Black. Como você disse que o marido se chama?

— Thomas — respondo.

Ela nem tenta conferir. Nós duas sabemos que serão páginas e mais páginas de resultados para Thomas Black.

— E os filhos?

Relembro a conversa que tive com Cathy. Por um instante, acho que precisarei pegar meu caderno, mas então me lembro.

— John e William.

É só aí que me dou conta. William. Bill. Será que ela escolheu para o filho o nome de seu primeiro amor? E, se for esse o caso, será que o marido sabe? Sinto lágrimas em meus olhos diante da ideia de Bill seguir vivo assim, de certo modo. Se foi uma homenagem, é um gesto lindo.

— O que foi? — Julie pergunta.

— Nada. Só estava... me lembrando de algo.

Arranjo algumas tarefas para Julie fazer e, quando ela está no andar de cima, acomodo-me em minha poltrona e tento imaginar Dot como mãe de família. Talvez cozinhando enquanto os meninos brincam no quintal, ou talvez ajudando os dois com a lição de casa, ou vendo o marido ensinar um deles a jogar bola. Consigo imaginar? Acho que sim. Quanto mais tento, mais enxergo.

Pergunto-me o que Arthur e eu estávamos fazendo no dia em que ela subiu no altar. Se foi um dia em que saímos para caminhar ou almoçar, ou um dia que passamos à toa no jardim. Uma parte pequena e tola dentro de mim sente que eu deveria saber. Que onde quer que estivesse e o que quer que estivesse fazendo, quando ela disse "aceito", eu deveria ter sentido. Mas isso é ridículo, e não vou dar espaço para esse pensamento se proliferar.

— Você acha que devemos desistir? — pergunto.

Julie olha para mim como se eu tivesse sugerido algo completamente absurdo, como aprender esqui aquático ou pular de um avião.

— Desistir? Não, Mabel. Não vamos desistir.

— Mas você disse que há centenas de mulheres com esse nome.

— Sim, disse. E significa que não será fácil, mas não que iremos desistir. Muitas coisas não são fáceis, Mabel. Você com certeza tem idade para saber disso.

Tenho mesmo. Na minha experiência, pouquíssimas coisas são fáceis. Mas às vezes penso em como seria se eu nunca tivesse começado essa busca. Se tivesse apenas me concentrado nessas novas amizades que surgiram, nessa nova vida que essas mulheres me deram, em vez de buscar a mulher que me deu vida no passado. As coisas mudam ao longo dos anos, e é possível que Dot não seja hoje a mulher que eu conhecia. Não posso simplesmente aproveitar a companhia dessas mulheres que tenho comigo, neste momento? Por que isso não basta?

Você sabe por quê, digo a mim mesma.

Uma porta se abre no andar de cima e Julie põe a mão no peito.

— Tem alguém em casa?

— Sim, a Erin está aqui.

— Ah. Ela... mora aqui agora?

Não sei como responder. Erin aparece, com um pijama de lã xadrez, e dá um aceno de bom-dia antes de ir à cozinha fazer um chá.

— Ela está ficando aqui — explico. — Não sei bem por quanto tempo.

— E a família dela sabe onde ela está?

— Sabe — Erin diz, aparecendo no vão da porta. — Vocês querem uma xícara de chá ou café?

— Chá, por favor — peço. — E faça para a Julie também. Ela merece uma pausa.

— Estou aqui faz só vinte minutos!

— Mesmo assim.

Julie sussurra para mim na sala de estar enquanto Erin prepara as bebidas:

— Só quero ter certeza de que ela não está se aproveitando de você, só isso.

— Não está — digo. Não subo o tom, mas falo com firmeza mesmo assim.

— Quero dizer, você não a conhece há tanto tempo.

— Eu também não conheço você há muito tempo.

Ela não sabe o que dizer em resposta, e em seguida Erin reaparece com as bebidas.

— Escute — ela diz, colocando uma caneca no peitoril para mim e a outra na mesa de centro para Julie. Ela acertou a intensidade do chá, como sempre. — Sei que está preocupada com Mabel, que está sendo uma boa amiga para ela. Eu não me mudei para cá. Só precisava de distância dos meus pais por uns dias e Mabel teve a gentileza de me oferecer um quarto. Não vou ficar por muito mais tempo.

Ouvir isso é como levar um murro. Só faz alguns dias, mas fiquei tão acostumada a ter alguém em casa de novo. Ela acorda tarde, então não tomamos o desjejum juntas, mas ela costuma me trazer um chá e conversa comigo. Me conta o que tem feito na escola e quais são seus planos para a faculdade. Às vezes ela me desenha, retratos meus sentada na poltrona olhando para o lado de fora. E, mesmo quando está em seu quarto, escutando música ou fazendo algo no telefone, é reconfortante saber que há alguém aqui. Não admiti isso para mim mesma, mas estava com esperanças de que ela ficasse aqui.

— Está pensando em voltar para sua casa? — pergunto, tentando manter a voz normal.

— Preciso voltar, né? — ela responde.

Não, penso. *Você não precisa morar com pessoas que não a amam como você é. Pode ficar aqui, comigo, e eu te amarei.* Mas não posso falar isso em voz alta. Como Julie diz, não a conheço há tanto tempo.

— Como eles reagiram à sua saída? — Julie pergunta.

Erin dá de ombros.

— Acho que não entendem. Acham que são meus hormônios e que estou sendo exagerada. Eles nunca olharam para dentro de si mesmos e se perguntaram se fizeram algo de errado.

— As pessoas são assim — afirmo, e Julie e Erin viram-se para mim. — Quero dizer, no geral, são tão ruins em reconhecer os próprios defeitos, não são?

— Talvez — Erin diz.

Ficamos quietas por um minuto.

— Algum plano para o *réveillon*? — Julie pergunta.

Espero Erin responder. Pretendia lhe perguntar, porque gostaria de passar a noite em sua companhia, e queria dar um pouco de dinheiro para ela e pedir que comprasse fogos de artifício para nós. Sempre gostei do efeito deles, do espetáculo, mas Olly ficava aterrorizado, então faz alguns anos que não vejo nenhum de perto. Mas tenho certeza de que ela terá outros planos.

— Acho que vou com o pessoal da escola para o Carpenters — Erin conta. Seu tom de voz não tem muito entusiasmo.

— E você? — pergunto. — Algum plano com Martin?

Ela faz uma cara feia.

— Ele vai ver o amigo dele, o Jamie. Diz que está combinado faz meses.

Ela acredita nisso? Será que há uma parte dela que pensa que talvez ele esteja indo ver a outra mulher, a tal de Estelle, e essa história com o Jamie é uma invenção? Não quero sugerir a ideia, porque, se ela confia nele, é o que importa.

— E você vai ficar sozinha? — pergunto.

— Ah, sim, mas festas de Ano-Novo nunca foram do meu gosto. Provavelmente vou estar confortável na minha cama com uma caneca de chocolate quente às dez e meia.

Quero convidá-la para vir para cá, mas de repente sinto-me tola. Será que estou tratando essas amizades como algo além do que são? Será que corro o risco de ser aquela senhorinha insistente que não deixa os outros em paz? Fico quieta, penso nela e em mim em nossas casas separadas, as duas passando a última noite do ano sozinhas, e parece uma pena. Um silêncio paira na sala, um silêncio confortável.

— Bem, é melhor eu ir me arrumar — Erin fala depois de um tempo. Ela pega as canecas e as leva para a cozinha.

— Não precisa se preocupar com ela — afirmo a Julie, depois que Erin está no andar de cima. — Quero dizer, comigo. Ela é uma boa moça. Só está um pouco perdida, nada mais.

— É muita gentileza sua acolhê-la — Julie diz. — Só se lembre de tomar conta de si mesma enquanto cuida dela; é tudo o que peço.

Depois, levanta-se e arranja mais alguma coisa para fazer, e sou deixada com meus pensamentos. Essa situação com Erin teria ocorrido se Arthur ainda estivesse vivo? Não consigo imaginá-la vindo ficar aqui com nós dois. Por outro lado, também não imagino conhecê-la naqueles tempos. Lembro a nossa primeira interação, quando escondi o pote de *piccalilli* na bolsa, a complacência em seus olhos quando levantei a cabeça e notei que ela tinha me visto. A Mabel de antes nunca teria feito isso. Então, quem exatamente é esta nova Mabel? Uma mulher que rouba, que faz amizade com adolescentes, que interfere na vida das novas amigas numa tentativa de levar felicidade a elas? É uma pessoa que tenho orgulho de ser? Não necessariamente. Mas ela está no caminho, creio eu. Está quase lá.

Há uma batida seca à porta e Julie diz que vai atender, por isso não saio do meu assento.

— Entre — ouço-a dizer. — Você está bem? Não, você fez bem em me procurar aqui. O que foi?

Elas vêm para a sala e sei que é Patricia sem nem mover os olhos, porque sinto o cheiro do perfume que ela usa, um aroma de sol de praia. Ela está em prantos.

— Ela está furiosa — diz. — Tem certeza de que fiz alguma coisa.

— Fez o quê? — Julie pergunta.

Devem estar falando de Sarah.

— Ela recebeu uma mensagem de texto dizendo que Geoff tinha outra mulher. Foi o que a fez voltar para cá. Mas agora os dois andaram conversando e ele jura que não é verdade, e Sarah diz que não quer acreditar que eu faria isso, mas não consegue pensar em mais ninguém que tivesse um motivo. Um motivo! É como se ela estivesse investigando um crime.

— Mas é ridículo — Julie diz. — Você jamais faria uma coisa dessas.

— Aí é que está — Patricia explica. — Eu queria muito que voltassem. Não fiz isso, mas talvez *teria* feito algo assim, se tivesse tido a ideia.

— Isso não vem ao caso. Você não fez nada, e ela está acusando você, então ela precisa tomar juízo. Quer que eu fale com ela? — Julie pergunta.

Imagino Julie intervindo na questão, e sei que não posso permitir que isso aconteça.

— Eu que mandei a mensagem — conto.

As duas viram-se para mim, como se tivessem esquecido que eu estava aqui.

— Você, Mabel? — Patricia indaga. — Mas por que faria uma coisa dessas?

Fico olhando para o tapete, pois não consigo encarar a expressão no rosto de Julie. Pura decepção. Incredulidade.

— Eu queria que você fosse feliz — digo, um pouco hesitante. — Queria ajudar. Vocês duas me ajudaram tanto, e eu queria fazer algo para retribuir.

— Mas você sem dúvida deve ter pensado em como isso daria errado, que a verdade viria à tona — Patricia afirma, e sua voz fica mais suave.

Eu pensei? Ou não pensei em nada além da parte em que Sarah pensaria que Geoff a havia traído e voltaria para casa?

— Isso me surpreende, Mabel — Julie diz. — Primeiro os pais da Kirsty, e agora isto. O que você fez para interferir na minha vida?

É uma piada, mas acho que, se vou admitir o que fiz, é melhor contar tudo de uma vez.

— Bem, eu sabia que Martin iria ao Carpenters na noite em que saímos — conto.

Levanto a cabeça e o rosto dela está em puro choque. Ela não achou que eu fosse capaz disso, que eu pudesse fazer coisas assim acontecerem. E não a julgo, porque eu também não achava.

— Como? — ela pergunta.

— Cruzei com ele na rua, eu o ouvi combinando de sair com o amigo. Mas não importa, não é? Eu me intrometi em tudo e só piorei as coisas. — Pergunto-me se elas ouviram a leve falha em minha voz.

— Não no meu caso — Julie diz.

Não tenho tanta certeza quanto a isso. A reconciliação dela com Martin não foi o sucesso que imaginei inicialmente. Primeiro, porque Martin não parece estar arrependido; e, segundo, porque ainda há muita tristeza no rosto de Julie.

— Você acha que tenho como consertar isso? — pergunto, olhando para Patricia.

Ela sorri, e sei que já está começando a me perdoar. Ela é esse tipo de pessoa.

— Acho que você pode tentar — ela diz.

30

— Então foi o que aconteceu. E agora estou envergonhada e arrependida. Desculpe.

Estou praticando bastante esse negócio de pedir desculpas. Arthur teria achado tudo hilário.

Sarah olha para mim, com o olhar firme. Estamos na cozinha de Patricia, que por sua vez está na sala de estar com as meninas, com a televisão ligada. As três, Sarah e as filhas, herdaram de Patricia a altura e os grandes olhos azuis, mas cada uma à própria maneira. Sarah é um pouco curvada, como alguém que sempre desejou ser mais baixa. Sasha, a menina mais velha, parece de outro mundo, e Iris, a menor, parece que está sempre um pouco surpresa.

— Você brincou com a vida dos outros — ela diz.

Engraçado, ela tem um leve sotaque americano, apesar de nunca ter morado lá. É a marca da mãe em sua vida, penso.

— Eu sei. É que você e Geoff não eram pessoas de verdade para mim. Apenas pensei na Patricia e no que seria melhor para ela. Sei que pensei errado.

Ela parece perplexa.

— Mas por que achou que nos trazer de volta para cá seria o melhor para a minha mãe? Eu sei que ela sentia saudade, mas sempre tive a impressão de que ela estava contente de ter a casa só para ela de novo.

— Não — explico, balançando a cabeça. Disso tenho certeza. — Não, ela estava solitária.

E é então que me ocorre que há outros tipos de cura para a solidão além de trazer de volta a pessoa que se ausentou. Eu estava solitária sem Arthur, e Patricia estava solitária sem Sarah e suas filhas, mas isso não significa que precisamos que essas pessoas voltem. É impossível no meu caso. E desaconselhável no caso dela, descobri. Há outros caminhos para se livrar da solidão. Podemos nos ajudar a encontrá-los. Minha mente se detém em Julie. Ela também estava solitária. Será que voltar com Martin foi o caminho certo? Já não tenho mais tanta certeza.

— Nós a visitaremos com mais frequência — Sarah diz. — E ligaremos. Farei as meninas mandarem mensagens de vídeo.

— Ela gostará disso. Então vocês vão voltar de fato?

Ela faz que sim com a cabeça.

— Tenho que dar uma chance. Geoff é um bom homem. Minha mãe nunca teve alguém e não quero cometer o mesmo erro.

É sempre um erro viver a vida sem um parceiro? Penso em mim e Arthur, em Bill e Dot, em Julie e Martin, em Erin e Hannah. E depois paro de pensar e simplesmente aceito que, neste momento, é a coisa certa para ela. Patricia terá o coração partido mais uma vez, e a culpa será minha. Tenho que assumir isso e fazer tudo o que puder para curar sua ferida.

Despeço-me e vou até a porta da frente. Sarah vem comigo.

— Tchau, Patricia — digo.

— Por que você fala "Patricia"? — Sarah pergunta. — Ninguém a chama por esse nome.

É verdade. Patricia vem até o saguão.

— Você está bem, Mabel?

Ela é uma mulher gentil. Sou eu quem está errada. É indiscutível. Mas ela está preocupada comigo mesmo assim.

— Sim — respondo. — E você?

Ela olha para a filha e tenho a impressão de ver seu lábio tremer um pouco.

— Vou ficar bem.

Sarah levanta o braço e o coloca em volta da mãe, e fica claro que há uma conexão ali que pode sofrer tensão pela distância, mas que nunca irá se romper. A família é para a vida toda. Para sempre.

— Obrigada, Sarah, por me ouvir — digo. — E obrigada, Patty, por me dar a chance de me explicar.

Ela parece surpresa que eu tenha usado a versão curta de seu nome, mas não tece nenhum comentário.

— Nós nos vemos em breve, Mabel.

— Tenho certeza de que sim.

No caminho de volta para casa, faço um leve desvio, dizendo a mim mesma que preciso de algumas coisas do mercado. Eu poderia mandar uma mensagem para Erin e pedir que ela trouxesse algo de lá, mas ainda não quero ir para casa, essa é a verdade. Estou começando a gostar de sair, com todas as implicações. Encontrar com pessoas, conversar. Vou ao cemitério. Não há ninguém por perto, então sento-me ao banco.

— Você não vai acreditar no que está acontecendo — digo. É o túmulo de Arthur o primeiro que visito hoje. — Fiz uma amiga, Erin, e ela está morando no nosso quarto de visitas. Ela tem dezessete anos. É inteligente, engraçada e um pouco perdida, e fez tanta diferença para mim. Bem, ela e Julie, a cuidadora que você contratou, e mais algumas pessoas. Eu não percebia quanto eu era fechada, quanto estávamos isolados, até você partir e eu ficar por conta própria. — Paro por um minuto antes de prosseguir. — Sei que o limitei às vezes. E peço desculpas por isso. Ah, e agora sei como pedir desculpas. Antes tarde do que nunca, não é?

É quando converso com Arthur, ultimamente, que reconheço as mudanças em mim. Sou outra pessoa. E ele sempre será o mesmo. Eu tinha tanta certeza de que era tarde demais para mudar, mas estava errada. Só é tarde demais quando você está morta e sepultada. A Mabel que sou hoje é mais parecida com a Mabel que ele conheceu primeiro do que aquela com a qual foi casado por tantos anos. Antes de Bill morrer, antes de Dot partir, eu era tão mais despreocupada.

Uma vez, fomos ao cinema, nós quatro. Bill e Arthur queriam ver um faroeste que havia acabado de entrar em cartaz, e Dot e eu não protestamos porque não havia nada em particular que quiséssemos ver. Dot estava se sentindo inquieta; disse que não estava a fim de ficar sentada no escuro a noite toda depois de ficar presa no trabalho o dia inteiro, mas os ingressos já tinham sido comprados e não desperdiçávamos dinheiro, por isso fomos. Decidir onde cada um iria se sentar era sempre uma operação delicada, e lembro que naquela noite Dot foi direto para o assento ao lado de Arthur, e Bill ficou na extremidade oposta a mim, aborrecido. Estava chovendo, e tínhamos corrido para entrar no cinema, chacoalhando os guarda-chuvas com os corpos protegidos do lado de dentro. Quando nos sentamos, virei-me para olhar para Dot e ela tinha gotas de chuva nos cílios. Ela removeu-as piscando os olhos e sorriu para mim, aproximando-se para sussurrar a respeito de uma festa à qual deveríamos ter ido.

A Emily, do trabalho, está recebendo gente na casa dela, ela disse.

Mas não nos convidou.

Dot deu de ombros, como se uma coisa dessas não importasse nem um pouco, e sussurrou que, se o filme fosse entediante, deveríamos sair no intervalo e ir à casa de Emily.

Não assisti ao filme. Perdi o começo e não consegui acompanhar pelo contexto, além de não estar particularmente interessada em tentar entender. Havia um assalto a um trem, uma troca de tiros sobre cavalos e era entediante. Fiquei pensando na festa de Emily, em estar lá em vez de onde estava, porque o hálito quente de Dot em minha orelha despertou algo em mim. Eu queria dançar.

No intervalo, Dot e eu fomos ao toalete para retocarmos nossa maquiagem.

Mas que tédio, ela soltou, apoiando-se na pia. *Poderíamos ir. Não poderíamos?*

Eu queria, mas tinha uma sensação de dever, de obrigação. Tínhamos concordado com o cinema, e deixado que Bill e Arthur pagassem pelos ingressos. E eu estava atada aos dois homens, dei-me conta, ao passo que Dot só estava atada — se é que estava — a Bill.

Você o ama?, perguntei. *Bill?*

Perguntei isso algumas vezes, e Dot nunca deu uma resposta clara.

O que isso tem a ver?, ela questionou. *Vamos, Mabel, vamos fazer algo emocionante, pra variar.*

Que tipo de festa é?, perguntei.

Estamos olhando uma para a outra pelo espelho em vez de diretamente, o que parecia estranho, como se não estivesse ao lado dela, com nossos braços quase se tocando. Ela passou pó na testa e revirou os olhos.

É uma festa, Mabel. Você sabe como festas são. Bebidas, dança, diversão generalizada.

Mas não estamos com roupa para isso.

Eu tinha uma longa lista de desculpas, e Dot sabia.

Bem, eu vou, ela afirmou.

Fiquei boquiaberta.

Agora? É sério?

Sério, ela respondeu.

Quando saímos do toalete, não havia ninguém no saguão. Bill e Arthur deviam ter voltado aos seus assentos.

Diga a eles que tive dor de barriga ou coisa assim, Dot disse.

Olhei para ela. Não queria voltar para a sala e assistir à segunda metade de um filme que eu não estava acompanhando. Queria sair com ela, pela noite, rumo a uma aventura. Meu eu era capaz daquilo?

Também vou, falei.

Será que ela sempre soube que eu iria? Dot era muito persuasiva. Ela estendeu a mão e eu dei a minha, e abrimos as portas pesadas, aos risinhos. Haveria explicações e pedidos de desculpas depois, eu sabia. Bill estaria me esperando quando eu chegasse em casa, e seu rosto se pareceria com nuvens carregadas. Mas isso ficaria para depois; naquele momento, eu e Dot iríamos a uma festa, faríamos algo que não deveríamos, agindo de forma desvairada e livre como só os jovens são capazes.

Não lembro de muitas coisas da festa, só que Dot bebeu vinho demais e passou mal ao voltar para casa, e que Emily ficou surpresa em nos ver, mas nos recebeu mesmo assim, e que rimos e conversamos muito e foi mais divertido do que o filme. Tanto Arthur como Bill estavam na cozinha quando cheguei em casa, com meus ouvidos zunindo por causa da música e andando a passos leves. Eles ficaram preocupados, saíram do cinema depois que não voltamos e passaram o resto da noite nos procurando. O brilho da noite desapareceu num instante.

Foi insensato da nossa parte, falei.

Bill parecia furioso, mas Arthur tinha um leve sorriso. E eu soube, naquele momento, que esse espírito aventureiro que Dot me despertava era parte do que ele gostava em mim. Ele ainda não sabia, assim como eu, que isso ia desaparecer com ela, e que ele passaria a vida casado com uma mulher que não corria riscos.

— Deveríamos ter tido mais aventuras, a verdade é essa — digo.

E imagino Arthur sentado no banco ao meu lado, concordando com a cabeça. Levanto-me e vou para onde minha família jaz.

— Estou chegando mais perto de encontrá-la. A Dot.

Por que guardei isso para eles e não contei a Arthur? Será que temo sua reprovação, mesmo agora?

— Mas está mais difícil do que eu pensava. Não consigo imaginar uma pessoa como Dot desaparecer. Ela era tão grande, não é mesmo? Uma personalidade tão expansiva. Achei que ia ser fácil encontrá-la. Acho que acreditei, todos esses anos, que, quando e se eu decidisse procurá-la, seria simples.

Mais tarde, estou na cama, começando a cair no sono e ficando completamente desperta num instante. Lembro do rosto de Bill naquela noite, de sua fúria diante da traição cometida por nós duas. Em todos esses anos, pensei nele bravo comigo, mas e quanto a Dot? Se ele não suportava que ela desaparecesse ou fizesse uma travessura, não era o homem certo para ela. Se ele tivesse continuado vivo e os dois se casassem, com certeza não teria dado certo. Por algum motivo, nunca considerei isso, então analiso a ideia, repetindo-a em voz alta no quarto vazio.

— Não teria dado certo.

Isso muda tudo.

31

— Se não estiver dando certo… — digo.

Não sei como terminar a frase, por isso deixo-a em aberto. É óbvio o que quero dizer.

— Vai dar certo — Julie afirma. — Tem que dar.

Ela parece acabada. Mais velha. Lembro-me das vezes em que ela riu junto a mim e a Patricia… a Patty. O modo como todo o seu corpo ria. Faz um tempo que não vejo isso.

— Kirsty vai passar aqui em breve — digo, porque sinto que o outro assunto está morto e enterrado e não sei como revivê-lo. — Ela falou que vai trazer o Olly para uma visita.

— Ah, que bom. Me avise quando ela chegar que esquento a chaleira para vocês duas.

— E para você também — digo.

Ainda seguimos nesse embate, nesse cabo de guerra: ela querendo ser útil cada minuto que passa aqui e eu querendo que ela relaxe e converse comigo. As linhas são tênues, porque agora ela é uma amiga, tenho certeza, mas também é paga para vir aqui. Mas será que é paga mesmo? Tento determinar quanto tempo se passou. Ela apareceu em novembro, e lembro de calcular que os três meses que Arthur pagou bancariam as visitas até o final de fevereiro. Ainda temos algumas semanas.

— Bem, deixe-me tirar a sua roupa de cama e colocá-la na máquina primeiro — ela diz.

Não falo nada; deixo que ela faça isso, porque de fato gosto de me deitar em lençóis limpos. Arthur dizia que o dia de trocar a roupa de cama era o seu dia favorito da semana. Ele fazia um som ao se deitar, um suspiro de satisfação, e a única vez que suspirava assim em outra ocasião era quando comia morango. É engraçado que tipo de coisa você se lembra a respeito de alguém depois que os anos se acumulam. Consigo ouvir aquele som neste exato momento, e ao mesmo tempo sei que nunca mais irei ouvi-lo. Certa vez, ele sugeriu trocarmos a roupa de cama duas vezes por semana, mas logo o dissuadi. Era eu que lavava e secava tudo, afinal. Mas concordávamos quanto ao fato de que não há nada como mergulhar os dedos dos pés em lençóis novos e fresquinhos.

Kirsty chega com Dotty e Olly logo após Julie subir, e de repente a casa está viva, quase à beira do caos.

— Preciso trocar a fralda dela, você se incomoda? — ela indaga.

Não tenho como não atender o pedido, tenho?

— Posso ir para os fundos da casa — ela sugere. — Veja, Olly, é a Mabel!

Ela tenta estimulá-lo, mas não tem como fugir do fato de que ele olha para mim como sempre olhou: como um ligeiro incômodo, alguém que você é forçado a tolerar. Olly está bem mais feliz desde que se mudou para a casa dela, é a verdade. Ela finge que ele tem seus momentos, mas, toda vez que a visitei, ele está presente, olhando para ela e abanando o rabo. Parece gostar até da neném.

— Eu devo? Digo, ir para os fundos?

— Não, não. Pode trocá-la aqui.

Dotty está chorando, com o rosto vermelho. E vem a mim a memória de quando uma das moças da datilografia levou o seu recém-nascido e todas nós o rodeamos na pausa do chá para olhá-lo. Ele arrancou uma das próprias meias e Dot pegou-a do chão, segurou-a para me mostrar o tamanho, e depois agarrou os dedos do pé dele, fingindo que iria mordiscá-los. A mãe parecia ter se assustado, mas o bebê riu mais e mais. E então, tão rápido quanto começou, o riso sumiu, seu rosto se fechou e ele começou a berrar.

É fome?, Dot perguntou, tentando ser útil.

Isso ou é a outra ponta que precisa de atenção, disse a mãe. *É sempre um ou o outro.*

É só um comentário banal, mas que sempre me vinha à mente quando Arthur mencionava a ideia de ter filhos. Não conseguia imaginar nada pior do que ter uma criaturinha que precisa de mim, que sempre precisa ser alimentada ou limpa. Dotty me mostrou o outro lado disso, porque, na maioria das vezes que estive com ela, ela foi maravilhosa. Brincando, nos vendo conversar, balbuciando sozinha.

Mas isto, agora, este ruído é diferente. Movimento meus punhos, desconfortável. Devo oferecer ajuda? Sem dúvida Kirsty tem a situação sob controle. Ela pega uma sacola preta, desdobra-a e tira fralda, lencinhos e uma bolsa de diferentes compartimentos com zíper. Agora estende a sacola no chão e vejo que é um pequeno tapete para trocar fraldas. O que mais vão inventar? Coloca Dotty no tapete, protegendo a cabeça, e começa o processo. Quando o cheiro vem, esforço-me para conter minha reação. É horrendo, essa é a palavra. Peço licença e vou para a cozinha esquentar a água do chá. Fico em pé com as mãos nos quadris, respirando fundo.

Não, não nasci para isso. Maternidade. Não muda o fato de que Arthur teria sido um pai exemplar, no entanto. Mesmo assim, não sei o impacto que teria em uma criança um dos pais ser bom e outro ser terrível, especialmente quando a mãe que é a terrível. Mas agora sei que Dot teve filhos. Dois meninos. Encaixo essa informação nos devaneios que tenho dela, dos anos que correram depois que ela se foi. Dot trocando fraldas, levando-os para a escola e indo buscá-los, fazendo inúmeras refeições e preparando banheiras e levantando-se à noite para espantar monstros e pesadelos. Não a conheço, imagino. Ela é alguém totalmente diferente da pessoa que eu conhecia anos atrás, e o mesmo vale para mim. Mas isso não precisa ser algo ruim, precisa?

— O que está fazendo aqui?

É Julie. Não a vi chegar.

— Só estava colocando a água para esquentar — informo, pegando a chaleira e levando-a para a torneira.

— Deixe que eu faço — ela pede, tomando-a das minhas mãos. Permito, porque sinto a chaleira pesar um pouco, agora que a enchi.

— O que você fez para a Dotty chorar? — ela pergunta, sorrindo.

— Eu? Não fiz nada!

— Foi uma piada, Mabel.

— Ela está sendo trocada — respondo. — Ela estava, ela... se sujou.

— Bebês são assim — ela diz.

Pergunto-me o que ela sabe a respeito de bebês, se passou muito tempo perto de alguns. Ou se é tão despreparada quanto eu a esse respeito.

Quando voltamos à sala de estar, Dotty está vestida novamente e o saco está devidamente fechado. O cheiro persiste.

— Vocês podem ficar de olho nela enquanto levo isso lá para fora e lavo as mãos? — Kirsty pergunta, segurando o saco.

Sua voz está um pouco diferente, acho. Está menos rígida, como se o seu sotaque original — o que seus pais têm — estivesse voltando. Só um pouquinho.

— Mas é claro — Julie diz.

Ela se senta ao chão perto de Dotty, que está de quatro, balançando o corpo.

— Ela aprendeu a engatinhar? — pergunto, com um pouco de medo de que ela escape enquanto estamos responsáveis por ela.

— Ainda não. Está tentando. É provável que ande para trás antes de pegar o jeito.

Engatinhar para trás. Como ela sabe uma coisa dessas?

Ao voltar, Kirsty pega sua caneca de chá e toma um longo gole.

— Perfeito — ela diz. — Fiz três xícaras hoje de manhã e não consegui beber nenhuma.

Julie ri, mas me sinto mal por ela. Se não há tempo para tomar uma xícara de chá, o que mais Kirsty está deixando de fazer? E como ela se lembra de quem é no meio de tudo isso?

— Comecei uma aula de ioga para mães, contei para vocês?

Balançamos a cabeça.

— É terça-feira de noite. Ben chega do trabalho e saio correndo para chegar ao centro comunitário a tempo. Sempre chego estressada, com o coração disparado, e acho que estou tornando isso mais prejudicial do que benéfico. Mas é bom conhecer outras mães.

Ela olha para nós duas, pensa no que disse e leva a mão à boca.

— Não que haja algo de errado com quem não é mãe — ela emenda.

Julie faz um gesto despreocupado com a mão.

— Nós entendemos. Você precisa conhecer outras mulheres com a sua idade, especialmente outras mães.

— E como sabe tanto a respeito de bebês? — pergunto.

Julie se vira para mim.

— Eu?

— Sim. É que você não teve filhos, mas parece saber bastante do assunto.

— Ah, sabe como é, minhas amigas tiveram, e tenho uma sobrinha.

Isso é novidade. Lembro-me de como ela não quis falar de irmãos em outra ocasião.

— Uma sobrinha? Quantos anos?

Ela fica com um ar melancólico, e parece desejar engolir as palavras que disse. Ou talvez apenas aquela palavra, apenas "sobrinha".

— Vinte. Ela está na universidade agora, mas passei bastante tempo com ela quando era pequena.

Armazeno essa informação com tudo mais que sei a seu respeito. Agora não é o momento de ir mais a fundo. Julie com certeza concorda, pois logo muda de assunto.

— Como estão as coisas com seus pais, Kirsty? Você os viu desde...

Ela não precisa dizer "desde o dia da festa". Todas lembramos o que aconteceu.

— Nós nos falamos por telefone algumas vezes — Kirsty responde. — Estamos tentando encontrar algo com que possamos concordar.

É um avanço em relação à última vez que falei com ela. Indago-me se Julie notou a mudança no seu modo de falar. Perguntarei depois, quando estivermos a sós.

— Ben quer que a gente se case — ela disse. — E sempre posterguei, porque não estava pronta para apresentá-los. Ainda não estou, de certo modo. Mas em breve ficarei. Disse que talvez no ano que vem.

Julie faz um barulho parecido com um gritinho.

— Imagina a Dotty, já andando. Ela podia jogar pétalas pelo caminho ou trazer o anel para o altar.

Kirsty dá um sorriso largo.

— Preciso encontrar uma função para Olly também. Enfim, é melhor eu ir. Vou deixá-la alimentada antes da ioga hoje. Fiz uma amiga lá, chamada Estelle; ela está grávida pela primeira vez e tem milhares de perguntas para mim toda semana, desde trabalho de parto a rotinas de sono.

Ela para de falar ao ver que o rosto de Julie desmoronou. Também ouvi, o nome. Não é um nome que se ouve com frequência.

— O que foi? — Kirsty indaga.

— Você disse Estelle? — Julie pergunta, com um tom contido na voz.

— Sim. É um belo nome, não acham?

— Ela é alta, com cabelo ruivo?

— Sim! Você a conhece?

— Não, mas meu marido conhece.

Nisso, Kirsty leva a mão à boca, entendendo.

— Isso não significa que... — começo a dizer.

— Vou descobrir o que significa — Julie afirma, colocando os sapatos e saindo pela porta numa velocidade que nunca a vi ter.

— Que droga — Kirsty solta, após ela ir embora. — Não tive a intenção de...

— É claro que não teve — digo. — Como você iria saber? Além disso, não temos certeza.

— Bem, não parece nada bom, não é?

Ela tem razão, não parece nada bom. Despeço-me dela, e Olly desvia de minha mão quando tento passá-la em sua cabeça. Quando volto para o interior da casa, parece estranho o silêncio, após o movimento. Ligo o televisor para me distrair e não pensar no que está acontecendo na casa de Julie nesse momento. Espero que estejamos erradas. Mas tenho a impressão de que não estamos.

32

— A casa parece tão vazia.

Patty parece desolada, e sei que é por minha causa. Foi por isso que sugeri que eu e Julie viéssemos aqui para tentar animá-la um pouco. Assei *scones* e Julie comprou geleia e creme de nata, e estamos comendo no jardim de inverno. E deveria ser maravilhoso, mas está tudo um pouco sem graça.

— Devo perguntar como estão as coisas com Martin? — Patty indaga. — Conversei com a Kirsty ontem, ela me contou sobre a gravidez de Estelle.

Fiz a mesma pergunta hoje cedo e Julie retraiu-se em resposta, como faz agora.

— Ele afirma que não fez a vasectomia, aparentemente desistiu no último minuto. Ele também diz que não sabia da gravidez — Julie conta. — Quero dizer, quando voltou para casa. Ele falou que estava tudo acabado entre os dois e que tinha sido só um caso.

— E agora?

— Ela lhe contou há algumas semanas. Disse que vai ter o bebê com ou sem ele, e ele ainda estava tentando decidir o que fazer, e como iria me contar.

A dor está esculpida em seu rosto e imagino que ela mal dormiu. Há um momento de silêncio, depois outro. Em seguida, bipes na cozinha, a lava-roupas ou a lava-louças, e ela volta a si.

— O que vai fazer? — Patty pergunta.

— Vou falar para ele fazer a coisa certa. Voltar para Estelle, formar uma família. Sei que é o que ele quer, no fundo. Ele só é covarde.

Como deve ser doloroso, não só perdê-lo para outra mulher, mas perdê-lo para alguém capaz de dar a ele o que ela não conseguiu. Mas tenho orgulho de Julie por tomar essa decisão. Me parece que o melhor lugar para ele é lá, se Estelle vai ter esse bebê e ainda há sentimentos entre os dois. Eu estava errada. Tão errada. No caso de Julie, em arquitetar aquele encontro no bar. No caso de Patty, em trazer Sarah para cá com alegações falsas. E no caso de Kirsty, em forçar uma reunião com seus pais. Eu não teria feito mais estrago se tentasse de propósito.

— Sabe que estaremos com você, não é? — Patty afirma.

— Como assim?

— Bem, quero dizer que não tem que passar por isso sozinha, como da última vez. É só nos chamar que a ajudaremos.

— Obrigada — Julie agradece, mas isso não parece confortá-la.

Noto que Patty quer dizer algo mais, e esperamos.

— Sarah não teve pai, e acho honrável da sua parte dar a esse bebê a chance de ter o dele.

— Não sei se é honrável — Julie diz. — Só parece ser a coisa certa a se fazer. Talvez as coisas não deem certo entre os dois, não é exatamente uma base sólida para se começar uma família, mas ambos deveriam ao menos tentar, não é?

Patty e eu concordamos, e Julie pega o seu segundo *scone*. Que bom. Estava esperando alguém tomar a iniciativa.

— Falando no pai de Sarah, o pai que ela não teve — Julie começa —, andei pensando... Noel Edmonds?

Patty ri.

— Não. De jeito nenhum.

— Chris Tarrant?

— Julie, você andou pesquisando homens famosos de uma certa faixa etária?

— Talvez.

— Vamos falar de outro assunto — Patty sugere em seguida. — Vamos falar de Dot. Alguém teve uma ideia boa para a busca?

Fico tão comovida que elas ainda estejam nesta jornada comigo, que ainda se importem em encontrar minha amiga, apesar dos problemas que estão enfrentando. Já tinha lhes contado sobre a visita a Cathy Milton, mas Julie sugeriu que relembrássemos tudo o que foi dito, no caso de haver algo que tenhamos deixado passar. Então conto novamente que o nome de casada de Dot era Black, que seu marido se chamava Thomas e seus filhos eram John e William. Todos nomes comuns, especialmente quando combinados com um sobrenome comum.

— E, é claro, os pais dela ainda seriam Brightmore, mas eles devem estar… — Patty começa a dizer.

— Mortos — completo. — Bem, sabemos com certeza que a mãe faleceu, e o pai teria mais de cem anos se ainda estivesse vivo.

Ficamos sentadas em silêncio, todas pensando, e Julie ergue um dedo.

— Você mencionou um irmão! — Não sigo seu raciocínio de imediato. — Dot tinha um irmão? — ela pergunta.

— Tinha, sim. Charles.

E então entendo.

— Charles é mais novo que nós duas; talvez ainda esteja vivo. E ele ainda se chamaria Brightmore.

Julie pega seu telefone e entra no portal que vinha usando para fazer as buscas. Patty e eu só observamos seu movimento de dedos. Sinto que estamos próximas de algo.

— Dois — Julie avisa, levantando a cabeça com os olhos reluzentes. — Dois Charles Brightmore com a faixa etária certa. Um aqui em Surrey, outro na Escócia. Faz sentido começar com o de Surrey, suponho?

Concordo. Por um instante, acho que ela já conseguirá um endereço ou número de telefone, mas Julie explica que a página só diz que ele existe no mundo. Ainda precisamos encontrá-lo.

— Podemos tentar o Facebook — ela sugere.

Há um resultado para o nome, que não contém uma foto de perfil, somente a silhueta anônima. Mas Julie entra no perfil e navega por ele, segurando o telefone de modo que eu também enxergue. Não há muitas coisas, apenas cumprimentos de aniversário e artigos que ele compartilhou. Mas então ela para, porque há uma foto publicada três anos atrás, um senhor de idade e uma mulher. É ele? Eu encaro a foto, sabendo que Julie me aguarda para confirmar ou para dizer que não, que se trata de outra pessoa. Olho para a mulher. Não a conheço. Mas não a conheceria, não é mesmo, se ela fosse a esposa dele. Observo o homem, a inclinação acentuada de sua testa e o comprimento do rosto. Os olhos castanhos e o nariz robusto. Tenho uma memória de Charles aparecendo no vão da porta do quarto de Dot para dizer que o chá estava na mesa e que a mãe deles perguntou se eu tinha uma casa para onde voltar, e em seguida correndo antes que nós pudéssemos pegá-lo.

— É ele — afirmo.

Sinto-me sem ar, porque nunca havíamos chegado tão perto. Julie manda uma solicitação de amizade, e esperamos. Ela ri, e é um riso nervoso.

— Pode levar um tempo — ela diz. — Ele não parece ser um usuário ativo. Pode levar dias.

Relaxamos um pouco após ela dizer isso, porque é verdade, é improvável que descubramos qualquer coisa hoje, neste exato momento. Mas é possível. Aos poucos, começamos a falar de outras coisas, mas percebo que Julie está sempre pegando o telefone discretamente para olhá-lo.

Quando vou para casa, peço que me diga se tiver qualquer notícia.

— Mas é claro — ela diz. — Estou otimista em relação a isto, Mabel.

E eu também estou. Volto caminhando para casa leve e despreocupada. Em alguns momentos, me pego assoviando. Então, quando chego em casa, sentindo aroma de pão queimado, e vejo Erin sentada à mesa de jantar com um olhar sombrio no rosto, levo um instante para perder o ânimo.

— Você está bem? — pergunto.

Geralmente, quando saio, volto e a encontro na cozinha, com música tocando em seu telefone. Ou no andar de cima, com música escapando da porta de seu quarto. Fiquei um tanto acostumada com isso. Mas hoje há um silêncio, e aquela expressão, como se ela não soubesse se deveria ficar brava ou irromper em lágrimas.

— Acho melhor eu ir para casa — ela diz.

Isso dói. É tolice, eu sei, mas pensei nisso como uma situação semipermanente. Comecei a imaginar os recessos de faculdade, nos quais ela voltaria e me contaria tudo o que aprendeu e fez nos últimos meses.

— Por quê? — pergunto. — Você não está feliz aqui?

— Estou. Mas não acho que posso evitá-los para sempre. Não avisei a eles que estava indo embora, não devidamente. Só saí por impulso. E depois fui pegar minhas coisas quando não havia ninguém em casa e mandei uma mensagem de texto dizendo onde poderiam me encontrar no caso de uma emergência. Isso não é justo com eles, é?

Tenho vontade de dizer que o que não é justo é fazerem ela sentir que não pertence à própria casa. A sensação que ela tem de que é menos filha ou irmã por causa de quem ama.

— A decisão é sua — asseguro, e tento manter um tom de voz neutro, mas sei que deixei escapar um pouco de frustração.

— Acho que é a coisa certa a se fazer. Vou mandar uma mensagem para eles, perguntar quando estarão todos disponíveis, e depois volto para lá e conversarei a respeito de tudo, incluindo a mim e Hannah. Desde que aceitem isso, voltarei para casa.

— E se não?

— Se não o quê?

— Se não aceitarem?

Ela parece desanimada.

— Não sei ao certo.

— Bem — digo —, espero que não seja necessário, mas você sabe que é bem-vinda aqui.

— Obrigada — ela agradece. Sua expressão muda, fica mais animada. — Se você me contasse que isso aconteceria no dia em que nos conhecemos, sabe, o dia do *piccalilli*, eu a teria chamado de louca. É engraçado às vezes como a vida é, né?

É mesmo. O que ela era para mim naquela época? Uma adolescente soturna que me fez o favor de não contar ao gerente que coloquei uma mercadoria na bolsa. E agora? Gosto de escutá-la perambulando pela casa depois que me deitei, ou ver sua expressão quando ela está ao telefone com as amigas. É em parte o fato de eu ter companhia, ter alguém com quem partilhar a casa, mas é mais que isso. É como ter uma segunda chance, ser jovem novamente.

— É engraçado — concordo, e depois me levanto e vou à cozinha para esquentar a chaleira.

É só uma desculpa para fazer algo. Só para que ela não veja como fiquei abalada com a ideia de ela ir embora.

— Escuta — ela diz.

— Escuta o quê?

— Deveríamos fazer algo especial hoje à noite. Pedir comida chinesa, um bom filme ou música, o que preferir. Fazer algo para celebrar a ocasião.

Se ela não estivesse aqui, o que eu faria hoje à noite? Cairia no sono de frente para o televisor? Revisitaria velhas memórias, desejando que as coisas tivessem sido diferentes? Tentaria começar uma nova leitura? Mas ela está aqui, e deseja celebrar o período que passamos juntas, e não importa que eu esteja triste, porque devo isso a Erin. Ela me salvou de mim mesma.

— Nunca comi comida chinesa — digo, recompondo-me e voltando aonde ela está, ainda sentada à mesa de jantar.

— Nunca?

— Não.

— Nem arroz frito com ovo?

— Não.

— Nem frango agridoce?

— Isso parece horrível.

Ela já começa a mexer no telefone.

— Deixa comigo, vou pedir um banquete. É melhor experimentar de tudo. Não vai se arrepender.

Essas são palavras que ficam comigo, mesmo depois de comermos até ficarmos cheias e eu descobrir que, de fato, gosto de comida chinesa, e depois de colocarmos para tocar músicas da minha juventude e dançarmos, tensas e desajeitadas, na sala de estar, como fizemos na aula de Patty.

É melhor experimentar de tudo.

Não vai se arrepender.

É tão diferente do modo como conduzi minha vida. Mas estou começando a achar que é o certo.

33

Acordo de um sono agitado, com o coração latejante e o cérebro tentando agarrar algo antes que fuja. Aquele dia, meu último dia com Arthur, na feira. Tortas, fruta. O que foi? E então me lembro. Joan Jenkins. Como ela disse mesmo que era seu nome de casada? Joan Gardner? Joan Garner? Joan Garnett. É isso. Quando falamos dela mais tarde, Arthur disse que ela conhecia Dot, não disse? Tenho certeza de que sim. Eu poderia voltar a Overbury e tentar encontrá-la, descobrir se as duas mantiveram contato.

Mais ou menos uma hora depois, estou no ponto de ônibus. É um desses dias congelantes de fevereiro, e estou com cabeça, pescoço e mãos cobertos e ainda preciso baixar a cabeça para proteger o rosto do vento. É dia de feira novamente; vou apenas refazer nossos passos e torcer para que dê certo. Reproduzo em minha mente centenas de vezes a conversa que ela e Arthur tiveram, tentando me lembrar se ela contou algo específico a respeito de onde morava, mas não há nada. Ignorei a conversa, não é mesmo? Eu não fazia ideia de que poderia ser importante. Quando o ônibus chega, ele espirra água da poça em minhas calças e quase decido desistir e voltar para casa, mas penso em Dot, em como ela tentava virar situações de cabeça para baixo dançando na chuva ou sendo excessivamente gentil com alguém desagradável, então ranjo os dentes e subo.

Se eu contasse a Julie que iria fazer isso, ela teria se oferecido para vir junto. Mas há algo interessante em só eu saber, por enquanto. Imagino-me contando a ela que consegui, que obtive um endereço ou número de telefone de Dot. Ela me pegaria pelos braços e dançaria comigo pela sala de estar. E depois? Não me atrevia a pensar mais além, em ir até lá, até onde Dot mora, ou falar com ela por telefone. E se ela não quiser me ver? E se todos os anos que passamos juntas não tiverem sido tão importantes para ela como foram para mim, e eu sou só mais uma em uma longa lista de pessoas com quem ela não fala mais? E se ela me der as costas, fechar a porta, desligar o telefone na minha cara? Afinal, sessenta e dois anos é bastante tempo, aos olhos de qualquer um. Nós duas vivemos uma vida inteira nesse período, e talvez não sejamos compatíveis como éramos antes.

É um risco, uma aposta. Mas não é tudo assim? Casamento, carreira profissional, amizades? Amor? Subir em um ônibus, em um dia congelante de fim de inverno, para procurar uma mulher que talvez conhecesse uma garota que já foi sua melhor amiga?

— Overbury, centro — o motorista anuncia, e pego minha bolsa e me levanto, tomando cuidado para não tropeçar. Uma queda a essa altura, sem que ninguém saiba onde estou, seria um desastre.

— Obrigada — digo, descendo do ônibus.

Ele vai embora, espirrando água em minhas calças novamente.

As ruas estão cheias. Elas estavam cheias assim da última vez? É engraçado como as coisas pareciam diferentes quando eu estava com Arthur ao meu lado, de braços dados comigo, como se eu precisasse. Agora, estou com medo. De ser derrubada, ter minha bolsa roubada ou tropeçar. Mas me dou conta de que tenho ainda mais medo de morrer sem nunca encontrar Dot, por isso sigo em frente.

Há um aroma açucarado vindo de uma van que vende rosquinhas quentes e algodão-doce, e isso me leva de volta ao dia em que fomos ao parque de diversões. Minha mãe era terminantemente contra, dizia que haveria todo tipo de gente por lá e não seria seguro, mas Bill a convenceu. Ele sempre sabia o que dizer para que ela mudasse de ideia.

As moças do trabalho haviam dito que o homem que recebia o dinheiro dos carros giratórios e fazia o brinquedo funcionar era bonito. Disseram que, se ele simpatizasse com você, usaria o braço para fazer seu carrinho girar um pouco mais rápido quando passasse por ele. Mas brinquedos me davam enjoo, desde sempre. Então fiquei do lado de fora e vi Bill, Dot e Arthur subirem no carrinho, com os joelhos de Bill e Dot se tocando. Ele era bem-apessoado, o operador dos carrinhos. Ele me viu observando-os e perguntou se eu era comprometida, e eu não sabia qual era a resposta.

Parece-me que aqueles dois ali são um casal, ele disse, apontando para Bill e Dot. Dot gritava, mas era mais alegria do que medo. *Então, o outro rapaz, ele está com você?*

Por que ele estaria comigo? Não estava claro, não àquela altura. Era um equilíbrio delicado. Meu irmão e seu melhor amigo, eu e a minha. Eu enxergava como Bill se sentia em relação a Dot, qualquer tolo enxergaria, mas não sabia se era recíproco.

Não, respondo, ainda sem saber se era a resposta correta.

Nesse caso, posso lhe pagar uma bebida em algum momento?

Sinto o sangue subir até o rosto. Olho para ele por sob os cílios, esse homem forte com olhos de oceano e cabelo todo negro de Elvis de que tanto falavam. Ele convidava alguém diferente toda noite? Talvez, mas não importava, de fato. Ele tinha me escolhido.

O brinquedo parou e vi os três descerem, alegres e agarrados uns aos outros, do jeito que Dot e eu ficávamos às vezes depois de beber.

E então?, o homem me perguntou conforme eles se aproximavam.

E então o quê?, Arthur perguntou.

Vejo os dois se medirem; vi que, aos olhos de Arthur, eu já era dele.

Não, digo. *Sinto muito.*

E fui embora com eles, feliz de ser parte de algo, parte de um grupo.

O que foi aquilo?, Arthur quis saber, pegando meu braço e me puxando para perto dele.

Não foi nada, respondi.

Mas mais tarde, quando voltávamos para casa, Dot ficou cabisbaixa, e não consegui descobrir o porquê. Será que tinha a ver comigo e com Arthur, e com o modo como nosso grupo estava mudando?

Essa foi apenas uma de uma série de escolhas que me trouxeram até aqui. À feira de Overbury, ao homem que vende tortas. Ele é um homem grande, de aparência vivaz, um rosto redondo com lábios fartos.

— Do que você gostaria, minha cara?

Há pessoas ao nosso redor — não exatamente uma fila, está mais para um rebuliço — e sei que ele não deixará que eu tome muito do seu tempo. Sei que preciso acertar no que dizer, ser tão concisa e específica quanto puder.

— Vim aqui há alguns meses, com meu marido, e encontramos uma mulher chamada Joan Garnett, e agora preciso encontrá-la; gostaria de saber se ela vem aqui com frequência.

— Talvez venha — ele diz. — Mas não guardo nomes.

Ele ri. Não está rindo de mim, mas parece que está. Dou um passo para trás, trombando em alguém que fala para eu prestar atenção. Estou pronta para fugir.

— Desculpe — o homem diz. — É só brincadeira. Como ela é, essa Joan que mencionou?

— Ela tem a minha idade — explico. — É um pouco mais alta que eu, um pouco mais rechonchuda. Cabelo branco cacheado. Dentes bem brancos.

Penso no fato de que mulheres mais velhas são invisíveis. Ele não se lembrará dela, imagino. Mas ele ergue um dedo, como se tivesse algo a dizer.

— Acho que sei quem é. Ela gosta da minha torta de carne com rim, se for quem estou pensando. Vem quase toda semana.

— Você por acaso não saberia onde ela mora?

É tão improvável, e, mesmo se ele soubesse, não deveria me contar.

— Não faço ideia, mas ela geralmente vem aqui na hora do almoço.

— Eu espero — digo.

Ele olha para o relógio. Mal passavam das dez.

— Fique à vontade. Posso repassar um recado para ela, se for mais fácil.

Como posso me expressar em um recado? Balanço a cabeça, mas ele já está falando com outro cliente e recuo, caminho pela feira, sempre atenta.

Algumas vezes, vejo uma cabeleira branca à distância, ou curvada olhando para algo em uma barraca, e fico sem fôlego, mas nunca é ela. Pergunto para algumas pessoas, sempre as mais velhas, se a conhecem pelo nome, mas elas balançam a cabeça. Elas não a conheciam de fato ou estavam apenas protegendo-a dessa estranha à sua procura? Eu podia ser qualquer uma. Podia querer um acerto de contas.

Compro algumas coisas que não como desde que Arthur morreu: queijo *camembert*, mirtilo, pão de fermentação natural. Arthur me provocava por ter um paladar conservador, dizia que eu não podia viver de sanduíches de presunto e peras *conference*, mas ele estava errado. Pode-se viver com muito pouco, podem-se evitar variedade e textura. Só resulta em uma vida enfadonha. Não quero mais fazer isso.

Quando é quase meio-dia, volto às tortas. O vendedor está atendendo alguém, mas me vê e balança a cabeça, supostamente para que eu saiba que ela não passou enquanto me ausentei. Fico por ali, escolho uma pequena torta de carne suína para levar e entro na fila para pagar. Agora estou começando a sentir o frio. É como se ele entrasse pelos meus ossos e se espalhasse. Desisto, vou ao ponto de ônibus. Tentarei de novo na semana que vem, chegando mais tarde, agora que já sei o que esperar.

Ainda estou com frio quando Julie chega, embora a lareira a gás esteja no máximo.

— Nada do Charles — ela diz.

— Talvez ele ainda não tenha visto.

— Talvez. — Ela aponta com a cabeça para meu gorro e luvas secando no aquecedor. — Você saiu?

Conto para ela. Ela se oferece para ir comigo na semana que vem, como eu sabia que ela faria.

— É emocionante ter duas possibilidades em aberto, não é? — ela pergunta, esfregando as mãos.

— Ainda são chances baixas — digo.

Porque é verdade. Mesmo que eu encontre Joan, qual a probabilidade de que ela tenha mantido contato com Dot por todos esses anos? Ouço a voz de Arthur dizendo que ela e Dot se conheciam "um pouco". O que isso significa?

— Tenha um pouco de fé — Julie me diz.

E fico admirada que ela ainda tenha fé, para ser sincera. Martin está no processo de sair de casa de novo. E mesmo assim ela está completamente diferente de quando a conheci, quando ele tinha ido embora pela primeira vez. Está mais forte, mais preparada. Ainda triste, mas ela esteve triste o tempo todo, sob a superfície.

— Alguma notícia da Erin? — ela pergunta. — Ela me atendeu quando fui comprar saquinhos de chá e queijo hoje de manhã, mas havia gente na fila, então não conversamos.

Não vejo Erin desde que ela partiu, e estou tentando ser compreensiva em relação a isso. Ela terá muito o que acertar voltando para a sua casa. A falta de notícias é um bom sinal, acho. Se tivesse dado errado, ela já teria voltado para cá, com certeza. Mas dói pensar que ela não precisa mais de mim, por isso desapareceu da minha vida. Dói pensar em mim mesma como um tapa-buraco em vez de uma amiga.

— Nada — digo.

— É triste, depois de tudo o que você fez para ela.

E, embora isso seja exatamente o que venho pensando, não estou pronta para ouvir críticas a ela, então arranjo desculpas.

— Os dezessete anos são uma turbulência — digo.

Espero ter razão, espero que ela esteja ocupada demais estudando para provas, indo a festas e conhecendo outras garotas, e não tenha tempo para pensar em mim. Espero que ela não esteja sofrendo, sozinha, e achando que ficou mais tempo aqui do que deveria.

— Isso é verdade. Você se lembra, Mabel? Todas as emoções? Céus, não sinto falta de ser jovem.

Sim. Eu me lembro, mas, diferentemente de Julie, sinto falta. A forma como meu corpo se movia como e quando eu bem entendia, a forma como eu sentia que tinha mais vida à frente do que deixada para trás, a forma como as pessoas me notavam. Gostaria de passar por tudo isso de novo? Gostaria, mas faria as coisas de outro jeito. Voltaria àqueles anos com Dot e seguiria a partir desse ponto.

34

Passada uma semana, é um dia completamente diferente. O tipo de dia de fevereiro no qual se pode sentir um traço de primavera na brisa. Ela ainda não chegou, mas está próxima. E estou com Julie dessa vez, o que faz com que eu me sinta mais destemida.

— Voltei aos aplicativos de encontros — ela diz.

Ela está tentando manter uma postura de corajosa, e tenho vontade de lhe dizer que ela não precisa fazer isso.

— Ele foi embora? — pergunto.

Viro-me para olhar para ela no assento de ônibus ao meu lado e ela faz que sim com um movimento de cabeça contido.

— Foi.

— Você preferia que ele nunca tivesse voltado? — Estou querendo ser perdoada, imagino. Mas a resposta é óbvia, não é? Com certeza teria sido melhor se ele tivesse continuado fora da vida dela.

— Não — ela diz, para a minha surpresa. — Porque eu sempre ficaria me perguntando. Mas, do modo como foi, ele voltou e não foi a coisa certa, então agora eu posso seguir em frente.

Seguir em frente. É algo que as pessoas falam hoje em dia. A próxima pessoa, o próximo amor. Não sei como encontram forças para isso, como encontram coragem.

— Quando conheci você — digo —, percebi que estava triste, e achava que era só por causa do Martin, mas não é, certo? Há algo mais além disso.

Ela não responde de início e, quando olho para ela, há lágrimas em suas bochechas. Abro minha bolsa e procuro um lenço. Está um pouco amassado, mas está limpo. Entrego-lhe e ela o pega, mas fica apenas segurando-o, como se não soubesse muito bem o que era, para que servia.

— Não que eu não queira falar a respeito disso — ela começa, depois de um tempo. — É que não sei se consigo.

Um dia, ela estará pronta. E espero estar presente. Pergunto-me se Martin percebia isso, se sabia. Se fez o que pôde para resolver o problema. Ou se apenas achou que fosse uma parte irreparável dela. Aproximo minha mão e a coloco sobre a dela, e ficamos assim pelo resto do trajeto.

— Você de novo — o homem das tortas diz. Há um sorriso em sua voz. — Deve querer mesmo encontrar essa Joan.

— Quero — respondo.

E, no mesmo momento, eu a vejo. Quinze para meio-dia em uma manhã de terça, caminhando até a barraca de tortas como quem sabe o que quer. Ela me vê e ergue o braço para acenar. Penso em como ela não faz ideia de que é a chave para esse mistério que venho tentando desvendar há meses.

— Olá, Mabel. O Arthur não veio hoje?

Sou pega de surpresa, tão envolvida na questão de Dot. É claro, da última vez que a vi, eu estava com Arthur. Ela não tinha como saber que ele se foi.

— Arthur faleceu — conto. — Há alguns meses.

O rosto dela perde a cor e ela coloca a mão no meu braço, e quase consigo sentir o calor do toque humano por entre as minhas camadas de blusa, cardigã e casaco.

— Sinto muito em ouvir isso. Ele era um homem muito, muito bom.

— Você o amava? — pergunto.

Julie me lança um olhar severo. É um desvio tão grande do plano, mas no momento é algo que quero de fato saber.

— Amá-lo? Céus, não. O que fez você pensar isso? O meu John era o único homem certo para mim.

Penso de novo no que Arthur disse naquele dia. Que achava que Joan tinha uma queda por ele e que ele achava que ela conhecia Dot um pouco. Se ele estava errado em relação a uma das coisas, podia facilmente estar errado em relação à outra também.

— Só uma coisa que ele disse — respondo. — Não é importante.

Julie me cutuca com força na costela e me dou conta de que não tratei do assunto principal.

— Eu estava procurando você — digo.

— Eu?

— Sim, eu, é... estou procurando uma amiga, e gostaria de descobrir se você seria capaz de me ajudar.

Julie intervém.

— Tenho uma sugestão. Que tal irmos tomar um café e conversar um pouco mais a respeito disso?

Joan sorri.

— Isso seria ótimo.

Encontramos um café por perto, do tipo que tem toalhas xadrez vermelhas. Um pouco antiquado, mas suponho que também sejamos. Julie vai até a fila para pedir dois cafés com leite e um bule de chá, e por um momento torço para que ela peça também um bolo. Ela geralmente pede. Joan e eu vamos até uma mesa à janela, bem afastada dos demais clientes.

— Então, quem está procurando? — Joan pergunta, depois que nos sentamos.

Ela está de costas para a janela e estou de frente para ela, então vejo às suas costas várias pessoas passando rápido. Isso me faz pensar na inviabilidade dessa busca. Há tantas pessoas por aí, mesmo em uma cidade como Overbury. Mas encontrei Joan, não encontrei? E nós encontramos o irmão de Dot, não que ele tenha respondido à mensagem de Julie no Facebook. Não posso perder a esperança por completo, pois, se perder, o que me restará?

— Dot — falo. — Dot Brightmore. Você se lembra dela?

— Ah, sim — ela diz. — Vocês duas viviam grudadas. Me surpreende que tenham perdido contato. John e eu fomos ao casamento dela alguns anos depois de ela se mudar de Broughton, e trocamos cartões de Natal por muitos anos, mas em algum momento perdemos o hábito.

— Você não tem contato com ela atualmente? — pergunto, pensando que talvez ela tenha um endereço relativamente recente, considerando o que disse.

— Mabel, sinto muito em lhe contar isso, mas ouvi dizer que Dot morreu alguns anos atrás.

Morreu. Dot morreu. É difícil conectar as palavras, mesmo sabendo que uma parte minha considerou isso o tempo todo.

— Ah — ela diz, ao ver minha reação. — Isso é terrível. E tão pouco depois de você perder Arthur. Sinto muito por ter que lhe contar isso.

Julie chegou com uma bandeja, que coloca sobre a mesa delicadamente. Ela ouviu o que Joan disse e parece tão perturbada quanto eu.

— Falecida? — ela pergunta, para confirmar.

— Sim — respondo.

— Ah, Mabel, sinto muito.

E é ali, naquele café em Overbury, diante de Julie e Joan Garnett, que enfim desmorono. Que entro em colapso. Por causa da morte da pessoa com a qual você passou a vida toda é uma coisa, mas a morte da pessoa com a qual você não passou esse tempo? Às vezes, essa é a verdadeira tragédia.

Noto que Julie está me abraçando, embalando meu corpo, e sei que uma funcionária vem e pergunta se ela pode ajudar, mas Julie balança a cabeça e me traz para mais perto.

Por que esperei até agora para fazer isso, sendo que quis saber como e onde Dot estava todos os dias da minha vida? Minha mente fica voltando a Arthur, mas ele não me deteve, na verdade. Eu sabia que ele não queria que eu fizesse isso, mas não que tivesse feito uma imposição. Arthur não teria ficado no meu caminho, acho. Foi covardia. Foi não saber o que ela diria quando eu a encontrasse. Foi pensar que eu não significava tanto para ela quanto ela significava para mim, e não saber o que fazer com essa informação. Foi tolice. Pois estou aqui agora, uma mulher idosa, viúva, e o que fiz da minha vida? Um casamento longo que continha amor, mas não paixão, uma amizade antiga que perdi e algumas amizades novas e bastante significativas. Isso é o bastante? Se não me restar muito tempo, o que eu fiz e disse até hoje é suficiente?

Após conseguir me recompor minimamente, vejo que Joan ficou horrorizada com meu surto. Ela está bebericando seu café com leite, olhando ao redor como se estivesse desesperada para sair dessa situação.

— Foi o quê? — pergunto.

— Como?

— Do que ela morreu?

— Ah, câncer, acho.

Câncer. Tão banal. Tão mundano. Tão diferente de Dot.

— Você sabe se tem um lugar aonde eu possa ir visitá-la? Uma lápide, talvez?

Ela balança a cabeça.

— Ela estava morando em Portsmouth, sozinha, no fim. É tudo o que sei.

— Ela perdeu o marido?

— O quê? Ah, não, eles não duraram. Se separaram com os meninos ainda novos. Ela ficou sozinha por bastante tempo.

Ela termina seu café e é evidente que quer ir embora. Joan puxa um bloco de papel de sua bolsa e escreve seu número de telefone para mim.

— Eu sinto muito — ela diz. — É muito ruim dar más notícias. Eu só... não imaginava que a afetaria tanto. Preciso ir. Mas fique com meu número. Caso queira conversar comigo, sabe?

E ela se retira.

Julie e eu não falamos nada por um tempo. Não precisamos. Ela sabe como me sinto, e a decepção dela também é palpável. Quando ela fala, é para dizer o seguinte:

— Eu queria tanto poder conhecer a incrível Dot Brightmore.

Em meus momentos de silêncio, permiti-me algumas fantasias. Eu sentada a sós com Dot, revisitando o passado e nossas memórias, contando os detalhes que perdemos da vida uma da outra. E eu apresentando Dot para Julie, Patricia, Kirsty e Erin, essas mulheres que trouxeram tanta alegria e cor à minha vida desde que perdi Arthur. Mas é tarde demais.

— Vamos para casa — digo, terminando minha bebida.

Julie aquiesce, leva a bandeja à bancada e pede que embalem o bolo intocado para viagem. Depois, caminhamos para o ponto de ônibus em silêncio.

Chegando à minha casa, Julie pergunta se quero que ela entre. Ela já foi além das duas horas pelas quais é paga para ficar comigo, mas sei que não considera isso trabalho, sei que ficaria feliz em entrar e passar mais duas horas fazendo tarefas menores para me ajudar. Mas quero ficar sozinha, então balanço a cabeça e falo que a vejo amanhã.

— Você sabe onde moro, se precisar de mim — ela diz. — Não gosto de pensar que está triste e sozinha.

Quase digo que também não gosto de pensar isso dela, mas não falo nada.

— Julie — chamo-a enquanto ela vai embora. Venho pensando em falar disso há dias, e acho que só consigo começar a conversa quando ela não está me olhando.

Mas é claro que ela se vira.

— Sim, Mabel?

— Já passaram três meses desde que você veio para cá. Está na hora de eu me cuidar sozinha.

— É o que você quer?

Não é questão de querer, é questão de precisar. Não tenho dinheiro para continuar pagando as visitas dela.

— Pois, se você aceitar, ainda gostaria de vir, Mabel. Só será mais esporádico, pois terei de conciliar com meus outros serviços.

— Obrigada — digo. — Gostaria disso, sim. Gostaria muito.

Entro, passo pela sala de estar e, pela primeira vez em muito tempo, Arthur está lá. Parado diante da lareira. Já sei a essa altura que ele não dirá nada, que não está de fato ali, mas é um pouco reconfortante, mesmo assim.

— Dot está morta — digo, e, ao falar em voz alta, assim, o luto me toma novamente.

Tanto tempo desperdiçado.

— Você e Dot, e toda a minha família. Eu sou a próxima, imagino.

Percebo que não me incomodaria nem um pouco se morresse enquanto durmo hoje à noite, e é um choque, pois não me sinto assim já há algum tempo. Não sinto isso desde que comecei essa busca, desde que conheci essas mulheres.

Será que vejo o traço de algo em seu rosto? Tristeza, empatia, ciúme? No começo, ele se sentia ameaçado pela minha proximidade com Dot. Os anos que passamos juntas antes de ele aparecer. Achei que Arthur talvez fosse tentar colocá-la de lado, e estava pronta para impedi-lo. Mas eu não estava preparada para o desaparecimento repentino dela, estava? Encaro-o, tentando estudar sua expressão, mas ela é vazia. Estou tentando apenas projetar minhas expectativas nele. Essa visão não é Arthur. Não é o marido que ficou ao meu lado por seis décadas de dias bons e ruins, é só algo que meu cérebro conjurou porque ainda não está pronto para admitir que ele não está mais aqui. Que ele nunca mais pegará minha mão, perguntará no que estou pensando e fará o seu melhor para arranjar uma solução para os meus problemas.

— Eu nunca vou me despedir — digo. — Nunca vou poder lhe perguntar por que ela foi embora e por que não manteve contato, e se sentiu saudade de mim como senti dela.

Vou me servir de uma xícara de chá, e, quando retorno, Arthur não está mais ali. É nesse momento que volto a chorar. É autopiedade e não me importo que seja. O preço de ter uma vida longa, a meu ver, é o peso das perdas que você sofre. Você leva consigo cada ente querido que perde, e eles se acumulam até ficar insuportável. Marco-os um a um em minha mente. Irmão, pai, mãe, marido, e minha amiga, meu amor.

35

— Eu a amava — digo. Baixo, experimental. Depois de tanto tempo, ainda incerta. Não incerta quanto às palavras e o que significam, mas em dizê-las em voz alta.

— Eu sei que amava — Julie diz. — Eu sei, Mabel.

Mas ela não sabe.

Ela tem sido tão gentil comigo desde aquele dia terrível em Overbury, preparando chá para mim e cuidando da minha roupa suja e meus remédios. Ela está com medo de que eu me esqueça de tomá-los? Ou de que eu os guarde e tome muitos de uma vez? É algo que já considerei, a possibilidade de suicídio, mas nunca de forma muito séria. Se não a tivesse, e não tivesse as outras, seria diferente.

Agora ela está de pé atrás da minha poltrona, massageando meus ombros.

— Foi um choque tão grande para você, não foi? Você perdeu Arthur e esperava, todas nós esperávamos, que fosse haver um grande encontro com a sua amiga, e agora temos que nos ajustar ao fato de que isso não ocorrerá. É muito difícil.

Tenho vontade de perguntar qual sabão em pó ela usa, porque seu aroma passou a ser tão familiar e reconfortante que eu gostaria de usá-lo para sentir que ela está aqui, mas não sei se isso soa estranho.

— A Patty e a Kirsty sabem? — pergunto.

Não aguento contar a cada uma das minhas amigas, do mesmo modo como tive que telefonar para todos a respeito da morte de Arthur.

— Sim, elas sabem — Julie diz. — Também sentem muito.

Fico grata por ela ter tratado desse assunto por mim, sem que eu tivesse que pedir.

Ao sair, avisando que ela colocou uma torta de cordeiro na geladeira para meu chá da tarde, espero um pouquinho e em seguida coloco casaco e sapatos. É mais difícil me forçar a sair, agora que não tenho o Olly, mas há algo que preciso fazer. Algo que deveria ter feito há muito tempo. Talvez há sessenta e dois anos.

Em alguns anos, no mês de março ou abril, há um dia no qual você sai de casa após meses de vento e chuva, e é primavera. E o dia está assim hoje, embora março mal tenha começado. Levanto meu rosto e deixo o sol me tocar, e é a sensação de ser perdoada por alguém que você ama. Sigo devagar e sempre, vou até o fim da minha rua e viro à esquerda para a via que leva ao centro da cidade. E então consigo vê-los, a igreja e o cemitério, e sinto toda uma agitação dentro de mim, porque visito-os há décadas, mas nunca disse aquilo que deveria. E hoje é o dia que vou mudar isso. A árvore que sombreia as lápides da minha família está começando a dar flores. Mais uma primavera, mais um novo início. Além disso, há narcisos por toda parte, seguindo os movimentos gentis da brisa.

Ao surgir o primeiro narciso do ano, Arthur dizia "a primavera floresceu", e, assim que começavam a ser vendidos no supermercado, ele comprava um ramo para mim toda semana e colocava no peitoril ao lado da minha poltrona. Sentirei falta disso este ano. Talvez eu compre um ramo para mim mesma. Seria uma frivolidade? Não, eles só custam cerca de uma libra, e é pouco pela sensação que me trazem. Há algo em seu perfume e naquele amarelo tão, tão vibrante que sempre me deixa esperançosa. Estão por todo o terreno da igreja, os narcisos. As escoteiras plantam todo ano. Já as vi, com suas tranças longas e dedos sujos de terra. Pergunto-me o que minha família acharia disso, dessas crianças que deixam seu local de descanso um pouco mais alegre.

— Olá — cumprimento. — Sou eu, a Mabel. Estou aqui. Vim para falar algo.

Rio de nervoso, mas um chiado sai junto. É um riso batendo à porta da tosse. Um câncer? Nessa idade, questiona-se qualquer coisa. Será que foi assim que começou, o da Dot?

— Descobri sobre a Dot, sobre a morte dela. Ela está aí com você, Bill?

Aos 22 anos, eu passava todo momento livre com Dot, Bill e Arthur. Se fecho meus olhos, consigo sentir o perfume de Dot. Como um campo no verão. No dia em que saímos para caminhar, logo após Bill morrer, quando tudo o que conseguíamos fazer era chorar e precisávamos sair de casa, porque minha mãe não parava de falar que Bill iria pedir Dot em casamento e, embora todos soubéssemos que era verdade, era desesperador demais pensar em um noivado que nunca se concretizaria porque o homem em questão faleceu aos 25 anos.

Saímos da cidade e fomos para as colinas, onde tínhamos menos chances de encontrar outras pessoas. Eu precisava estar fora de casa, ao ar livre e com bastante espaço, e com ela. Não havia nada a se dizer, então ficamos quietas, apenas caminhando, interpondo mais e mais distância entre nós e nossas casas. Após algumas horas, sentamo-nos sob um enorme carvalho para respirar; Dot acendeu um cigarro e, quando tentei acender o meu, vi que minhas mãos tremiam. A incapacidade do luto, imagino. Dot estendeu o braço e o acendeu, e o calor da chama foi como um chamado de volta à terra; perguntei-me onde estava, onde estive, antes desse chamado. Esperei que Dot afastasse o braço, e ela não afastou.

Há um pardal na cerca a pouco mais de um metro. Inclino a cabeça e olho para ele. Seus olhos são lustrosos e pequenos. Em seguida, ele some, e caí, ou apenas me prostrei? De qualquer modo, estou de joelhos, desfiando minha calça, sem dúvida. E também estou chorando, com soluços fortes indo e vindo, como ondas.

— Errei. Errei feio. Quando Arthur disse que deveríamos nos casar, parecia a coisa mais óbvia a se fazer. Mas não significava que era a decisão certa, não é? Eu sentia até o último fio de cabelo que não era, e, no entanto, você me deu a mão, mãe, e disse que era ótimo ter algo em vista depois do que aconteceu com Bill, e quem era eu para tirar isso de você?

Dot, aquele cigarro, a proximidade. Ela chegou ainda mais perto, e o cigarro foi esquecido, e tudo o que eu queria era tocar sua pele macia. Ela beijou minha bochecha, e pareceu um teste. Ela estava esperando para ver se eu recuaria, se ficaria chocada, horrorizada. Mas eu estava ardente. Senti-me zonza e um pouco embriagada, e como se tivesse acabado de nascer. Seus lábios, tão perto dos meus. Ela fechou os dedos em meu quadril e achei que fosse morrer, ali mesmo, de tanto desejá-la. E depois os lábios dela estavam nos meus, e ela tinha sabor de mel e fumaça, leite e aquela chuva particular dos meses de abril. E soube com uma clareza surpreendente que não queria viver um dia sequer, um minuto sequer, sem ela. Queria dar-lhe meu corpo e meu coração, e pedir que ela os levasse consigo, que os protegesse. Mas ela se afastou logo quando avancei. Ávida, tão ávida.

E então as mãos dela me empurraram, sua cabeça estava inclinada e vi o que ela viu. Um homem, andando de passagem. Não consegui sorrir para o homem quando ele nos desejou uma boa tarde. Eu não vivia mais no mesmo mundo que ele. Quando ele sumisse de vista, sem dúvida voltaríamos ao nosso mundo. Àquele êxtase incontrolável. Ela olhou para mim, com os olhos cheios de perguntas, às quais tentei responder com meus próprios olhos. *Sim, sim, sempre.*

Você sabe quem era ele?, ela perguntou.

Não. Mal tinha olhado para ele.

É Reg Bishop, ela disse. *Bill o conhece. Você acha que ele viu?*

Não sabia, e na verdade não me importava.

Não, respondi. *Acho que não.*

É melhor a gente voltar, ela disse. *Há tanto o que fazer.*

Voltar. Para a casa que meu irmão assombrava. Para a nossa amizade. Para um tempo antes de tocarmos o fogo e sobrevivermos.

Dot..., digo.

Era uma súplica, e ela sabia. Mas fingiu ser outra coisa.

Sim?

Eu poderia ter pedido centenas de coisas. Para ficarmos, para ela me beijar novamente, para ser meu tudo para sempre, mas ela fingia que não tínhamos acabado de colocar fogo em nossas vidas, e fiquei magoada.

Vamos voltar, concordei, e parti sem olhar para ela. Caminhei à sua frente até chegar em casa, onde minha mãe fazia pão e a cozinha estava cheia de fermento, farinha e lágrimas. A janela estava aberta para deixar o sol entrar e o pesar sair.

Quando Dot disse que precisava voltar para casa, segui-a até a porta, a boca cheia de perguntas. *Você o amava? Teria se casado com ele? E o que eu sou para você?* Não falei nada disso. Não podia.

No dia seguinte, quando fui visitá-la, sua mãe me disse que ela não estava se sentindo bem e não podia me receber. Depois disso, só a vi no funeral. Ela como a viúva enlutada, embora não fosse. Eu como a irmã enlutada. Sentamo-nos lado a lado e não encostamos uma na outra. Ela estava com um vestido preto simples, o cabelo louro jogado para trás e os lábios sem nada. Nós havíamos rido algumas vezes da ideia de nós como noivas, mas nunca havíamos imaginado isso. Paradas sob o sol fraco da primavera enquanto punhados de terra úmida cobriam um caixão contendo alguém que amávamos.

Durante todo aquele dia, desejei que ela olhasse para mim, que me desse algum tipo de sinal. Para que eu soubesse se aquilo que aconteceu sob o carvalho naquela colina foi a loucura do pesar ou algo mais. Mas ela não parava quieta, sempre indo falar com alguém ou pegar outra bebida. Ela me evitou com tanta diligência. E isso em si foi uma resposta, acho.

36

Na reunião após o enterro, em nossa casa, as bebidas iam embora. Eu me sentia zonza e dolorida de tristeza. Os sanduíches que minha mãe e eu fizemos aquela manhã ficaram praticamente intocados, e suas bordas ressecavam. Mas as garrafas vazias acumulavam-se, tinindo. Após horas me evitando, Dot pegou minha mão e me levou para o lado de fora.

Não consigo respirar aqui, ela disse.

Não sabia mais como ficar perto dela, depois de anos de uma amizade natural. Será que havíamos estragado algo? Mas não, parecia que havíamos consertado algo. Transcendido. Não conseguia olhar para ela, pelo menos não para o rosto. Fixei meus olhos em seu braço direito.

No outro dia..., ela disse. *Não sei o que aconteceu. Eu...*

Não deixei que ela terminasse de falar, pois tinha certeza de que ela pretendia minimizar o que ocorreu. Juntei coragem, toda a coragem que tinha, e me aproximei para beijar seus lábios. Mas ela se afastou, como achei que talvez faria, e nós duas nos viramos, sentindo que éramos observadas, e vimos Reg Bishop parado a alguns metros de distância, acendendo um cigarro. Ele ergueu uma sobrancelha.

Senhoritas, ele disse.

Aquela única palavra era uma ameaça. Voltamos para dentro sem falar mais nada, e pelo resto da tarde a tensão emanava de Dot, e fui forçada a aceitar que ela se importava mais do que eu com o que os outros pensavam.

Havia poucas pessoas remanescentes quando Reg fez sua cena. Ele era um bêbado inconveniente, que colocava os braços nos ombros de toda mulher que via, e fiquei paralisada quando ele se aproximou de Dot e de mim, colocando-se no meio, cada braço sobre uma de nós.

Essas duas, ele disse, *têm uma amizade e tanto, não é?*

Os demais continuaram com suas conversas, mas vi Arthur erguer a cabeça e olhar para onde estávamos.

Inclusive, me parece que elas talvez sejam mais do que amigas. Já teve duas vezes nos últimos dias que as peguei em posições comprometedoras.

Como você ousa?, Arthur perguntou, intervindo. *Esta é uma reunião fúnebre, caso tenha esquecido. E Dot e Mabel estão sofrendo e se confortando. Não ouse sugerir que há algo inapropriado nisso.*

Reg gargalhou e olhou para mim, depois para Dot e por fim para Arthur.

Sei que você tem um fraco por essa aqui, ele disse, apertando meu ombro. *Mas às vezes precisa enxergar o que está bem na sua cara.*

Eu me desvencilhei dele e fui até onde Arthur estava, a pouco mais de um metro. Algumas pessoas viraram-se para olhar a essa altura, notando o começo de uma discussão.

Você pode pedir que ele se retire?, disse a Arthur, falando baixo.

Vou falar com ele, ele respondeu.

Observei Arthur conduzir Reg até a saída. Quem não tivesse ouvido o que foi dito antes, não teria como saber que havia qualquer desavença entre os dois. Ao voltar, ele arrumou a gravata e pigarreou, curvei a cabeça em agradecimento e o assunto foi encerrado.

Nos meses seguintes, Dot se afastou de mim. Aos poucos, tão aos poucos que sei que soaria como carência se mencionasse isso a alguém. Mas notei que se afastava. Aquele dia mudou tudo, e a coisa mais fácil a se fazer era fingir que ele nunca tinha acontecido. Adormeci aos prantos por meses, sem nunca saber de fato se chorava por ele ou por ela.

E depois despertei de leve do meu sofrimento, e Arthur viu essa pequena fenda e a preencheu com amor. Pediu que eu me casasse com ele. Não havia mais ninguém, havia? Ou, pelo menos, não havia outra opção concebível. Disse "sim". Quando contei para Dot, acreditei sinceramente que ela perceberia que eu estava me agarrando àqueles tempos, quando nós quatro estávamos juntos, da única forma que sabia. Fazendo a única coisa que podia. Mas, em vez disso, ela foi embora.

Ainda estou no chão, com a terra macia acolchoando meus joelhos, as lápides sólidas diante de mim, lembrando-me de que algumas coisas não mudam.

— É isso — falo, levantando-me bem, bem aos poucos. — Essa é a verdade.

Se eu tivesse encontrado uma forma de contar a algum deles, teriam entendido? Considero-os um a um. Meu pai era um grande fã de Arthur, e ele gostava que as coisas fossem estáveis e previsíveis, que corressem como o esperado. Não, ele não teria entendido. Minha mãe? Bem, o coração dela já estava partido, talvez uma rachadura a mais não importasse tanto. Ou talvez importasse. Talvez fosse a gota d'água para ela. E Bill. Meu querido Bill. É possível que Bill tivesse entendido como eu a amava, porque ele a amava da mesma forma. Imagino-o pegando minhas duas mãos e me dizendo que só um de nós venceria. Que só havia um desfecho possível. E ele teria razão.

Eram outros tempos. Em que o amor às vezes era tratado como crime.

Sei que não deveria, mas estendo meu braço e colho um narciso, seguro-o contra a luz e contemplo sua simples beleza. Irei levá-lo para casa e colocá-lo em uma jarra de vidro, e me lembrarei.

Quando as pessoas viam Bill, Dot, Arthur e eu, viam duas duplas, dois casais. E estavam quase corretas. A questão é que as peças não se encaixavam exatamente onde imaginavam. Não era culpa delas. Era a única forma que elas sabiam encaixar essas peças. Eu que era tola em sustentar essas aparências, só porque Arthur e eu éramos os outros dois. Arthur me amava. Bill e eu amávamos Dot. E quem Dot amava?

Deixo minha família e vou para o túmulo de Arthur. Preciso contar para ele também? Sim. Para uma conclusão completa. Porque é o que eu sempre quis contar para ele, as palavras que sempre ficaram presas. E agora ele está morto, e ela está morta, e minha língua está finalmente solta, a garganta desembargada.

— Arthur — digo —, é a Mabel.

Minha voz está baixa, mas firme, e tenho orgulho disso. Estou prestes a contar para ele a coisa mais importante que nunca disse. O fato que, em si, deveria ter condenado nosso casamento antes mesmo que ocorresse, mas cuja contenção, acho, talvez tenha sido o que permitiu que sobrevivêssemos. Como um casal, quero dizer. Não podia tê-la, mas o tinha. E isso valia algo. As seis décadas que tivemos foram reais. Com Dot, tive um beijo e tanto amor que nem sabia o que fazer com ele, e uma dor que nunca se foi, por um minuto sequer. Mas com Arthur tive uma vida.

A tarde está quase no fim. Hoje à noite, depois de comer, vou para o quintal ver o sol se pôr. Fingir que ele está do meu lado mais uma vez.

— Obrigada por me amar — digo. — Sinto muito por não ter conseguido retribuir na mesma medida tudo o que você me deu. Não faz parte de quem sou. Mas espero que saiba que você merecia que eu retribuísse. Quando se apaixonou por mim, meu coração já estava tomado. Sempre achei que deveria ter lhe contado, mas talvez não tenha problema não ter sido assim. Porque tivemos tempos felizes, não tivemos? Tivemos mais anos bons do que ruins. Você sabia que eu amava Dot? Não como amiga. Como pessoa. Uma amante. Você acreditou no que Reg Bishop disse naquele dia? Às vezes eu achava que você sabia. Notava que me olhava com uma certa tristeza nos olhos, como se pensasse que você nunca teve chance. E às vezes tinha certeza de que não sabia, de que nunca teria mergulhado em uma vida comigo se soubesse. Me desculpe, Arthur. Pela esposa que nunca fui, que nunca pude ser. Mas não peço desculpas por tê-la amado. Nunca me arrependerei disso.

Dou um passo para trás, e é nesse momento que sinto que há alguém atrás de mim. Viro-me e ali está ela. Erin. Há lágrimas escorrendo de seus olhos, e há uma pequena mala de rodinhas, e quero abraçá-la e descobrir qual é o problema.

— Desculpe — ela diz. — Eu não quis bisbilhotar; é que eu estava te procurando, e você não estava em casa, e Julie e as outras não sabiam onde você estava, e esse era o único outro lugar onde pensei em procurar e…

Levanto as duas mãos, e ela para de falar de repente. Mas é como tentar represar uma cachoeira. Consigo quase enxergar a pressão crescente, as palavras acumulando-se.

— Continue — falo, percebendo que é disso que ela precisa. A permissão e o espaço para falar.

— Conversei com eles — ela disse. — Meus pais e minha irmã. Disse que sou lésbica e achei de verdade que entenderiam, que seriam capazes de enxergar que há tantas outras coisas que amam em mim, e que isso os ajudaria a aceitar a parte que acham difícil, mas eu estava errada. Jade e o meu pai não se importam muito, se acostumariam com o tempo, mas a minha mãe, não. Ela acha que é do mal. Falou com essas palavras: "do mal". Acha que iremos todas para o inferno. Ela acredita nisso de verdade. Enfim, agora a verdade está dita e ela mal consegue me olhar na cara. Então queria encontrar você, perguntar se posso voltar, só enquanto não resolvo algo mais definitivo, e, quando cheguei, você estava falando e não quis interromper.

Ela para, parece não ter mais fôlego, ou palavras, ou ambos.

— Agora você sabe — digo.

— Você está brava comigo?

Fico incrédula. Por que eu ficaria brava com ela?

— Não — respondo. — Estou aliviada. É uma pessoa a menos para quem tenho que contar. Me desgastou bastante, isso.

— Imagino — ela diz. — Oitenta e seis anos é muito tempo para guardar um segredo.

— Muito tempo. Tempo demais.

Ela chega perto de mim e coloca um braço à minha volta.

— Posso voltar? Só por um tempinho.

Sinto uma onda de alegria ao pensar no retorno daqueles dias, em que eu acordava e sabia que havia mais alguém em casa, mesmo que ela ainda estivesse dormindo. Em que eu ia dormir ao som dela matando o tempo e ouvindo música. Ter alguém com quem dividir refeições, um motivo — além das minhas próprias necessidades — para cozinhar.

— Você pode voltar por quanto tempo precisar — afirmo.

Ela tomba a cabeça até pousá-la em meu ombro e ficamos ali, olhando para o túmulo de Arthur.

— Ele era um bom homem? — ela pergunta.

— Um dos melhores.

— Você só... não o amava. Não podia amá-lo.

— Ah, eu o amava, sim. Há tantas formas diferentes de amor. Não era capaz de amá-lo da maneira como ele me amava, mas isso não significa que não havia amor entre nós.

— Como uma amizade? — ela pergunta.

E então dou-me conta de que minha situação, esse tempo todo, estava invertida. Amava minha amiga com a paixão de um amor romântico e amei meu marido como um amigo.

— Como uma amizade — respondo. — Como o melhor tipo de amizade.

Quando estou pronta, pego-a gentilmente pelo braço e começamos a caminhar. Indo para casa. Não falamos muito e sou grata por tê-la ao meu lado, mas também sou grata por ela me dar espaço para pensar. Não é possível viver no passado, digo a mim mesma, mas é possível visitá-lo. E partes dele podem ser trazidas ao presente, quando necessário. Esse tempo todo, pensei em cada ano desde que Dot partiu como tempo perdido, mas as coisas não precisam ser tão sombrias. Houve bolhas de felicidade, houve riso e certa forma de amor. O êxtase incontrolável não é a única coisa que é real.

37

— Ah — Julie diz. — A Erin voltou?

Estamos na sala de estar, e há ruídos vindos do andar de cima. O secador de cabelo e uma vocalista cantando uma música sobre voltar no tempo e não perder tudo.

— Voltou — respondo.

— E é... permanente?

Contesto-a com um olhar. Sei que ela se preocupa comigo, teme que eu não dê conta de ter alguém morando aqui, mas as coisas não são assim. Erin não dificulta a minha vida, ela a facilita.

— Não sei — digo. — Espero que sim.

Por um momento, olhamos uma para a outra, e em seguida ela vai para o corredor.

— Erin! — ela chama da escadaria. — Vou esquentar água. Você quer chá?

Cinco minutos depois, estamos todas sentadas juntas. Os pés de Erin estão na mesa de centro, e há buracos em ambas as meias listradas. Ela tem uma tigela com fruta no colo, que oferece a Julie e a mim.

— Manga?

Lembro-me da manga que Arthur comprou na feira na véspera de sua morte. Como deixei que ela murchasse e apodrecesse. Estendo o braço e provo um pedaço, é delicioso, doce e frio. Por que evitei as coisas a vida toda, e o que mais perdi?

— Então eles não aceitam que você é lésbica? — Julie pergunta.

Erin faz que sim com a cabeça.

— É questão religiosa. Minha mãe acha que é do mal.

Toda vez que ela usa aquele termo, eu me arrepio.

— E você não acha que haja solução?

Erin abre a boca para falar, mas ergo minha mão, porque quero dizer algo.

— Como pode haver solução, se a mãe dela acha que ela é do mal?

— Ela não disse que a mãe acha que *ela* é do mal, disse que acha que a homossexualidade é do mal — Julie pontua.

— Mas ela é homossexual. E isso não é algo que ela escolheu, apenas é quem ela é. Então, se a homossexualidade é do mal, ela é do mal.

Os olhos de Julie arregalam-se.

— Eu nunca tinha pensado dessa forma.

A campainha toca e tanto Erin como Julie levantam-se para atender.

— É Hannah — Erin avisa, e depois vira-se para Julie. — A minha namorada, ou a garota com quem estou saindo. Enfim. Uma garota. É pra mim.

Quando ela volta, Hannah está com ela. Já a vi uma ou duas vezes antes. Tem belos cachos louros, uma boca larga e um corpo compacto e atlético, e não me surpreende nem um pouco que Erin esteja apaixonada por ela. Meu instinto me diz que ela não é o amor de sua vida, que não é boa o suficiente, mas não sei se esse é só meu lado protetor falando. Elas parecem ter deixado no passado a questão de Hannah ter saído com outra pessoa. Não é da minha conta. Elas vão dar certo ou não, mas pelo menos não deixarão de dar certo por terem medo de serem transparentes sobre quem são.

— Devo preparar mais uma xícara? — Julie pergunta. — A água ainda está quente.

Erin balança a cabeça em negativa.

— Vamos para o meu quarto.

E as duas se vão a passos pesados nos degraus. Julie espera um minuto inteiro antes de tecer algum comentário e, nesse meio-tempo, música começa a tocar. Não está alta demais, mas passa pelo teto.

— Me preocupa ela estar se aproveitando de você — Julie diz. Sorrio, e isso a irrita. — Não tem graça! Você é uma idosa, Mabel, e ela é uma jovem. Ela está se apropriando da sua casa, com música e a namorada.

— Ela não está fazendo nada disso.

Ela contrai os lábios, e por um minuto estamos em um impasse.

— Você sabe por que me importo tanto com Erin?

— Sei. É porque você está solitária e quer ser útil.

— Ambas as coisas são verdade, mas não são o porquê.

— Por quê, então?

— Porque ela sou eu.

Julie franze o cenho.

— Ela é você?

Confirmo com a cabeça.

— Se eu dissesse que Dot era a minha Hannah, isso esclareceria um pouco a situação?

Eu espero e, quando ela leva a mão à boca, preciso me segurar para não rir.

— Você e a Dot? — ela pergunta. — Vocês estavam apaixonadas?

— Bem, eu estava — respondo. — Não sei se ela estava. Ela foi embora antes que pudéssemos resolver essa questão. E aí me casei com Arthur, e esse foi o fim da história.

Ela ficou quieta. Fecho os olhos por um momento e, quando os abro, ela está me fitando.

— Mas por todos esses anos você foi casada. Então você era, é, bissexual?

Há tantos nomes e rótulos hoje em dia. É algo positivo — as pessoas podem escolher como se identificam e encontrar semelhantes —, mas também me faz rir. No meu tempo, só havia certo e errado. Normal e diferente. E poucas pessoas admitiam ser do segundo tipo.

— Não — digo. — Eu não amava Arthur desse jeito. Dot era a única para mim.

— Eu não sabia — ela fala, um pouco sem jeito. — Não adivinhei, nem quando me contou sobre Reg Bishop e o que ele disse após o enterro.

— Você não tinha como saber. Ninguém tinha. Mas ontem fui ao cemitério e contei a eles.

— Contou a quem, Mabel?

— Ao Arthur, e aos meus pais, e ao Bill, meu irmão. Enfim contei a eles, e foi como tirar um peso enorme das minhas costas.

Ela olha para mim preocupada, como se achasse que enlouqueci. Como se talvez eu tivesse esquecido que as pessoas que mencionei estão mortas.

— Sei que não é a mesma coisa que contar em vida, mas é melhor que nada. Ainda é algo.

— Sim — ela concorda. — Claro que sim.

Há uma sucessão de ruídos e depois Erin e Hannah reaparecem. O cabelo de Hannah está mais bagunçado do que antes de elas subirem, e as duas ficam se dando as mãos, ambas sorrindo. Sinto uma pontada repentina de inveja, porque reconheço aquele semblante atordoado e vago. É o semblante que vi no espelho depois que eu e Dot nos beijamos. É desejo e fantasia e confusão e júbilo, e um prazer tão agudo que poderia muito bem ser dor. E elas têm uma vida inteira disso pela frente, ao passo que eu só senti isso uma vez.

— Vamos sair — Erin avisa. — Só por uma hora, mais ou menos. Você precisa de alguma coisa?

Ela é atenciosa, e lembrarei Julie disso se ela tiver mais preocupações acerca desse arranjo.

— Não. Divirtam-se — digo.

Pergunto-me o que Erin contou a Hannah a meu respeito. Se ela, deitada lá em cima, com a cabeça no peito de Hannah, no calor e no frenesi dos beijos, disse: "Adivinha só". Não me importa se ela contou. Não me importa mais quem sabe. A vida toda, isso pairou sobre mim, assomando-se, ameaçador, e tudo o que precisava fazer para diminuir seu poder era falar em voz alta.

— Então Dot foi o amor da sua vida? — Julie pergunta, depois de elas saírem.

Penso nisso. Ela foi, sem dúvida foi. Mas Arthur também foi. Era um amor tão diferente, um era como fogo e o outro era como uma pedra, firme e confiável. Não sei o que teria acontecido se eu e Dot tivéssemos tentado dividir uma vida. Seriam necessárias tantas mentiras, tantos segredos. E não sei se seríamos capazes de aguentar isso.

E, apesar do que aconteceu aquele dia no passeio, também não sei como ela se sentia. Se aquele beijo foi um momento de delírio em vez de um momento verdadeiro. É possível que o amor da sua vida seja alguém que você nunca pôde amar de fato?

— Achei que ela talvez fosse. Tinha esperança de descobrir.

— É por isso que esperou até Arthur partir para procurá-la? — ela diz. — Por respeito?

— Não pensei em fazer isso antes, na verdade. Nem considerava uma opção. Foi ele que fez a sugestão, no fim das contas, com o bilhete que deixou. Acho que depois que me casei com Arthur me convenci de que era isso. Que tinha feito minha escolha.

Julie aquiesce.

— E a morte dele libertou-a disso, de certa forma.

Não é uma pergunta, então não respondo, mas, se fosse, diria o seguinte: a morte dele me abriu, me soltou, fez com que eu olhasse para as coisas de outro modo, fez com que eu visse com mais clareza. Arthur foi sessenta e dois anos de amor e proteção, e sua morte foi um abrir mão disso tudo.

Ela se retira para lavar algumas coisas e preparar meu almoço, deixando-me com meus pensamentos. Fecho os olhos, não para adormecer, mas para ajudar a me lembrar. Dot e eu, no meu quarto.

Você disse que tinha algo para me contar, ela disse.

E tenho. E queria contar a ela, mas ao mesmo tempo não queria.

Bem, diga logo, então. Ela estava em pé atrás de mim, trançando meus cabelos. Deu um toque gentil em meu ombro com a escova.

Arthur pediu-me em casamento, falei.

Não podia ver seu rosto e ela não via o meu. Reagimos a esse anúncio de maneira particular.

Acho que nós duas sabíamos que iria acontecer, ela falou, após uma pausa que pareceu significativa. *E o que você disse?*

Foi minha vez de fazer uma pausa. Levei uma mão para trás do corpo e pousei-a sobre a dela, a que segurava a escova. Ela parou o que fazia para sentar-se na cama, de frente para mim.

Disse sim, respondi.

Será que vi um instante de dor, de ciúme? Presente e na mesma hora não mais. Ela ergueu as sobrancelhas e sua expressão estava em dúvida.

Você tem certeza?, perguntou.

Não, revelei em uma voz baixa e murcha.

E depois comecei a justificar a decisão, embora ela não tivesse pedido justificativa.

Ele tem sido tão bom comigo desde que Bill morreu. Tão paciente. Gosto de como ele é confiável, constante. Sinto que cuidará de mim. E nos damos bem, não é? Ele me faz rir e é gentil. E sempre está propenso a se aventurar. Sinto que me estimulará a fazer coisas que eu não faria sozinha.

Dot ficou em silêncio. Ela olhou para mim e sorriu, mas seus olhos estavam tristes.

Me parece que você está tentando me convencer, ou se convencer, de que é a coisa certa a fazer.

Isso não é justo.

Não é?

Levei meu olhar aos lençóis, porque sabia que, se olhasse para ela naquele momento, se nossos olhares se encontrassem, algo significativo aconteceria. E eu queria isso, mas também tinha medo, e o medo venceu.

O tempo que passei com ele, você e Bill foram os momentos mais felizes da minha vida. Sinto que posso me ater a isso se me casar com ele. Se não fizer isso, e Arthur acabar se casando com outra pessoa, e eu esperar para conhecer alguém que nunca conheceu meu irmão, sinto que estaria abrindo mão dessas memórias.

Arrisquei olhar para cima, e ela estava balançando a cabeça.

Não é assim que memórias funcionam. Você sempre vai ter isso, as memórias de nós quatro juntos. Mas agora acabou, não é mesmo? Acabou no momento em que perdemos Bill. E parece que talvez você esteja se casando com o melhor amigo dele para se prender a isso.

Era isso que eu estava fazendo?

Entendo, acho. Você não quer deixá-lo por completo no passado. Eu também não. E quer todas as coisas convencionais. Um casamento, filhos. Arthur oferece tudo isso a você.

Ela estava errada, e eu queria gritar isso para ela. Não queria essas coisas. O que eu queria era ela, mas, desde aquele dia em que nos beijamos, ela não me deu nenhum sinal de que sentia a mesma coisa. Senti que lhe dei todas as chances. Estivemos a sós inúmeras vezes. Como naquele exato momento. Ela teve inúmeras oportunidades de avançar o corpo, reduzir a distância entre nós e me beijar de novo. E eu também, e nenhuma de nós fez nada disso. Era medo por parte dela, assim como era no meu caso, ou era falta de vontade? Eu não tinha coragem de perguntar.

Se pudesse voltar àquele dia, vivê-lo novamente de outra forma, teria coragem de arriscar tudo? Não sei, mas sei que minha vida teria tomado um rumo muito diferente se tivesse arriscado.

— Mabel?

Olho para cima e Julie está atrás do sofá, me avisando que está de saída.

— Você estava em outro mundo — ela diz. — Há algo mais de que precise antes que eu saia?

Balanço a cabeça. Porque as coisas de que preciso não são materiais, e não há ninguém que possa me dar. Uma segunda chance. Uma viagem no tempo. A jovem que eu fui e a jovem que ela era, e o amor secreto que talvez existisse entre nós.

38

Alguém bate à porta como se estivesse tentando acordar os mortos.

— Calma — digo. — Já estou indo.

Quando a abro, após brigar um pouco com a corrente, vejo Julie diante de mim, sem fôlego e animada.

— Achei que você só viesse às duas hoje — digo.

— Está certo, e ainda é o caso, mas eu... precisava falar com você a respeito de algo. Posso entrar?

Abro caminho e ela entra. Está radiante, mais feliz do que nunca. O que pode ter ocorrido entre ontem à tarde e agora para gerar tamanho júbilo? Porque é essa a palavra que descreve sua aparência atual. Jubilante.

— É melhor se sentar, Mabel — ela avisa. — E eu também. Estou inquieta. Não consigo ficar parada.

Julie se senta no sofá, ficando na beirada do assento, e vou à minha poltrona, ávida em descobrir do que isso se trata.

— Recebi uma mensagem hoje de manhã no Facebook — ela diz.

Eu aquiesço, para que ela prossiga.

— Foi do Charles.

O irmão de Dot. Diante de toda a emoção de ir atrás de Joan e a dor de ouvi-la dizer que Dot havia falecido, esqueci dessa outra busca. A mensagem. E, agora, Julie teve contato do parente vivo mais próximo de Dot, e imagino que esteja aqui para preencher algumas lacunas para mim, contar detalhes da vida de Dot que eu não descobri.

— Continue — peço.

— Preciso tomar uma água — ela diz, levantando-se e indo para a cozinha. — Você quer algo, Mabel?

— Gostaria de um chá — falo.

Enquanto ela prepara, tento adivinhar o que veio me contar. Algo sobre a sexualidade de Dot, talvez? Eu me perguntei a respeito disso desde que descobri que o casamento dela não durou e ela não se casou novamente. Mas, se Julie disser algo assim, como me sentirei? Saber que ela poderia ter os mesmos sentimentos que eu seria melhor ou pior? Deixo minha mente ir mais além. Será que é possível ela ter deixado algo para mim, como uma carta? E Charles, ou quem quer que fosse responsável pelo testamento, não teve como me encontrar, mas agora obteve essa conexão por meio de Julie? É uma chance ínfima, mas a ideia de palavras escritas por Dot me animam um pouco. Consigo enxergar sua letra, suas curvas e voltas. Começo a pensar no que ela teria para dizer.

— Aqui está — Julie diz, colocando minha caneca de chá no peitoril para mim. — Hum, que narcisos bonitos, o perfume deles não é maravilhoso?

De fato é, mas agora que cheguei ao ponto de imaginar que Dot me deixou alguma coisa — alguma explicação, talvez, ou uma declaração de amor, mesmo que de amiga —, preciso imediatamente das notícias de Julie.

— Por favor, me conte — peço.

— Estou tentando! É a Dot, Mabel. A Joan estava errada.

Joan estava errada. Quanto a quê? E então entendo. É possível que ela esteja mesmo dizendo isso?

— Dot está viva, Mabel!

— Não — falo. — Não.

Minhas mãos tremem, e o rosto de Julie perde o sorriso. E não é que não queira que o que ela disse seja verdade; é que aceitei o oposto, e não acho que sou capaz de aceitar novamente se essa nova informação se revelar um engano.

— Mabel — Julie começa, vindo até mim e pegando ambas as minhas mãos —, você está tão fria. É o choque, imagino. Prometo que é verdade. Charles confirmou. Ela mora em Portsmouth. Ele se lembrou de você no momento em que a mencionei, disse que certamente Dot ficaria feliz em ouvir notícias suas. Ele me deu o número do telefone dela, Mabel.

Ela volta para o seu assento e revira a bolsa, em seguida pega uma tira de papel e me entrega. Nela, está escrito o nome de Dot e um número de telefone. E não consigo acreditar. Que Dot está viva, que ela mora a menos de duas horas de distância, que essa sequência de onze dígitos nesse papel amassado me conecta a ela, se eu ousar usá-la. E não me dou conta de que estou chorando até que Julie me entrega um lenço, e a partir disso não consigo parar. Todas as emoções dos últimos meses extravasam agora, e não há nada que eu possa fazer a respeito.

— Aconteceu alguma coisa?

Levanto a cabeça e Erin está na sala. Ela está com calça legging e uma camiseta folgada, e seu cabelo e rosto ainda contêm as marcas de alguém que estava dormindo há pouco. É o recesso de Semana Santa, e é sua última grande chance de estudar antes das provas, mas, pelo que vejo, não parece haver muito esforço. O tempo todo é ocupado por dormir, Hannah e o trabalho no supermercado para guardar dinheiro para a faculdade. E nunca fui mãe, pensei nunca saber nada sobre como cuidar ou guiar, mas fico sempre com vontade de lhe dizer que de nada adianta poupar dinheiro se também não se esforçar para garantir que seja aprovada.

Julie olha para mim para pedir permissão, e aquiesço.

— Recebi uma mensagem do irmão da Dot. Ela está viva e bem.

Erin fica boquiaberta.

— Então a tal da Joan, ela estava...

— Errada — digo. — Desinformada ou equivocada.

— Charles disse que o ex-marido de Dot faleceu há alguns anos — Julie explica. — Talvez seja daí que surgiu a confusão.

— Não acredito que apenas acreditei no que ela disse. Mas ela parecia ter tanta certeza.

Erin vem até mim e curva seu tronco magro na poltrona até me abraçar. É um abraço desajeitado, mas ainda assim reconfortante.

— Fico tão feliz por você — ela diz, afastando-se. — E agora?

Olho para ela e para Julie.

— Acho que ligarei para ela, e, se ela aceitar que nos encontremos, talvez possamos ir até lá?

— Um passeio! — Erin exclama, aos risos.

Gostaria de capturar a essência desse momento. Quando ainda não falei com Dot, não tive a oportunidade de me decepcionar, de ser rejeitada ou de ouvir que o que eu sentia não foi nada no grande escopo de uma vida. Estamos tão animadas com a expectativa de a mulher que eu amava — que amo — ainda estar neste mundo, de ainda haver uma chance de encontrá-la. E sinto-me tão grata. Por Charles, que respondeu à mensagem. E por Julie e Erin, por se importarem tanto com essa busca que não afeta em nada a vida delas.

— Preciso ir — Julie avisa, levantando-se e alisando as calças. Vejo que ela está usando meias de pares diferentes, e uma camiseta grande com o colarinho levemente esburacado e a frase "silêncio, estou dormindo" escrita na frente. Ela me vê notando isso e ri.

— Eu ainda estava na cama quando recebi a mensagem. Só coloquei as calças e vim logo para cá. Mas vejo você depois, Mabel, e falaremos mais a respeito disso, está bem? — Ela olha para Erin. — Você ficará por aqui hoje de manhã? É um choque muito grande, quero ter certeza de que ela ficará bem.

— Com certeza — Erin diz. — Não tenho nenhum plano além de preparar e comer uma torrada. Ficarei bem aqui do seu lado, Mabel.

— Eu estou bem — informo, dando um tapa no ar para livrá-las de qualquer preocupação.

Mas não estou bem, na verdade. Estou totalmente desorientada. Estou em pedaços.

Ouço o clique da porta da frente quando Julie sai, e Erin se retira para preparar sua torrada, cantarolando uma música que quase soa familiar. Talvez seja uma das músicas que ela sempre coloca para tocar. Levanto-me e caminho para a entrada da sala de estar. Consigo ver a cozinha dali. Ela ainda está cantarolando e dança da torradeira para a gaveta de facas, e de lá para a geladeira, para pegar manteiga e geleia. Ela está tão viva, tão presente. E então percebo que estava errada quando disse a Julie que Erin era eu. Ela é muito mais parecida com Dot.

A ideia me vem num lampejo. Eu a incluirei no meu testamento. Deixarei a casa para Erin. Assim, ela nunca terá que voltar para sua família, que deseja esmagá-la e sufocá-la. Ela poderá ficar aqui, sendo ela mesma. Ou vender a casa e usar o dinheiro para comprar algo mais a seu gosto. Consigo enxergá-la nesses apartamentos modernos de pé-direito alto, cheios de luzes e pisos de tábua. Nesse momento, ela se vira, e me vê olhando-a.

— O que foi? — pergunta. Sua voz é gentil e tenra.

— Nada.

— Quer alguma coisa, Mabel?

— Não — respondo. — Não quero nada.

Quando ela traz à sala seu prato com torrada e um copo cheio de suco de laranja, estou sentada novamente, olhando para o número de telefone de Dot.

— Dá medo? — ela pergunta. — Ligar para ela? Dar esse passo?

Faço que sim com a cabeça. Porque não há motivo para fingir o contrário. Reconectar-se com alguém — ou tentar se reconectar — depois de se passarem tantos anos nunca será fácil. Mas, quando a separação ocorreu sob circunstâncias incertas e há sentimentos intensos no meio e você não sabe qual é, ou era, a situação entre vocês duas, é completamente diferente.

— Quer que eu ligue? — ela pergunta.

Dou risada. Ela agora não tem medo, essa jovem que estava tão preocupada em revelar à família quem ela era. Eu sei que ela faria isso por mim, mas não seria o certo. Como eu reagiria se uma jovem ligasse para mim alegando ser uma amiga de Dot? Somos velhas demais para precisar de uma intermediária.

— Eu vou ligar — afirmo. — Só estou tentando definir o que direi.

Ela fica quieta, e o único som na sala por um ou dois minutos é o da torrada sendo mordida. Olho para os narcisos, vejo pela janela uma mulher passar com os dois filhos, segurando cada um em uma mão, com uma expressão cansada no rosto.

Quando digo que estou pronta, Erin assente com a cabeça e levanta-se para sair da sala. Não preciso pedir que me dê privacidade e sou grata por isso. Ouço-a subir as escadas, pego meu telefone celular da gaveta e digito os números, com bastante cuidado. Não quero cometer um erro agora e telefonar para a pessoa errada. Me parece importante, de algum modo, que eu faça isso da maneira correta.

Há um toque, dois, três. Em seguida, os toques param, mas ainda não surge uma voz. Só alguns ruídos arranhados. E então a ouço. Ela.

— Alô?

Sinto um inchaço no fundo da garganta e penso por um momento que não conseguirei colocar as palavras para fora.

— Dot — falo, e minha voz é quase um grasnido. — Oi, Dot. É a Mabel. Mabel Beaumont.

Ela fica em silêncio por tanto tempo que acho que algo deve ter acontecido com a ligação, ou que ela desligou. Tiro o telefone da orelha e olho para a tela, mas a ligação ainda está em andamento, com os segundos do cronômetro ainda avançando.

— Mabel — ela diz, com a voz cristalina. — Nosso caro Charles disse que talvez você me ligasse. Faz um tempinho que não nos falamos.

Um tempinho. Fecho os olhos e vejo os anos passarem num lampejo. Meu casamento, a morte dos meus pais, as mudanças de casa. Dia após dia após dia trabalhando em diferentes salas de datilografia e escritórios, férias no país de Gales e na Cornualha e, uma ou duas vezes, na França. Passeios de um dia e caminhadas na floresta e ficar sentada nesta sala com Arthur, com livros no colo e canecas de chá quentinhas na mesa de centro.

— Faz mesmo — digo. — Estava procurando você.

— Como assim, por todos esses anos?

Ela está caçoando, como sempre fazia, e solto uma risada.

— Não, não por anos. Mas por alguns meses. Desde que Arthur morreu.

Há uma inspiração funda.

— Você e o Arthur, vocês ficaram juntos esse tempo todo, até alguns meses atrás?

Eu aquiesço com a cabeça, antes de me lembrar de que ela não está me vendo.

— Isso mesmo — digo.

— Bem, agora você me encontrou, Mabel. Devemos nos ver em carne e osso?

É nesse momento que penso que ouvir sua voz bastaria, se fosse tudo o que me fosse oferecido. Sua cadência doce, sua melodia. A diversão escondida entre uma palavra e outra, a promessa de uma travessura. Mas isso não é tudo, porque ela fala de nos encontrarmos, e desejo isso mais do que tudo.

— Devemos — digo. — É só dizer o dia, Dot. Irei até você.

39

No fim, todas vamos. Erin queria vir, mas não tem carro, então Julie ofereceu-se para dirigir, mas dois dias antes seu carro quebrou no meio de uma rotatória em Overbury e precisou de troca de freios. Ela disse estar aliviada de não ter sido jogada pelo para-brisa quando os freios não funcionaram, e todas concordamos que foi uma bênção. Então falamos com Patty, que queria participar, já que esteve conosco em nossa viagem para Londres, mas que nunca caberíamos todas no seu Fiat 500. Foi aí que Kirsty apareceu. Ela tem um veículo enorme, que está mais para uma van do que para um carro, e é nele que estamos, com um burburinho animado.

Não faço parte da conversa. Sinto-me nauseada. Estou com Dotty no assento ao meu lado e Kirsty faz sonzinhos fofos sempre que ela fica prestes a chorar. Ofereço-lhe meu dedo em um momento e ela o pega e o segura com força. Fica um pouco desconfortável depois de um tempo, a posição dobrada do meu punho, mas não arrisco tirar o dedo, no caso de isso fazê-la chorar. Tenho medo de que Kirsty mude de ideia, decida que é trabalhoso demais. Então mexo o dedo um pouco, para mudar de posição.

Erin está no banco do passageiro, consigo ouvi-la contando a Kirsty que ela comprou ingressos para ela e Hannah para ver o Fleetwood Mac, e me pergunto se é o mesmo Fleetwood Mac que já conheço ou algo completamente diferente. Kirsty dá gritinhos animados, ainda que interrompidos ocasionalmente pelo sistema de navegação. Julie está do meu outro lado, mas está com o pescoço virado falando com Patty, sozinha na fileira de trás, sobre Harry, o homem da aula de dança com quem Patty começou a sair. Ou que começou a ver, seja lá como se diz.

Estamos na estrada há cerca de vinte minutos quando um fedor terrível surge.

— Deus do céu, o que é isso? — pergunto, tirando o dedo das mãos de Dot para tampar o nariz.

E ela começa a chorar.

— Acho que ela precisa trocar de fralda, Kirsty — Julie afirma.

Há um posto logo em frente, então Kirsty entra no acesso, nós estacionamos e eu ando de um lado para outro enquanto Julie ajuda Kirsty a cuidar do bebê.

— Como você está? — É Patty, e seu rosto é pura preocupação.

Paro de andar. Sei que estou pálida. Kirsty me maquiou um pouco para a ocasião, mas suspeito que, se eu me olhar no espelho agora, verei uma palhaça me encarando. O que Dot vai pensar?

— E se nada disso for tão importante para ela como é para mim? — pergunto.

Patty chega mais perto e me dá as duas mãos.

— Se for esse o caso, lidaremos com esse fato. Mas lembre-se: foi você quem se casou.

Elas sabem a história inteira agora. Penso no que acaba de dizer. É verdade. Eu me casei. Dot pode ter interpretado que eu enxergava o que houve entre nós como um equívoco. Céus, e se ela passou a vida inteira achando isso?

— Eu não enxergava nenhuma outra opção — afirmo.

— Eu sei — Patty diz. — Eu sei.

Ela não solta as minhas mãos, e ficamos ali paradas até Julie avisar que estamos prontas para voltar à estrada.

— Você já se apaixonou? — pergunto, enquanto voltamos para o carro.

Patty suspira.

— Só pelo pai da Sarah.

Estamos próximas das demais a essa altura, e Julie cutuca Patty antes de subir no carro.

— Já está pronta para nos contar quem é?

— Acho que sei — falo.

Todas se viram para mim.

— Você acha? — Patty pergunta. — Diga, então.

Eu aquiesço.

— É o Michael Silver, não é?

Há um arquejo coletivo que assusta Dotty, que começa a chorar. Dou-lhe novamente o meu dedo.

— Como soube? — Patty pergunta.

Julie parece prestes a explodir.

— O maldito do Michael Silver! Achei que ele era um dos bons.

— Notei a forma como você reage quando ele está na televisão — explico. — Ele tem a idade mais ou menos certa, e Sarah tem aqueles belos olhos azuis. Só conectei as coisas.

— É meu grande segredo — Patty fala. — Eu me apaixonei por Michael Silver, ele era casado e não queria ter nada a ver com nossa filha.

Sua voz não vacila, mas uma expressão passa pelo rosto, e acho que isso é algo que nunca se supera.

— E ele nunca a conheceu? — Julie pergunta, balançando a cabeça.

— Nunca.

Ficamos em silêncio após isso. O que há para se dizer? Fico os quilômetros seguintes olhando os campos e árvores passarem pela janela, pensando que há coisas piores do que não poder dividir a vida com a pessoa que você ama por circunstâncias da sociedade. O que Patty sofreu é pior. Indiferença. É o que encontrarei hoje? Mas não, recordo nossa conversa pelo telefone, como fiz várias vezes, geralmente nas primeiras horas da manhã. Se ela fosse indiferente a mim, teria dito que não estava interessada em me ver, não? O seu tom era brincalhão, divertido. Ela parecia feliz em ter notícias minhas.

Mal parecia ter passado o tempo quando Kirsty estaciona em uma rua residencial comum e diz:

— Acho que é aqui.

É inacreditável, quanto ela estava perto. Olho pela janela para a casa de Dot. Parece ter sido construída nos anos 1930 e o jardim da frente é pequeno e bem cuidado.

— Você quer ir sozinha? — Julie pergunta. — Ou quer que uma de nós vá com você?

Eu sei que ela quer que eu a leve. Ela esteve comigo a cada passo dessa jornada, mas preciso fazer isso sozinha. Depois haverá tempo para apresentações, espero. Haverá tempo para que eu mostre essa algazarra de mulheres que amo como uma família.

— Irei por conta própria, se não for muito incômodo — respondo.

Ela assente, com óbvio desapontamento. E quero agradecê-la, mas haverá tempo para isso depois também. Desço do carro, fecho a porta deslizante, atravesso o caminho de pedras e fico diante da entrada. Essa tábua de madeira é tudo o que nos separa. Dot marcou para as onze e faltam cinco minutos. O que ela está fazendo lá dentro? Apressando-se, assegurando que está tudo pronto? Paralisada em uma cadeira? Ou de pé do outro lado da porta, com o coração batendo descontrolado, como batia no dia em que nos beijamos?

Bato à porta e dou um passo para trás. Quando me viro para o carro, Kirsty dá um leve aceno, e imagino-as todas ali, retomando a conversa sobre Michael Silver. Eu poderia voltar para lá e me juntar à conversa. Seria tão fácil. Mas, no momento em que penso nisso, há um som. Uma corrente sendo tirada, uma porta se abrindo. E ali está ela. Dot Brightmore. Um sorriso tão largo no rosto e os olhos cheios de brilho. Ela parece completamente diferente e exatamente a mesma. E a amo. Deus, como a amo. Quero levar meus braços a ela e trazê-la para mim e dizer que eu estava errada, e que fui uma tola, e que estou aqui agora, e que sei que somos idosas e que cheguei cinco minutos adiantada, mas que espero não ser tarde demais.

— Mabel — ela diz. — É você mesmo.

Ficamos ali, paradas, então ela vira o corpo para me dar passagem. Sua casa é como um baú de tesouros. Cheia de móveis incongruentes entre si, fotos e bibelôs. Eu tenho certeza de que ela escolheu todos os componentes por si mesma, porque gostou deles, sem se importar se as coisas combinavam ou o que as outras pessoas achariam. Na sala de estar, sinaliza para que eu me sente e eu escolho uma poltrona rosa-choque. Ela se senta na beirada de um divã floral e começamos a conversar.

Por meia hora, trocamos histórias de vida. Ela me conta de seus filhos e netos, e percebo como seu rosto muda ao dizer seus nomes, como se as meras palavras explodissem com a essência deles e a alegria que lhe traziam. Se tivéssemos encontrado uma maneira de ficarmos juntas, ela não teria tido isso, lembro a mim mesma. Falamos de trabalhos que tivemos, lugares para os quais viajamos. Nada muito longe, no meu caso. Ela foi a lugares que nem posso imaginar: Marrocos, Brasil, Canadá. Sempre foi ousada. Mas, quando exibo minha vida para ela, não tenho vergonha. Ela foi singela, mas especial à sua própria maneira. Não é assim com todo mundo?

— Sinto muito pela perda do Arthur — ela disse.

Ela olha para mim, devagar, mas firme. E é o que nos traz de volta aos anos 1950, àqueles tempos terríveis e incríveis.

— Minhas amigas — digo.

— O quê?

— Adoraria continuar conversando, mas algumas amigas vieram comigo, e estão no carro lá fora; sinto que não deveria deixá-las esperando tempo demais. Uma delas tem uma neném e...

Dot ri.

— Ora, você deveria dizer para elas entrarem — ela diz.

Eu gostaria que ficássemos a sós, mas isso não é prático. Precisei dessas mulheres para segurar minha mão durante a viagem, portanto convidá-las a entrar é o mínimo que posso fazer. Abro a porta da frente e sinalizo com o braço para que venham e as vejo — com Dot ao meu lado, logo atrás de mim — conforme saem do carro.

Kirsty, alongando-se e bocejando.

— Como é bonita! — Dot exclama.

Julie, rindo alto de algo que uma delas disse, o corpo todo se agitando.

— Ela parece divertida — Dot diz.

Patty, descendo sem dificuldades e levando o assento de Dotty na dobra do braço.

— Não é sempre que se vê tamanha elegância — Dot afirma.

E Erin, saltando do banco da frente e indo para o caminho de pedras como um cãozinho animado.

— Ah, a juventude.

Apresento todas elas, e Dot solta um gritinho quando digo que ela tem quase o mesmo nome de Dotty, que, naquele momento, engatinhava pelo corredor em busca de algo que ela não devesse colocar na boca.

— Bem-vindas — Dot fala. — Muito prazer. Devo colocar a chaleira para esquentar?

40

No caminho de volta, sinto-me mais calma, mais apta a participar da conversa.

— Ela é como eu imaginava — Kirsty diz, juntando as palmas das mãos e em seguida colocando-as de volta ao volante, depois que Erin estica o braço para segurá-lo.

— É mesmo? — Julie pergunta. — Eu não sei o que esperava, para dizer a verdade. Mas e você, Mabel, como foi vê-la novamente após todos esses anos?

Como responder a essa pergunta? Era como um milagre, como encontrar um trevo-de-quatro-folhas ou ver um eclipse. E ao mesmo tempo parecia não ser nada de mais, como estar com sua melhor amiga. Confortável e fácil.

— Foi um pouco como uma viagem no tempo — digo.

— Você descobriu o que queria antes de entrarmos? — Erin pergunta. — O porquê de ela ter ido embora, como se sentia e tudo mais?

Balanço a cabeça em uma negativa.

— Não, isso terá que ficar para outro dia.

Mas outro dia já era garantido. Tive um pouco de medo de sugerir, sendo que fui eu que a procurei. Achei que, se ela quisesse me ver mais uma vez, ela diria. E, por sorte, ela disse. Dot virá me ver em uma semana. Ficará por alguns dias. Deixamos o resto em aberto. A ideia de sua presença na minha casa faz minha garganta inchar e meu coração palpitar.

Estamos jubilantes no caminho de volta. Tivemos êxito. E, embora eu sinta que ainda tenha muitos motivos para viver, se eu morresse agora estaria contente. Mas não há altos sem baixos. Já aprendi isso. Assim, depois que elas me deixam em casa e entro, sinto-me acabada. Erin sai para trabalhar no supermercado. Estar sozinha nem sempre significa estar solitária, mas às vezes é o caso. Estou agitada, sabendo que Dot está neste mundo, que está relativamente perto, e estou aqui, sozinha, onde estive por tanto tempo.

Vou para o aparador, pego meu caderno espiralado e revisito a lista que fiz. Faz tempo que não a consulto.

1. ~~*Entrar em contato com amigos e parentes.*~~
2. ~~*Falar com a casa funerária.*~~
3. ~~*Ir ao supermercado.*~~
4. ~~*Limpar a casa.*~~
5. *Procurar por D.*
6. *Ajudar Julie a recuperar o marido.*
7. *Ajudar Patricia a recuperar a filha.*
8. ~~*Garantir que Kirsty está em segurança*~~ *Reunir Kirsty com sua família.*
9. *Ficar de olho em Erin.*

Pego uma caneta e tico cada item, rindo de como errei feio em alguns deles. Bato a ponta da caneta no item nove, pensativa. Então pego o iPad e busco por advogados na região. Dez minutos depois, tenho uma data marcada para discutir meu testamento. E agora? Preparo uma xícara de chá e sento-me na beirada da minha poltrona, bebendo-o enquanto ainda está bem quente, pensando no que se faz depois de terminar uma lista de afazeres.

Fico surpresa ao ouvir batidas à porta. Espio pela janela e vejo que é Julie. Ela está com uma expressão que não consigo decifrar. É parte preocupação e parte tristeza. Ela me olha pela janela, sorri e gesticula na direção da porta. Ela me espera ir até a porta para entrar.

— Não achei que a veria de novo hoje — digo.

— Não, eu sei. Fui para casa e não conseguia ficar quieta. Posso levá-la a um lugar importante para mim?

Abro a boca para dizer algo como "Desde que não seja muito longe", mas a fecho a tempo. E penso.

— Sim — respondo.

Porque ainda estou aqui, ainda estou viva, e quero fazer coisas. Veja o que já fiz, o que mudei. E não faço ideia do que pode vir em seguida. Entramos no carro e o sol brilha em nossa direção. Ela coloca óculos escuros e fecho os olhos, perguntando-me onde estaremos quando eu os abrir. A viagem não é longa. Quando ouço o freio de mão ser puxado, olho, e estamos na igreja. Ela não diz nada, só me conduz pelo cemitério, para além de onde minha família está enterrada e até um canto não muito distante de Arthur. Ela para diante de uma lápide de mármore negro e eu a leio.

Samantha Willis
9 de junho de 1970 — 11 de junho de 2022
Filha, mãe, irmã, esposa e amiga
Seu desejo de ter a última palavra era inigualável

Sorrio para a última frase, depois levo a mão à boca. Olho para Julie e ela está com as mãos nas costas e a cabeça baixa. Espero.

— Minha irmã mais velha — ela explica, depois de passados longos minutos.

Faço um breve cálculo. Essa mulher, a irmã de Julie, morreu dois dias após seu aniversário de 52 anos. No ano passado. Ela morreu no ano passado.

— Sinto muito — digo.

É algo tão pequeno, essa condolência. E, no entanto, lembro-me de as pessoas dizerem-na depois de Arthur — o carteiro, o pároco, o tosador do Olly —, e isso ser um leve conforto. Então digo mesmo assim.

— Quando nos conhecemos, eu estava em luto, e não fazia ideia de que você também estava.

Ela dá de ombros.

— Acho que todas as pessoas estão em luto por algo. Nossa infância, um relacionamento ou um sonho.

É verdade, mas não é o tipo de coisa que espero ouvir dela. Aguardo que ela emende a frase com uma piada, mas ela não faz nada disso.

— Como ela era? — pergunto.

Julie sorri, e fico feliz por ter perguntado. As pessoas não querem sempre falar sobre quem amavam? Não querem sempre que esses entes queridos sigam existindo em histórias e memórias compartilhadas?

— Ela era irritante, carinhosa e engraçada — ela diz.

Se eu tivesse que reduzir Arthur a três palavras assim, quais eu escolheria? Confiável, acho. Paciente. Bondoso. Repito-as em silêncio. Confiável, paciente, bondoso. Eu não podia ter desejado mais do que isso.

— Você se incomodaria se nos sentássemos? — pergunto, apontando para um banco a alguns metros.

— Não, sem problemas.

Sentamo-nos, com os olhos ainda na lápide de sua irmã.

— Alguns dias, sair da cama é uma batalha — ela admite.

Eu aquiesço, sabendo como é esse sentimento.

— Entendi tudo errado. Eu percebia que havia uma tristeza dentro de você, mas achei que fosse por causa de seu casamento ter acabado. Mas nunca foi por causa disso, foi?

— Bem, isso não ajudou, sem dúvida.

— Mas ele não é o amor da sua vida, imagino?

Julie fica em silêncio. Quando volta a falar, suas palavras vêm lentamente.

— Era ela. A Sam. Há formas diferentes de amor, não é mesmo? O grande amor da Patty é sua filha, o meu era a minha irmã, e o seu é a Dot. Ainda não sei no caso da Kirsty ou da Erin. Talvez elas sejam novas demais para saber. Martin só, não sei, teve uma participação, eu diria. Minha vida foi sempre eu e ela, tudo ou nada.

Todas as vezes que ela me escutou falar sobre a perda do meu irmão, sendo que o coração dela estava partido da mesma forma.

— Obrigada — agradeço. — Por me trazer até aqui. Por me contar sobre ela.

Julie coloca a mão sobre a minha e ficamos ali sentadas sob o sol brilhante por um tempo, vivendo ao mesmo tempo no presente e em nossas memórias.

Depois ela me leva para casa e recusa meu convite para entrar. Sento-me em minha poltrona com um bule de chá e um prato de biscoitos de creme inglês, e permito-me retroceder a um passeio de um dia que fizemos. Eu e Dot, Bill e Arthur. Uma toalha de piquenique e um céu limpo. Os dois homens na frente e nós duas atrás. Ambos falavam sobre críquete e um filme que queriam ver enquanto Dot e eu fofocávamos sobre as mulheres do nosso trabalho. Consigo enxergá-la se encolhendo de tanto rir e estendendo o braço, balançando-o para pedir que eu pare, mas não lembro o que eu disse para causar essa reação. Fomos de carro até as colinas e encontramos um lugar recolhido, e Dot firmou os quatro cantos da toalha xadrez com a cesta de piquenique e três sapatos (por algum motivo, um meu, um dela e um de Bill). Foi um lanche bastante movimentado. Bill desafiou Arthur a comer um ovo cozido em menos de trinta segundos, e Arthur conseguiu. Dot comeu todos os sanduíches de queijo. Arthur fez uma piada sobre se casar com Dot porque ela fez o bolo favorito dele, e, embora eu soubesse que era ridículo, me senti um pouco magoada. Quando terminamos de comer, Dot disse que precisava esticar as pernas, e Bill levantou-se.

Você fica aqui, ela disse. *Mabel, pode vir caminhar comigo um pouco?*

Levantei-me e tirei as migalhas de minha saia, e os homens nos observavam enquanto nos retirávamos.

Você acha que teremos mais verões como este?, Dot perguntou.

Como assim?

Bem, estou gostando tanto do dia e sinto que as coisas irão mudar.

Como assim?

Um deles pode pedir uma de nós em casamento e as coisas nunca mais serão as mesmas.

Eu não esperava isso.

Arthur não está pensando nisso, tenho quase certeza. E, quanto a você e Bill, eu não ficaria surpresa, mas não acho que mudaria necessariamente muitas coisas.

Não acha? Ela para de falar, e paro também. Olhamos uma para a outra.

O que mudaria?, perguntei.

Ela balançou a cabeça. Atravessou a distância entre nós com o braço e pegou minha mão.

Nós. Isto. Nossa amizade.

Não vai mudar, digo. *Não deixarei que mude.*

Mal eu sabia. Foi o último verão que nós quatro tivemos, e as coisas não só mudaram como implodiram por completo. Mas, ao relembrar aquele dia, aquela caminhada, pergunto-me agora do que ela estava falando. O que estava tentando me dizer.

Quando voltamos ao piquenique, Bill e Arthur estavam deitados na toalha, lado a lado, e Arthur roncava de leve. Bill estava com os braços atrás da cabeça e sorriu para nós.

Que horas vocês querem voltar?, ele perguntou.

Pensei em nossa casa, no escritório de datilografia, nas coisas menores que compunham meus dias. Nunca havia muito tempo para céu aberto e pensamentos que iam de uma coisa à outra, sem interrupção.

Nunca, respondi.

Bill riu e levantou uma mão para que Dot a pegasse. Quando ela o fez, ele a puxou de forma que ela ficasse quase sentada em seu colo.

Eu poderia passar a vida aqui, Dot concordou.

Comigo?, Bill perguntou.

Ela olhou para ele por tanto tempo que senti que não deveria estar vendo essa cena; em seguida, Dot virou-se para olhar para mim e viu as minhas bochechas corarem, mas não reagiu.

Sim, ela respondeu.

Se estivessem a sós, ele a teria beijado. Eles já tinham se beijado a essa altura? Sinto que deveria ser o caso. Mas as coisas ainda pareciam inocentes e em aberto. Como se houvesse inúmeras possibilidades. Como se pudessem tomar diversos rumos.

Quando Arthur acordou, perguntou o que havia perdido e respondemos que não perdera nada. Mas isso não era bem verdade, creio eu. Sinto que houve uma mudança ínfima entre nós quatro. A verdade é, e sempre foi, que ele era, dos três, a pessoa da qual eu não fazia questão, a que era menos importante para mim. Como é estranho ter sido com ele que passei a minha vida, no fim das contas.

Na viagem de volta, o carro quebrou. Algum problema com a bateria. Por sorte, Bill conseguiu nos tirar da estrada e evitar acidentes antes de o carro parar de vez e não ligar mais. Tivemos que esperar por mais de uma hora, todos desanimados e ansiosos para chegar em casa. O sol atacou a pele dos meus ombros, que pinicavam e ardiam. Saímos do carro e nos sentamos no banco, esperando o mecânico que Bill chamou pelo telefone no acostamento. Dot tentou nos fazer rir, mas não estávamos com disposição. Tinha sido um dia maravilhoso, que agora fora conspurcado, e ninguém sabia ao certo o porquê. Fiz uma pulseira de margaridas e coloquei-a no braço de Dot, e ela me disse algo que nunca esqueci.

Ah, Mabel, as flores me trazem desesperança. Elas só me fazem lembrar que tudo um dia morre.

41

— As meninas têm um novo tablet — Patty diz. — Podem fazer uma chamada de vídeo comigo sempre que quiserem. Sei que uma hora a febre vai passar, mas atualmente me ligam de cinco a seis vezes no dia.

Estamos na sua casa, no jardim de inverno, e ela serve o chá.

— Alguma visita combinada?

— Eles perguntaram se eu quero passar o verão por lá — ela fala. — Ajudar a cuidar das crianças durante as férias, sabem como é.

— E o que você respondeu? — Julie perguntou.

Todas esperamos sua resposta. Sei que ela ama as meninas e sente saudade, mas detestaria que tirassem proveito disso.

— Eu disse que não — ela responde, para minha surpresa. — Tenho minha própria vida aqui. Tenho vocês — ela gesticula, indicando cada uma de nós. — E tenho Harry.

Kirsty faz uma leve comemoração.

— Harry!

— Não acredito que você finalmente deu uma chance para ele — Julie diz, aos risos.

Harry frequenta as aulas de dança de Patty há cinco anos, e até eu percebia o quanto ele era caidinho por ela.

— E por que decidiu isso? — Kirsty pergunta.

Todas nós olhamos para Patty e ela junta as palmas das mãos.

— Por causa da Mabel — ela responde.

Por essa eu não esperava.

— Mabel poderia ter mergulhado na dor da perda depois da morte de Arthur, mas em vez disso ela mudou de vida. Isso é que é ter coragem. — Ela olha para mim. — Você me ensinou que eu precisava deixar Sarah seguir sua vida e começar a viver a minha.

— Ensinei?

— Ensinou, sim. Você me mostrou que nunca é tarde demais.

Julie concordou com a cabeça.

— E você me ajudou a começar a falar sobre a Samantha.

Julie, a essa altura, contou sobre a irmã para todas nós. E acho que o fato de contar a deixou mais leve. Ela compartilha histórias e memórias, e a tristeza em seus olhos ainda está ali, mas diminuiu. Todas temos algo que nos atingiu, acho. Ninguém sai ileso dessa vida.

— Você acha que é sério, você e o Harry? — pergunto.

Patty tomba a cabeça e noto novamente como ela é bela. Gostaria de tê-la visto como modelo, como ela era no começo da idade adulta. Mas talvez ela tenha atingido seu ápice de beleza agora, com toda essa vida acumulada, toda essa sabedoria.

— Acho que talvez seja — ela diz.

Julie está sentada perto dela, e ela coloca um braço em volta de Patty e a aperta. Pergunto-me se ela ainda pensa em Martin, em como o perdeu duas vezes.

— Você pretende voltar a ter encontros? — Patty pergunta, e percebo que nossos pensamentos estavam seguindo rumos parecidos.

— Na verdade, não — Julie responde. — Não há pressa, há? Pela primeira vez na minha vida, não sinto necessidade de estar com alguém. Sinto que estou bem sozinha, por enquanto. E, se alguém aparecer daqui a um ou dois anos, tudo bem.

— Há vantagens em se viver sozinha — Patty diz.

Nisso ela tem razão. Depois da morte de Arthur, era um tanto libertador ser a única pessoa que tinha que decidir as coisas na hora de comer ou assistir televisão. Ter uma cama inteira para mim, não precisar falar quando não tenho vontade. Mas depois Erin veio para casa e gostei tanto de sua companhia que não me importei com o resto. Dentro de alguns meses, ela irá para a universidade, se tudo der certo, e sentirei os prazeres de morar sozinha novamente até ela voltar nos recessos. O melhor dos dois mundos, na minha opinião.

Kirsty anda quieta. Está sentada no chão, apoiando as costas em uma poltrona e dando a mamadeira para Dotty. Ela vinha escutando tudo, mas sem dizer muita coisa. Olho para Dotty por um minuto, para a forma como suas pálpebras caem e se abrem novamente conforme ela resiste ao sono.

— Eu detestava morar sozinha — ela diz. — Adoro o burburinho e o caos da vida em família.

— Quando morou sozinha? — pergunto. — Antes do Ben?

— Isso, depois da faculdade. Dividi diferentes apartamentos com amigos e depois consegui comprar um lugar para mim e era pequeno, só tinha espaço para mim, mas fiquei com tanto orgulho. Então eu levei todas as coisas para lá, pintei as paredes e pendurei retratos, mas nunca pareceu um lar porque não havia mais ninguém lá. Quando conheci Ben, comecei a dormir na casa dele três ou quatro dias da semana e pouco depois disso passamos a morar juntos.

Tenho vontade de perguntar se algo aconteceu com a sua família, mas ao mesmo tempo não quero pressioná-la. Já Julie não tem essas reservas.

— Tem planos de rever seus pais?

— Na verdade, sim. Ia mencionar que foi isso o que a coragem da Mabel me inspirou a fazer. Ben e eu vamos passar um fim de semana lá daqui a algumas semanas.

— Você está nervosa com isso? — Patty pergunta.

— Pra dizer a verdade, não. Tenho falado com eles, com os dois, pelo telefone e acho que estava errada em relação ao Tony. Acho que ele é boa pessoa e que faz minha mãe feliz. Eu só não estava pronta para o fato de ela ter superado tudo tão rápido. E Ben está contentíssimo, porque achou que era dele que eu tinha vergonha e eu não fazia ideia. Então vou levá-lo até minha família, deixar que ele os conheça e depois podemos enfim nos casar.

Dotty agora está dormindo, e Kirsty levanta-se com cuidado e a leva para o corredor, para colocá-la no carrinho.

— Que ótimo — Patty diz quando Kirsty volta. — Então foi um serviço completo, Mabel.

— Como assim?

— Ora, todas nós encontramos coragem para mudar algo, para sermos sinceras em relação a algo, por sua causa.

Eu nem sei o que dizer.

Mais tarde no dia, Erin e eu estamos preparando torrada com feijão.

— Às vezes — Erin diz —, não há nada melhor que torrada com feijão.

Concordo. Estou passando manteiga nas torradas e ela está mexendo o feijão, e me lembro de todas as vezes que Arthur e eu ficamos juntos nesta cozinha, com ele fazendo uma tarefa e eu, outra. Lembro-me de como ele sempre estava disposto a fazer as coisas, sempre integrando grupos, oferecendo ajuda e fazendo pequenas mudanças. E em como eu achava que isso era inútil, que uma pessoa não tinha como mudar como as coisas eram. Mas agora Patty encontrou um jeito de ser feliz sem que essa felicidade esteja ligada à filha, e Julie começou a processar a perda da irmã, e Kirsty está aprendendo a deixar que as pessoas que ela ama se conheçam. E Dot voltou para a minha vida. E isso tudo porque decidi tentar a sorte, finalmente fazer algo depois de tantos anos dizendo "não".

Erin está de frente para a geladeira.

— Devo ralar um pouco de queijo para colocar em cima? — ela pergunta.

— Por que não?

Coloco a chaleira para ferver e, quando ela começa a apitar, pego duas canecas do armário e sinalizo com uma delas para Erin. Ela faz que sim com a cabeça. Ela é como eu, nunca recusa uma xícara de chá. Aprendeu a fazer do jeito que eu gosto. Do jeito que Arthur fazia.

À mesa, enquanto comemos, Erin pergunta a respeito de Dot.

— Vou atrapalhar aqui quando ela vier? Vocês duas têm tanto o que conversar.

— Temos, mas não será problema.

— É só dizer, se quiser que eu dê privacidade para vocês. Posso sempre ir para o meu quarto ou sair.

Gosto de como ela se refere ao quarto como dela. Espero que sempre faça isso. Percebo que essa talvez seja uma boa oportunidade de mencionar aquilo no que venho pensando.

— Erin — começo.

Ela levanta o olhar, ficando séria de repente. Parece achar que estou prestes a contar que estou morrendo.

— O que foi?

— Só quero que saiba que sempre terá um lugar para você aqui. Recessos da faculdade, depois que se formar, e tudo mais.

Ela abaixa a cabeça e, quando a levanta novamente, vejo que há lágrimas em seus olhos.

— Eu não queria deixar você triste — digo. — É que não quero que pense que talvez precise voltar para eles, para a sua família. Porque não vai precisar.

Ela entende o que estou dizendo? Está tudo assinado e definido. Esta casa é dela quando eu partir. Mas é exagerar falar isso com todas as letras agora, enquanto comemos torrada com feijão? Não quero que ela ache que precisa me mostrar gratidão eterna. Na minha opinião, é algo que simplesmente faz sentido. Tenho essa casa, e não precisarei dela por muito mais tempo, mas ela precisará.

— Obrigada — ela diz.

E é impossível saber se ela entendeu por completo. Se será um choque quando eu morrer e ela receber um telefonema dizendo que ela tem uma casa em seu nome. Estou contente em manter a situação assim, por ora.

— Você tem planos com Hannah hoje à noite?

— Não — ela diz, um pouco carrancuda.

— Problemas?

— Não, nada do tipo. É que os pais dela estão em cima dela, dizendo que ela precisa levar as provas a sério. E suponho que eu também precise. Então hoje vou me trancar no quarto e tentar decorar todas as datas certas para a prova de História.

Aquiesço. Penso em nós duas, na noite que nos aguarda. Eu aqui embaixo, ela no andar de cima.

— Eu ficaria feliz em ajudar. Fazer perguntas de revisão ou algo assim — sugiro. — Quero dizer, não sei tudo o que você sabe, mas se tiver livros que eu possa consultar...

Deixo a frase no ar, mas ela sorri.

— Você faria isso?

— Mas é claro.

Ela enfia o último pedaço de torrada na boca e no mesmo instante sobe as escadas, voltando depois com os braços cheios de livros didáticos grossos. E essa oferta que fiz por impulso não me intimida. Talvez eu aprenda algo. E é um privilégio na minha idade. Mudar algo ou aprender algo. Continuar a crescer.

12

Na manhã em que Dot está para chegar, não consigo ficar parada. Ela disse que chegaria ao meio-dia e acordo às cinco da manhã, com o coração pesando no peito, como se tivesse amor demais guardado nele. Desço as escadas e ponho a chaleira para esquentar, e algo chama minha atenção do outro lado da janela. O vislumbre de algo verde escondido atrás de um dos meus vasos. Abro a porta dos fundos e vou até lá com minhas pantufas. É um brinquedo em forma de osso que Olly gostava de morder. Vou entregar para Kirsty a próxima vez que passar pela casa dela.

O tempo se arrasta. Espero Erin acordar e, quando ela acorda, lhe ofereço mingau e torrada. Ela ri enquanto faço um bule de chá após o outro. Depois, anuncia que irá à biblioteca, e quero pedir que fique e me ajude a me distrair da espera, mas sei que não posso fazer isso. Transformei a visita de Dot em um evento cataclísmico para o qual me preparei a vida toda, mas talvez seja, na verdade, algo tão modesto e simples quanto duas velhas amigas colocando a conversa em dia depois de anos sem se ver.

Enquanto lavo a louça do desjejum, parada onde estava quando notei aquele tom verde hoje de manhã, lembro-me de algo. Só um pequeno trecho de uma conversa no último dia em que eu e Arthur estivemos juntos.

Você sabe onde está o osso do Olly?, ele perguntou.

Aquela coisa verde que ele leva de um lado para outro? Não vi, não. Vou tentar encontrar amanhã. Ele parece meio perdido sem o osso.

Isso foi tudo. Mas estou imaginando coisas ou ele pegou uma folha do meu caderno após a conversa, como se fosse anotar?

Procurar p/ D

E o vi começar a escrever algo e depois perguntei se ele queria um chá? Ele olhou para mim, largou a caneta e disse que iria fazer. Termino a anotação para ele, na minha cabeça.

Procurar p/ Doguinho seu osso

Será que coloquei essa memória de lado, enterrei-a de algum modo, porque queria que o texto tivesse outro significado? Porque precisava que tivesse? Não importa mais. Ele se foi e nunca saberei. E, se uma anotação rabiscada e incompleta sobre um brinquedo de cachorro foi o que me fez fazer aquilo que sempre quis e precisei fazer, tudo bem por mim. A vida nem sempre precisa seguir um caminho reto e previsível. Eu agora entendo isso.

Vou à cozinha preparar outra xícara de chá e Arthur está lá, apoiando as costas na bancada. Olho para ele, contemplo-o com vontade, e sei, de algum modo, que essa é a última vez. Que, quando Dot entrar nesta casa, ele irá embora de uma vez por todas.

— Adeus, Arthur — digo. — Durma bem.

E, num piscar de olhos, ele se foi.

Às onze e meia, forço-me a parar de andar de um lado para outro e sento-me em minha poltrona. Erin trouxe para casa alguns narcisos novos após voltar do trabalho ontem, e começaram a se abrir agora. Pego-me pensando em como eu e Dot nos conhecemos. Tínhamos onze anos, éramos novas na escola; fomos unidas quando o professor, o sr. Dennis, pediu que formássemos pares e ela olhou para mim e ergueu as sobrancelhas, interrogativa. Estávamos aprendendo sobre os eventos que antecederam a Primeira Guerra Mundial, embora não parecesse ser História naquela época.

Como o assassinato do arquiduque Francisco Ferdinando levou à declaração de guerra?, li em voz alta o que estava escrito na folha que recebemos.

Dot ignorou-me. Olhou ao redor, procurando onde o professor estava. O que ela pretendia fazer?

Duvida que eu saia da carteira, corra até o fim do corredor e volte sem que ele veja? Ela aponta com a cabeça para o professor.

Fiquei estupefata. Por que ela queria fazer isso?

Não, respondi.

Ela deu de ombros e trouxe a folha de papel para mais perto de si.

Vamos fazer isso, então.

E eu soube, naquele segundo, que aquela garota não era nada parecida comigo. Vi, pela primeira vez, como as pessoas podiam ser diferentes. E era intoxicante. Foi a única coisa que aprendi naquele dia.

Há batidas à porta, altas e confiantes, e levanto-me e respiro fundo antes de ir ao hall. Ela está na frente de minha casa, aqui em Broughton, onde a encontrei e a perdi. E, para quem olhasse a cena desavisado, pareceria apenas uma velha amiga visitando a outra. Nada especial ou revolucionário. Mas, do meu ponto de vista, de dentro do meu coração, é um pequeno milagre estar aqui diante dela.

— Você chegou — falo, e depois desejo voltar atrás e dizer algo menos ridículo.

— Cheguei — ela diz. — Posso entrar?

Há tantas coisas para lhe contar. Tantas coisas para perguntar. Mas como começar? Com um chá, decido. Enquanto a água ferve, coloco em um prato biscoitos chiques que comprei. Deixei-a na sala de estar e a imagino lá, olhando ao redor e julgando em silêncio a vida que levei. Minhas mãos tremem quando vou pegar o leite na geladeira. Digo a mim mesma para parar com isso, para me acalmar. Não sei qual será o resultado disso tudo, e não devo criar expectativa demais. Talvez não seja nada.

Mas não é verdade. É mais que nada. Encontrá-la e tê-la aqui, na casa que dividi por muitos anos com um homem que nós duas conhecíamos.

— Posso ajudar? — ela oferece, aparecendo na entrada da cozinha. — Você tem uma bela casa, Mabel.

Entrego-lhe uma caneca e vou com ela até a sala de estar. Vejo-a observando as coisas, olhando de perto uma fotografia minha e de Arthur no nosso casamento, pegando na estante de livros uma concha que encontrei certo dia em uma praia na Cornualha. Ela está mesmo aqui. Seu cabelo louro agora é cinzento, e os cachos não existem mais. É um estilo curto, não muito diferente do de Erin. Acho que Erin chama de "corte *pixie*". Ela também ganhou peso, tem um corpo mais curvilíneo e feminino.

— Perdi o seu casamento — ela diz.

— E eu perdi o seu.

Ela bufa.

— Se tivesse ido ao meu, talvez tivesse me dito que tomei a decisão errada. Que aquilo não duraria mais do que alguns anos.

Fico em silêncio, e sei que nós duas estamos pensando no meu casamento, se foi ou não a decisão certa. Se foi ou não o que pode se considerar um sucesso.

— Nosso querido Arthur — ela diz. — Ele foi um bom homem.

Aquiesço.

— Vocês foram felizes juntos?

É uma pergunta tão ampla. E espero ter a chance, nos próximos dias ou semanas, de respondê-la por completo. Por ora, hesito.

— Sim — respondo. — Bom, houve dias bons e dias ruins. Mas na maioria bons.

— E nenhum filho — ela diz.

— Não. Nenhum filho.

Pergunte-me, penso. *Pergunte-me por quê, ou se eu desejava que ele fosse você. Você sempre foi a corajosa, Dot, e preciso agora que tenha coragem por nós duas.*

É como se ela lesse meus pensamentos, pois olha para mim, me crava no lugar com seus olhos, e vejo que eles não mudaram. Eles ainda têm brilho, esplendor e a promessa de uma travessura.

— Quando você me beijou, naquele dia, depois que Bill morreu...

— Sim? — Mal consigo respirar.

— Foi... foi de coração? Porque eu tinha certeza de que tinha sido, mas aconteceu uma coisa no dia do funeral e eu não estava pensando direito, mas depois disso nunca mais, e aí você disse que iria se casar com Arthur. Achei que talvez fosse tudo imaginação minha. Eu não imaginei isso, imaginei?

Eu fico parada, absorvendo o que ela disse. Há medo em sua voz, além de tristeza. Será que poderia tudo ter sido diferente? E eu gostaria que tivesse sido?

— Foi por isso que você foi embora? — pergunto. — Foi por isso que não manteve contato?

Ela baixa a cabeça.

— Você fez a sua escolha. Eu não era capaz de ficar para ver.

— Não foi imaginação sua — afirmo.

— Todos esses anos... — ela diz, pegando a caneca da minha mão e colocando as duas na mesa de centro. — Uma vida inteira, e poderíamos...

Não preciso que ela termine a frase. É doloroso demais. Poderíamos ter ficado juntas, ter sentido aquele êxtase incontrolável, ter deixado nossa paixão e nosso desejo nos conduzirem ao longo dos anos. Poderíamos ter partido o coração de nossas famílias, sermos descobertas e punidas com a condenação da sociedade. Poderíamos andar pela linha tênue que há entre prazer e dor, entre amor e perda. E não teria havido Arthur para mim. E os filhos e netos dela não existiriam. Não é possível apagar a vida que vivemos. Só temos o tempo presente, e o futuro que nos for concedido.

— Teremos uma segunda vida — afirmo. — A partir de agora.

Ela aquiesce, e vejo que ela compreende tudo o que estou pedindo que ela honre.

— Uma segunda vida — ela diz.

E, quando toca a minha mão, é como fogo.

Agradecimentos

Tenho muitas pessoas para agradecer por me ajudarem com este romance. Quando comecei a escrevê-lo, estava em um momento difícil da vida, e este livro não seria o que é hoje sem o apoio de pessoas muito especiais. Vamos lá.

Agradeço à minha agente, Jo Williamson, por acreditar neste livro e me ajudar a acreditar em mim mesma novamente. Agradeço à minha editora, Isobel Akenhead, por se apaixonar por Mabel e me ajudar a deixar o livro em sua melhor forma possível, e pelas notas editoriais tão encorajadoras. E obrigada ao restante da equipe da editora Boldwood pela recepção calorosa.

Agradeço a Sam Humphreys, por ler o manuscrito e demonstrar tanto entusiasmo quando eu estava próxima de desistir. Agradeço a Sara Cox, que percebeu que eu estava com dificuldades e me ofereceu uma sessão de *coaching* gratuita. No dia seguinte, ela leu todo o meu esboço e passou bastante tempo conversando comigo e me ajudando a encontrar saídas. Obrigada a Louise Dean e a The Novelry — vocês sabem por quê. Agradeço a Susie Lynes, Rowan Coleman e Jen Faulkner, que leram trechos e deram conselhos valiosos.

Agradeço a Paul Burston e Karen McLeod, e meus colegas em seu curso de escrita criativa, que me ajudaram a perceber que esta história sobre esse grupo de mulheres na verdade precisava ser contada por Mabel. Obrigada às pessoas do Bishop Beveridge Club em Barrow upon Soar, por conversarem comigo sobre como era a vida nos anos 1950. Qualquer erro histórico é minha responsabilidade.

Agradeço a Nikki Smith, Lauren North e Zoe Lea, pela leitura de esboços, pelas chamadas motivadoras via Zoom, pelos simples *gifs* de aplausos e por me estimularem a continuar seguindo em frente, em termos gerais. Eu teria conseguido sem vocês? Não sei. Mas fico feliz em não ter precisado.

Obrigada aos meus vários amigos escritores, que são tão generosos com seu tempo e estímulo.

Agradeço a Jodie Matthews, Abi Rowson e Lydia Howland, por me darem força todos os dias. Obrigada a meus pais e sogros pelo apoio, interesse e entusiasmo.

Agradeço a meu marido, Paul Herbert, que não poderia ser mais parceiro do que já é. Obrigada a meus filhos, Joseph e Elodie, por sempre perguntarem que livro estou escrevendo no momento ("Esse ainda?!") e por acharem que sou a melhor escritora do mundo.